Bernd Weiler
Hopfentod

Über dieses Buch

Der Hopfenbauer Hans Schurr hängt in Tettnang hoch droben im Hopfen, tot. Kein klarer Fall, wie Kommissarin Kim Lorenz feststellen muss. Denn erhängt wurde der Tote nicht und außerdem weist die Leiche noch einige andere Verletzungen auf. Spurensicherer Fallgruber und Doktor Martin von der Gerichtsmedizin tun ihr Bestes. Aber es wird nicht klarer, was beim Hopfenfest in der Scheuer tatsächlich passiert ist. Ein Verdächtiger, Herbert Lohr, erhängt sich im selben Gasthof, in dem auch die Kommissarin abgestiegen ist. Kim Lorenz findet heraus, dass seine Frau eine Affäre mit dem ersten Toten hatte. Aber hatte Lohr auch mit dem Tod des Hopfenbauern zu tun? Bei einem Bummel durch die sympathische Stadt findet Kim Lorenz einen Anfang, um das Gewirr zu entflechten. Hopfentod ist ein regionaler Kriminalroman etwas anderer Art. Die Suche nach den Tätern führt die Ermittler in einen Sumpf von Untreue und Schuld. Täter und Opfer selbst eröffnen dem Leser einen Blick in die Seelen hinter den Gesichtern, die der Kommissarin das Ermitteln schwer machen.

Bernd Weiler wurde in Eislingen/Fils geboren, studierte Anglistik und Germanistik in Tübingen und Leeds, arbeitet als freier Redakteur, Lektor und Schriftsteller. Neben zahlreichen Veröffentlichungen im Bereich Natur und Reisen schreibt er auch selbst Krimis. Er lebt mit seiner Familie in Pfullingen.

Bernd Weiler

Hopfentod

Ein Bodensee-Krimi

Oertel+Spörer

Dieser Kriminalroman spielt an realen Schauplätzen.
Alle Personen und Handlungen sind frei erfunden.
Sollten sich dennoch Ähnlichkeiten mit lebenden oder
verstorbenen Personen ergeben, so sind diese rein zufällig
und nicht beabsichtigt.

2. Auflage 2013
© Oertel+Spörer Verlags-GmbH+Co. KG

Postfach 16 42 · 72706 Reutlingen
Alle Rechte vorbehalten.

Titelbild: Marie, Michael und Ludwig Locher
Umschlaggestaltung: Oertel+Spörer Verlag,
Bettina Mehmedbegovic
Satz: Uhl+Massopust, Aalen
Druck und Einband: CPI books GmbH, Ulm
Printed in Germany.
ISBN 978-3-88627-927-2

Besuchen Sie unsere Homepage und informieren
Sie sich über unser vielfältiges Verlagsprogramm:
www.oertel-spoerer.de

So war das also, wenn der Tod kam. Er musste blinzeln, weil ihm die Sonne immer wieder direkt ins Gesicht schien. Nur die große Pappel am Ende des Hopfenfeldes verdeckte die beißenden Strahlen hin und wieder. Er hörte Kirchenglocken läuten. Drüben in St. Martin waren die Kirchgänger im Sonntagsstaat auf dem Weg zum Gottesdienst. Durch die hohen Hecken war ihnen der Blick auf ihn hoch droben in den Gerüststangen verwehrt. Dafür hatte er eine herrliche Aussicht auf die Kirche und den Kirchhof. Dort würde auch er bald liegen, wenn nicht noch etwas Besonderes passierte. Der Friedhof war leer an einem Sonntagmorgen, das war klar.

Obwohl, an einem Grab saß einer. Der kniete vielmehr und machte sich dort zu schaffen. Hans Schurr kannte sich aus auf dem Kirchhof. Schließlich war er Mitglied des Kirchengemeinderats und regelmäßiger Kirchgänger. Das war doch das Familiengrab der Glaubers, wo dieser junge Mann kniete. Der Frieder, fragte er sich, was machte der Frieder an einem Sonntagmorgen an dem Grab seines Vaters? Nun gut, heute, in seiner letzten Stunde, konnte er sich das eingestehen. Die Sache mit dem Glauber war nicht ganz sauber gelaufen. Er hatte einfach mehr gewusst, dank Herbert. Pech für Glauber, gut für ihn. Aber was machte der Junge ausgerechnet heute Morgen auf dem Kirchhof? Keine Gedanken für eine letzte Stunde, dachte er. Das bisschen Leben, das noch in ihm pulsierte, sollte er für anderes nutzen. Wollte er zurückblicken, darauf, wie er sich das Ganze hier eingebrockt hatte? Vielleicht hatte er einfach nur Pech gehabt. Zu viele seiner Handlungen waren an einem Punkt zusammengekommen. Deshalb hing er jetzt hier oben und konnte auf die Kirche hinüberschauen. War es eine Leistung, wenn man von drei Menschen umgebracht wird? Gut, den einen wollte er jetzt nicht zählen, der hatte ihm nur eine übergebraten. Aber die anderen beiden hatten ihm nach dem Leben getrachtet, das hatte er in ihren Augen erkennen können. Sie hatte ihn mit hasserfülltem Blick angestiert, und der Junge? Da war ebenfalls Hass gewesen, aber auch ein bisschen Traurigkeit. Der hatte sicherlich gedacht, er wäre schon tot, dabei hatte er ihn noch genau gesehen im Scheinwerferlicht des Traktors, seines Traktors. Wie er die Seilwinde eingehängt und ihn dann hochgezogen hatte. Dann war er davongefahren in Richtung Hof.

Er spürte, wie ihm das Blut in die Beine lief. Unter den Armen schmerzte das Seil gewaltig. Der Druck in der Brust nahm zu und er spürte am Herzen einen Stich. Ausgerechnet am Herzen, dachte er, sein Herz war ein Grund, warum er hier oben hing. Er hatte sich verliebt. Das war es gewesen, was den ganzen Schlamassel ins Rollen brachte. Falsch verliebt, könnte man sagen, dachte er. Man verliebte sich nicht so einfach in seine Schwägerin. Das konnte nicht gut gehen. Na bitte, dachte er, hängend, es ging auch nicht gut. Sie hatten ihn erwischt und gestellt. Ein Wunder, dass das nicht schon viel früher passiert war. Die halbe Stadt hatte es doch gewusst oder zumindest von dem Gerücht gehört. Nur die beiden, die es eigentlich am meisten anging, die hatten bis zum Schluss keine Ahnung gehabt. Hatten sie weggeschaut? Er nicht, er hatte es einfach nicht wahrgenommen, aber sie, sie hatte doch bestimmt so eine Ahnung gehabt, da war er sich sicher. Aber, das war jetzt auch egal. Sein Lebenslämpchen ging aus. Er sah das theatralisch. Er wollte das theatralisch sehen. Er auf einer Bühne und dort unten die Zuschauer, die ihn hängen und sterben sahen. Er liebte das Theater, hatte es lieben gelernt, und nun durfte er so sterben!

Das war eine Einstellung, dachte er und hob den Blick wieder zur Kirche. Das war's also, dachte er. Da bog einer der Kirchgänger vom heckengesäumten Weg ab und ging ins Hopfenfeld hinein, genau in seine Reihe. Es war doch noch eine Spur Hoffnung in ihm, das bisschen Leben vielleicht doch zu retten. Er schaute die sechseinhalb Meter nach unten und wartete, ob der Kirchgänger auftauchen würde. Offensichtlich musste sich der gute Mann erleichtern. Vielleicht auch ein Teilnehmer des Hopfenfestes am gestrigen Abend, das ihn selbst letztendlich das Leben gekostet hatte. Beinahe, dachte er noch, da sah er schon den Mann unter sich stehen. Er öffnete seinen Hosenladen und brunzte freudig drauflos. Aber wie sollte er ihn bemerken. Seine Beine baumelten in knapp fünf Metern Höhe. Als sein Vater den Hof noch führte, hätte er noch ein bis zwei Meter höher gehangen. Damals hatte man den Hopfen noch deutlich weiter hinaufwachsen lassen. Kleiner Trost, dachte der Hängende. Er wollte sich bemerkbar machen, aber kein Ton kam über seine Lippen. Das Seil um seinen Körper klemmte ihm den Brustkorb zusammen. Es fiel ihm immer schwerer zu atmen. Er hoffte darauf, dass der Mann nach oben schauen würde. Noch plätscherte es da unten. Dann packte der Mann ein. Er spürte, wie das letzte bisschen Leben langsam aus ihm wich. Noch schaute er nach unten. Da, ganz unglaublich, der Mann hatte seine baumelnden Schuhe bemerkt und hob den Kopf. Jetzt, dachte der Hängende, jetzt sieht er mich. Aber als der Mann entsetzt von unten nach oben auf den Hängenden schaute, blickte er in offen starrende, tote Augen.

Die Holztreppe des Hauses quietschte. Sie musste sich mal darum kümmern. So alt war das Haus doch noch nicht. Ihr

Mann Herbert kam verschlafen die Treppe herunter. Es war gestern auf dem Hopfenfest dann wohl doch noch spät geworden. Eigentlich kannte sie das von ihrem Mann gar nicht, dass er so lange sitzen blieb und am Morgen beinahe nicht aus den Federn kam. Herbert setzte sich an den Tisch und griff nach einer Scheibe Brot, zog sich den Marmeladentopf an den Teller und begann, sich ein Brot zu streichen. Er würdigte sie keines Blickes.

»Morgen, Herbert. Ist was?«, fragte Marie vorsichtig.

»Du kannst fragen«, antwortete Herbert.

»Wieso?«

»Wieso?«, kam es laut zurück, »du fragst mich wieso?«

Marie schwieg. Sie wollte sich die Betroffenheit nicht anmerken lassen. Er hatte es also erfahren. Nun gut. Sie hatte sowieso eigene Pläne und darin spielte Herbert keine Rolle mehr. Die Kinder waren groß genug. Jetzt ging es einmal, zum ersten Mal in ihrem Leben, um sie selbst. Nicht mehr Kinder, Küche, Kirche und ein bisschen Mann. Leben wollte sie, so, wie sie sich das zusammen ausgemalt hatten. Sie betete heimlich, dass ihr Hans das packte. Schon so lange redeten sie von einem neuen Leben, gemeinsam. Sie war bereit. Sie hatte innerlich schon einen Schlussstrich gezogen. Aber Hans? Ob Vera auch nichts geahnt hatte? Die gemeinsamen Theaterbesuche und die Musical-Wochenenden. Zwar in der Gruppe, aber eben doch nur sie beide. Es hatte so kommen müssen, eines Tages. Das war ihr klar gewesen. Jetzt nur die Ruhe bewahren. Lass ihn nur kommen, den Mann, dachte sie sich.

»Wie ein Idiot bin ich dagesessen! Wie ein Idiot. Anscheinend haben es alle im Städtle gewusst, nur ich nicht!«

»Ich wollte es dir bald sagen«, sagte Marie mit fester Stimme.

»Bald! Toll! Bis dahin lauf' ich mit Hörnern auf dem Kopf durch die Stadt und sitze im Amt, hier ein Getuschel, dort ein Gelächter. Gestern Abend haben sie mich dann hochleben lassen. ›Auf unseren bestbetrogenen Ehemann!‹, so haben die sich zugeprostet. Damit ist jetzt Schluss! Das wird der Hans nicht vergessen. Einem Herbert Lohr setzt man nur einmal Hörner auf!«

»Wie meinst du das?«, fragte Marie. Sie war über seine Reaktion überrascht. Hatte er denn nicht einmal etwas geahnt? Konnte das sein, fragte sie sich. Es war ihnen doch eigentlich klar gewesen, dass es eines Tages rauskommen würde, rauskommen musste.

»Der wird sich nicht mehr in deine Nähe trauen, das ist jetzt mal sicher!«

»Was hast du gemacht?«, fragte Marie mit inzwischen unsicherer Stimme.

»Den Denkzettel wird er so schnell nicht vergessen!«

»Was für einen Denkzettel?«

»Wirst schon sehen. Wo sind die Kinder?«, fragte ihr Ehemann.

»Thomas hat ein Fußballturnier und Sabine ist in der Kinderkirche«, antwortete Marie. Herbert stand auf, ließ Teller und Tasse stehen und ging zur Treppe. Er schlurfte mit seinen Hausschuhen über den Parkettboden.

»Ich pack ein paar Sachen zusammen. Hier bleib ich nicht mehr. Du brauchst mich zum Mittagessen nicht einzuplanen. Ich nehme mir ein Zimmer im Schützen!«, sagte er und stieg die ersten Stufen hinauf. Dieses Schlurfen, dachte Marie, das würde sie am wenigsten vermissen. Sie würde überhaupt wenig vermissen. Ganz schnell gingen ihr Gedanken durch den Kopf: Streiche die Rolle Herbert und frage: was fehlt? Wenig, antwortete sie sich in Gedanken prompt.

»Im Schützen? Bist du wahnsinnig. Dann weiß es ja gleich der ganze Ort!«

»Na und? Wahrscheinlich wissen das eh' schon alle«, sagte

er und ging ins Schlafzimmer. Marie räumte den Tisch ab. Wenn Herbert im Schützen ein Zimmer nahm, dann war es raus. Das war wie ein Artikel in der Zeitung. Sie musste Hans Bescheid geben. Der musste darauf vorbereitet sein. Das Telefon klingelte. Marie nahm ab.

»Hallo Vera!«, sagte sie. »Der Hans, nein, bei uns nicht. Nein, ich hab' keine Ahnung. Warte mal. Herbert!«, Marie Lohr rief laut durchs Treppenhaus.

»Was gibt es?«, kam es dumpf zurück.

»Weißt du, wo der Hans sein könnte?«

»Keine Ahnung. Wahrscheinlich liegt er in der Scheuer«, rief Herbert herunter.

»Herbert meint, eventuell in der Scheuer. Keine Ahnung, wie der darauf kommt«, sprach Marie in den Hörer. »Ja, tut mir leid, tschüss denn, Vera«, sagte Marie und legte auf. »Wieso soll der Hans in der Scheuer sein?«, fragte sie nach oben.

»Da hab' ich ihn zum letzten Mal gesehen. Sah nicht sehr gut aus, der Mann!«, rief Herbert herunter, der mit seinem Koffer oben am Treppenabsatz stand.

»Nicht sehr gut? Was soll das denn heißen?«

»Hab' ihm halt eine verpasst!«

»Du?«

»Ja, stell dir vor, ich!«

»Wegen mir?«

»Eher wegen mir. – Ich geh' dann. Bin im Schützen zu erreichen, morgen dann auf dem Amt.« Herbert kam mit seinem kleinen Handkoffer die Treppe herunter. Er würdigte seine Frau keines Blickes, zog sein Jackett an und ging zur Tür hinaus. Das Ende einer Ehe, dachte Marie. Das war vorbei, endlich. Aber das mit Hans ließ ihr keine Ruhe.

Sie durfte sich nichts anmerken lassen, dachte Vera Schurr. Was passiert war, war passiert. Das konnte sie nicht mehr rückgängig machen. Er hatte sie provoziert. Dann geschah ihm das recht. Sie hatte all das so satt. Wie viele Jahre hatte sie gehofft und gehofft. Schließlich war sie damals geblieben, obwohl sie für sich selbst andere Pläne gehabt hatte, als Hopfenbäuerin zu werden. Aber da war der junge fesche Hans gewesen und ein beachtlicher Hof mit einem guten Auskommen. Warum nicht, hatte sie damals gedacht. Dann gab es da aber auch eine Schwiegermutter. Der Mann früh gestorben. Lange Jahre war sie die Chefin auf dem Hof gewesen. Als Vera kam, war sie der Eindringling, die Fremde, eine von auswärts, die keine Ahnung von der Landwirtschaft hatte. Eine, die nicht nur den lieben Sohn wegnahm, sondern auch noch Ansprüche auf die Leitung des Hofes anmeldete. So hatte sich der Streit im Hause Schurr eingenistet. Schwere Jahre, dachte Vera. Dann die Kinder. Sie hatte gehofft, das würde die Situation etwas auflockern. Aber Pustekuchen. Die Schwiegermutter wurde immer seltsamer. Sie versuchte, Vera schlecht zu machen, wo es ihr möglich war. Hatte sie einen Kuchen im Backofen, verstellte sie die Temperatur und stritt hinterher alles ab. Die Kinder waren es dann immer gewesen. Die waren ihr zu laut und ungezogen. Aber es waren halt Kinder. Die Kinder hatten Angst vor ihr, denn hin und wieder hieb sie ihnen mit dem Stock auf ihre Hintern, wenn sie sie erwischen konnte. Hans war damals nun wirklich keine Hilfe gewesen. Seine Mutter!

Sie. Sie hatte das ausgehalten. Jahr für Jahr. Die Kinder waren herangewachsen und das Problem Schwiegermutter hatte der liebe Gott auf seine Art gelöst. Sie hatte aufgeatmet. Nur der Hans war immer komischer geworden. Plötzlich hatte er seine Ader für die Kunst entdeckt. Ausstellungen, Theater und Musicals. Jedes zweite Wochenende, wenn es der Betrieb einigermaßen zuließ, war der Hans unterwegs. Mal in der Gruppe, dann wieder alleine. Dass er sie mal gefragt hätte, ob sie mitwolle. Nichts. Ein ungutes Gefühl im Bauch war immer stärker geworden. Sie war eigentlich nicht misstrauisch, konnte sich aber des Verdachts nicht erwehren, dass da was lief mit einer anderen. Gestern Abend dann Gewissheit. Hamburg, Cats, und dann, sehr nobel, Hotel Lindner, ein Doppelzimmer, über zweihundert Euro die Nacht. Ein Doppelzimmer. Er war allein gefahren. Aber auch Marie Lohr war in Hamburg gewesen, das hatte sie gehört. Wenigstens das. Den Reim darauf, den musste sie sich dann selbst machen. Na also, dachte sie. Zwar war sie traurig, weil ihr Verdacht sich bestätigt hatte, andererseits war sie auch froh, dass ihr Gefühl sie nicht getrogen hatte. Sie hatte den Beleg in seiner Jackentasche gefunden, als sie den Autoschlüssel suchte. Der Klassiker, hatte sie noch gedacht, den Beleg eingesteckt und sich am Verkaufsstand beim Hopfenfest entschuldigt. Als sie ihn am Stammtisch suchte, war ihr wohl die Stimmung am Gesicht abzulesen gewesen. Sie reagierten mehr oder weniger gelassen, als ob eine längst fällige Rechnung nun zu begleichen anstand. Sie fand ihn schließlich in der Scheuer. Er wirkte angeschlagen, stand unsicher auf seinen Beinen. An der Stirn hatte er eine Wunde, die stark blutete.

Sie hatte ihn mit dem Beleg konfrontiert. Er hatte gelacht. Nun wisse sie es ja endlich. Sie solle sich nicht so anstellen. Es sei alles vorbereitet, hatte er gesagt. Sie solle sich keine Sorgen machen, für sie und die Kinder bliebe ein guter Teil übrig. Am Montag würde er die Verträge unterzeichnen, dann sei es vorbei mit Hopfen und Obst. Einen guten Preis würde er für alles bekommen und neu anfangen. Mit Mitte vierzig ginge das noch gut. Mit ihr, hatte sie gefragt, und er hatte wieder gelächelt. Das würde sie vielleicht interessieren, ginge sie aber doch eigentlich nichts an. Es sei wohl ein Fehler gewesen, damals, meinte er noch. Sie wollte ihm dieses Lächeln ins Gesicht zementieren. Woher hatte er die blutige Schramme an der Stirn. Er wirkte wie aufgedreht und nicht ganz bei sich. Sie ging auf ihn los, hämmerte mit ihren Fäusten gegen seine Brust. Er lächelte weiter. Dann war da die Heugabel. Er ging zu Boden. Sie hatte nicht mehr hingeschaut. Ihre Wut war erloschen. Da war nur noch Traurigkeit gewesen. Im ersten Moment eine sehr große Traurigkeit, fast hätten ihre weichen Knie nachgegeben. Aber sie hatte sich gefasst, hatte die kleine Tür neben dem großen Scheunentor geöffnet und war hinausgegangen. Am Stammtisch sangen sie ein Trinklied: »Kommt Brüder wir trinken noch eins, denn wir sind noch so jung und schöööön!« Dann hoben sie die Humpen und stießen an. Keiner von ihnen bemerkte Vera, als sie an ihnen vorbei und wieder zum Verkaufsstand hinüberging. Wenigstens einmal hatte diese Sauferei etwas Gutes, dachte Vera noch.

Der hängt ziemlich hoch«, meinte Polizeimeister Georg Haberer. Ein echter Toter. Das hätte er sich in seinem letzten Jahr im Amt auch nicht mehr träumen lassen. Da schlug man sich Jahr um Jahr mit Sachbeschädigungen, kleinen Diebstählen und Falschparkern rum und dann so etwas. Sie beide vom Revier Tettnang mitten in einer Mordsache! Ein Highlight zum Ende der Karriere. Mit ein bisschen Glück würden sie die Schlagzeile der Schwäbischen Zeitung schaffen. Mit Bild, womöglich. Vielleicht sollte er die Presse selbst anrufen. Ein Bild vom hängenden Toten und ihnen beiden. Das wäre doch was! Bildunterschrift: »Der Tote im Hopfen, darunter unsere beiden wackeren Polizisten Haberer und Treu«. Aber das konnte er nicht riskieren.

Der Mitterer würde das rauskriegen, und in solchen Dingen war mit dem Kriminalkommissar nicht zu spaßen.

»So hoch wie d'r Hopfa halt. Aber komisch, der hängt gar it am Hals!«, meinte sein Kollege Hubert Treu. Für den war das eher ein Höhepunkt seiner noch jungen Karriere. Der sah sich schon in Sonderermittlungsgruppen bundesweit agieren. Polizistenträume. Haberer schaute noch mal nach oben. Das stimmte, was sein Kollege sagte. Der Mann hatte das Seil nicht um den Hals, sondern unter den Armen. Wie konnte das denn gehen?

»Schtimmt, Hubert, du hosch recht! Wie ka denn sowas ganga?«

»Efter mol was neis, däd i saga!", sagte Treu lächelnd. Eine innerliche Freude ließ seine Augen leuchten. Wie der Tote hing, das war ihm ziemlich egal. Hauptsache, da hing einer, und tot war der auf jeden Fall.

»Hosch em Mitterer agrufa?«, fragte Haberer.

»Kommt«, sagte Treu.

»Der wird wahrscheinlich en Friedrichshafa aruafe«, meinte Haberer.

»Des send doch so wenig. Do kommt sicher wieder Konschtanz«, sagte der Kollege.

»Do gibt's a Neie, des war doch en d'r Zeitung«, dachte Haberer laut vor sich hin.

»Schtimmt, Kommissarin Lorenz, Schwäbin ond guat, hend se gschrieba«, wusste Treu.

»A Frau halt«.

»Do wird d'r Mitterer a Freid han«, lachte Polizist Treu.

»Ond was fir oine«, fiel Haberer in das Lachen seines Kollegen ein.

Die beiden Polizisten taten das, was sie zum einen in ihrer Ausbildung gelernt, zum andern so oft im Fernsehen gesehen hatten. Sie sperrten den Fundort der Leiche weiträumig ab. Mit den vielen Stangen des Hopfengerüsts war das eine relativ leichte Übung, dachte Haberer. Was machte man eigentlich, wenn mal keine Befestigungsmöglichkeiten vorhanden waren? Eine Frage, die ihn im Augenblick überforderte. Sie vollendeten ein großes Rechteck und scheuchten die schaulustigen Kirchenbesucher, die Gottesdienst hatten Gottesdienst sein lassen und nun neugierig im Hopfenfeld standen, weg. Treu verkniff sich den Satz: Hier gibt es nichts zu sehen. Denn hier gab es sehr wohl etwas zu sehen. Wer hatte denn schon einmal einen ortsbekannten, reichen Hopfenbauern auf seinem eigenen Feld in sechs Metern Höhe hängen sehen. Das war für Tettnang, für die ganze Gegend doch eine Sensation. Ein richtiger Mord im ruhigen Bodensee-Hinterland. Nicht, dass am Bodensee der Bär los gewesen wäre, immerhin hatten die einen »Tatort«, der immer wieder mal sonntags, zumindest fiktiv, den Tod an den Bodensee brachte. Aber hier in Tettnang? Hubert Treu konnte sich in seiner Dienstzeit an kein Kapitalverbrechen erinnern. So was ähnliches wie einen bewaffneten Überfall hatten sie vor Jahren mal gehabt. Da war einer mit einem Messer auf einen Tankstellenkassierer losgegangen. Dieser hatte allerdings bei der Bundeswehr eine Nahkampfausbildung genossen. Der Tankstellenräuber hatte die Sache überlebt, wenn auch reichlich malträtiert. Tja, und dann noch die Sache mit den Terroristen von Al Quaida, das war was gewesen!

»Hubert, was treimsch denn?«, unterbrach Georg Haberer die Erinnerungen seines Kollegen, »heb doch des Band, sonscht kommet mer do it num!«

Hubert Treu schaute den Kollegen entschuldigend an und nahm das Band auf. Kaum hatten sie das Rechteck geschlossen, traf auch schon die Spurensicherung aus Friedrichshafen am Fundort ein. Zumindest einen der drei Männer kannten die beiden Polizisten recht gut. Denn Gernot Fallgruber war ein alter Tettnanger, arbeitete zwar in Friedrichshafen wie so viele, wohnte aber nach wie vor am Ort. Am Feldweg hielt nun auch der Kombi des Gerichtsmediziners. Der stieg mit seinem Arbeitskoffer aus und kam zusammen mit Fallgruber auf die beiden Polizisten zu.

»Die Ortspolizisten Haberer und Treu«, stellte Gernot Fallgruber die beiden vor.

»Das ist Doktor Jens Martin, der Gerichtsmediziner aus Konstanz«, erklärte er den beiden Polizisten.

»Haberer«, sagte Haberer.

»Treu«, sagte Treu.

»Martin, angenehm«, sagte der Doktor, »und bitte, lassen Sie den Doktor weg, den braucht es hier nicht, der gehört in die Universität.«

Er betrachtete die beiden Dorfpolizisten mit einem feinen Lächeln. Das war vielleicht ein Duo. Der deutlich ältere von beiden, Haberer, wohlgenährt und pausbäckig, der andere, Treu, ein junger Kollege, ein Strich in der Landschaft. Unterschiedlicher konnte so eine Kombination eigentlich nicht sein, dachte der Doktor, als er auf den Fundort zuging. Die Spurensicherer hatten den Toten fotografiert und abgenommen. Das war aus dieser Höhe gar nicht so einfach gewesen. Ohne einen Hopfenbauern, der mit Traktor und Kanzel zum Helfen geholt worden war, wäre ihnen das unmöglich gewesen. Eine Identifizierung hatte auch schon stattgefunden, denn der Tote war nicht nur den beiden Dorfpolizisten wohlbekannt. Man kannte Hans Schurr in Tettnang anscheinend.

»Kein Zweifel?«, fragte Doktor Martin.

»Hundertprozentig, das ist Hans Schurr«, antwortete Gernot Fallgruber. »Ein bekannter Mann in Tettnang. Einer der größten Hopfen- und Obstbauernhöfe in der ganzen Gegend. Dann noch Mitglied im Stadtrat und Kirchengemeinderat. Kein netter Mensch, allerdings.«

Doktor Martin schaute den Spurensicherer erstaunt an.

»Wie meinst du das?«

»Bekannt war er schon. Beliebt aber eher nicht, würde ich sagen. Er schaute sehr gern nach sich und seinen Interessen. Überall hatte der seine Finger drin und war darauf bedacht, dass was für ihn heraussprang. Es wird viel geredet über ihn. Meist nichts Gutes. Oft zwar nur Gerüchte, aber du weißt ja, ein Fünkchen Wahrheit ist dann doch meist dabei.«

Doktor Martin schüttelte erstaunt den Kopf.

»Aber er war doch auch Gemeinderat!«, unterbrach ihn der Mediziner, »da hat man doch Verpflichtungen, Regeln und vor allem Gesetze!«

»Das schon«, fuhr Fallgruber fort, »aber er soll seine Position im Gemeinderat zum eigenen Vorteil ausgenutzt haben. Der wusste sich zu helfen, hört man.«

Während Fallgruber über Hans Schurr redete, hatte Doktor Martin den Toten untersucht.

»Er war nicht am Hals aufgehängt, habe ich das richtig verstanden?«

»Genau, das Seil ging unter den Armen durch, also wie eine Schlinge um den Körper«, antwortete Gernot Fallgruber.

»Das nächste Mal, bitte beachten, Gernot, nicht herunternehmen. Ich möchte den Toten so sehen, wie er aufgefunden wurde! Das kann in einem solchen Fall wie hier ganz entscheidend sein.«

»Okay, Jens, da waren meine Leute mal wieder etwas zu schnell. Ein paar Bilder und runter den Mann. Tut mir leid«, sagte der Spurensicherer kleinlaut. Immer wieder passierten solche Fehler. Nun gut, allzu oft hatten sie nicht die Gelegenheit, einen Toten aufzufinden und einen Tat- oder Fundort zu sichern. Aber gelernt hatten das alle im Team. Er musste sich anschließend darum kümmern, wie das hatte passieren können.

»Die Körpertemperatur liegt immerhin noch bei knapp

über 36 Grad Celsius. Das könnte bedeuten, dass der Tote nicht mehr als ein bis zwei Stunden tot ist. Bei diesen Temperaturen können das auch drei Stunden sein.«

»Gefunden wurde die Leiche gegen halb zehn von einem Kirchgänger«, sagte Gernot Fallgruber.

»Was hat er ausgesagt?«

»Die Beamten haben ihn noch nicht vernommen. Das wird Robert Mitterer machen oder die Kommissarin, wenn sie denn kommt«, antwortete Fallgruber.

»Das wird kein einfacher Fall, Gernot, das kann ich dir sagen. So, wie der aufgehängt wurde, ist er bestimmt nicht am Hängen gestorben. Ich sehe ein Hämatom an der Stirn und an der Brust Blutflecken. Sehr seltsam.«

Gernot Fallgruber schüttelte nur den Kopf. Wieder mal kein einfacher Fall. Wäre zu schön gewesen. Er machte sich mit seinen Assistenten an die Untersuchung des Fundortes. Sie teilten die Fläche innerhalb der Markierungsbänder in Quadrate ein und untersuchten akribisch Feld für Feld.

»Sieht nach Fremdeinwirkung aus«, meinte Georg Haberer, der dem Doktor über die Schulter schaute.

»Sie sind ja a Schlaule«, meinte der Doktor nach hinten zu Haberer, »wie soll der sich denn in sechs oder sieben Metern Höhe selbst aufghängt han?« Jens Martin schüttelte nur ungläubig den Kopf.

»Da hat natürlich einer nachgeholfen. Ob das allerdings der Mörder war, das würde ich erst einmal offen lassen.«

Solcherart gemaßregelt wandte sich Georg Haberer ab und konzentrierte sich auf seine Aufgaben. Jetzt ging es vor allem darum, die schaulustige Menge hinter den Absperrbändern zu halten. Inzwischen war die Kirche aus und natürlich fielen die Fahrzeuge mit den Blaulichtern genauso auf wie die immer größer werdende Menschenmenge, die sich um den Fundort der Leiche bildete.

»Bitte zurückbleiba, Leit!«, rief Haberer mit lauter Stimme.

Treu, der auf der anderen Seite des Absperrbandes stand und ebenfalls bedrängt wurde, schien nervös zu werden. Das waren die beiden Beamten nicht gewohnt.

»Wenn ihr nicht gleich zurücktretet, dann machen wir von unseren Schusswaffen Gebrauch!«

»Schpinnscht du, Hubert?«, rief Georg Haberer, »koi Sorg, d'r Kollege hot nur en Scherz gmacht, gell«, sagte Haberer zu den Umstehenden, die beim Wort ›Schusswaffe‹ zusammengezuckt waren.

»Trotzdem, bitte zurücktreta!«, rief Treu.

»Genau, Hubert, bitte, des isch wichtig!«

Ob er wohl tot ist, ging es Herbert Lohr auf dem Weg zum Gasthof Schützen durch den Kopf. Er wollte bereuen, und doch fand er in sich nichts von einem schlechten Gewissen wegen des vergangenen Abends. Als er den Hans hatte in die Scheune gehen sehen, hatte er die Gelegenheit genutzt. Wieder waren am Stammtisch Andeutungen gemacht worden. Ob er seine Hörner unterm Hut tragen würde und so was. Er hatte das allgemeine Gelächter nicht mehr ausgehalten, wollte endlich Klarheit. Seine Frau Marie war ihm immer wieder ausgewichen. Da sei nichts, alles reiner Zufall, dass sie hin und wieder im selben Bus mit dem Hans fahren würde. Der sei halt auch an Kunst interessiert. Er halt nicht, nun ja. Und er – hatte ihr geglaubt. Vielleicht, weil es einfacher für ihn war, weil ihm das dann nicht wehtat.

Er tat sich eben schwer mit Theater und Ausstellungen. Das war nicht seine Welt. Das war ihm zu künstlich, zu weit weg. Da fand er sich nicht wieder, da konnte er sich nicht hineindenken. Vielleicht fehlte ihm dafür einfach der Sinn. Seine Welt befand sich im Kellergeschoss. Seit die Zwischenwand raus war, hatte er die Anlage auf über zwölf Quadratmeter erweitern können. Jede freie Stunde verbrachte er mit seinen Zügen. Da gab es immer etwas zu reparieren oder auszubauen. Diese Leidenschaft hatte er von seinem Vater geerbt, zusammen mit den schönsten Loks der Traditionsmarke Märklin. Solche Kostbarkeiten wurden heutzutage fast mit Gold aufgewogen. Zum Spaß hatte er einige mal schätzen lassen und war bei den genannten Summen richtiggehend blass geworden. Wenn das stimmte, dann stand ein Mittelklassewagen in seinem Keller.

Aber Marie konnte und wollte das nicht verstehen. Sie ging ihre eigenen Wege. Zuerst hatte er gedacht, warum nicht. Die Kinder brauchten die Eltern kaum mehr. Da war eh nur noch Versorgung angesagt. Mit seinem Beamtengehalt und Maries halber Stelle kamen sie ganz gut klar. Marie hatte ihr eigenes Geld. Also sollte sie damit machen, was sie wollte. Das war in Ordnung für ihn.

Bis das Thema Hans Schurr auftauchte. Vielleicht hatte er zu heftig reagiert. Aber der eigene Schwager! Vom Mann seiner Schwester erwartete er jedenfalls eine andere Haltung in solchen Dingen. Das war eine klare Tabuzone. So weit durfte man nicht gehen.

Das hatte er ihm in der Scheuer auch gesagt. Unter Umständen wäre für ihn dann der Fall erledigt gewesen. Vielleicht hätte die Sache ja noch unter den Teppich gekehrt werden können. Ein schnelles Ende dieser Beziehung und sie hätten so weiterleben können wie bis dahin. Wäre das möglich gewesen, fragte er sich. Hätte er das ausgehalten, dann zu wissen, da war ein anderer? Aber dann hatte Hans von baldigen Konsequenzen gesprochen. Was für Konsequenzen, hatte er ihn gefragt. »Wirst schon sehen, Herbert, mach dich auf ein ruhiges Junggesellenleben gefasst«, hatte der Hans gemeint, »dann kannst du dich ganz deiner Modelleisenbahn widmen, sie vielleicht sogar mit ins Bett nehmen!« Dann hatte er gelacht, so richtig aus dem Bauch heraus, wie das nur wenige konnten.

So war der Hans Schurr, immer nur nehmen und die anderen auslachen, weil sie zu zurückhaltend waren. Wenn der nicht dicht hielt, kam womöglich die Sache mit den Feldern ans Licht. Dann war er dran. Wer zwei und zwei zusammenzählen konnte, musste über kurz oder lang auf ihn kommen. Denn woher sollte der Hans das sonst gewusst haben, welche Gemarkungen für den Hopfenanbau freigegeben werden würden. Freilich hatte er dem Hans damals den Tipp gegeben. Der Glauber hatte das Geld doch brauchen können. Dann hatte sich der Hermann Glauber aufgehängt. Das hatte ihn tief getroffen damals. Der Sohn musste die Felder verkaufen und die gepachteten abgeben. Er wohnte zwar noch auf dem Hof in einem der Nebengebäude, bezog aber, wie Herbert aus dem Amt wusste, Hartz IV-Leistungen. Eine traurige Geschichte, an der er nicht ganz unschuldig war.

Er hatte keine Ahnung, warum der Prügel da rumgelegen hatte. Keine Ahnung, warum er ihn plötzlich in der Hand gehalten und dem Hans damit eine über den Schädel gegeben hatte. Hans hatte aufgestöhnt und war zu Boden gegangen. Er hatte den Prügel ins Heu geworfen und war schnell zur Scheunentür hinaus. Wenn er ihn nun doch tödlich getroffen hatte? Ob ihn jemand gesehen hatte, fragte er sich. Er musste darauf vertrauen, dass er im allgemeinen Festtrubel unerkannt aus der Scheuer gekommen war. Hatte er zu fest zugeschlagen? Wie fest? Er konnte sich nicht erinnern. Es war da eine Wut in ihm gewesen, die musste raus. Da kam der Prügel gerade recht. Er hatte zugeschlagen, mit Wucht, und jetzt war der Hans vielleicht tot. Wenn ihn jemand gesehen hatte, dann war er wirklich dran. Alles da, Motiv, Tatwaffe und vielleicht sogar Fingerabdrücke.

Sie mochte das nicht. Vor allem nicht an einem so schönen, sonnigen Sonntagmorgen. Unter der Woche ließ sie sich das noch gefallen, aber am Wochenende störte sie das gewaltig. Vor allem, wenn ihr Freund Peter aus Freiburg zu Besuch war. Schließlich waren bei so einer Wochenendbeziehung, wie der Name schon sagte, die Wochenenden elementar wichtig. Sonst war es eigentlich keine Beziehung mehr. Diese Hochs und Tiefs hatten sie zusammen schon mehrmals durchleben müssen. Sie auf der Polizeihochschule in Karlsruhe, Peter studierte in Konstanz. Sie kam nach der Ausbildung zur Kriminalpolizei nach Konstanz. Peter erhielt eine Lehrerstelle in Freiburg. Die Entfernungen waren ähnlich geblieben, nur die Orte hatten sich geändert.

Nachdem Hauptkommissarin Kim Lorenz den Telefonanruf erhalten hatte, musste sie Peter wieder mal erklären, dass es mit dem gemeinsamen Frühstück an diesem Sonntagmorgen nichts werden würde und dass auch die weitere Tagesplanung ohne sie stattfinden musste. Noch nahm er es gelassen, versuchte, Verständnis für diesen seltsamen Beruf aufzubringen. Immerhin stammte er aus Konstanz und konnte sich so wenigstens bei Muttern zum Mittagessen einladen. So richtig trösten konnte ihn das allerdings auch nicht.

Sie packte sich ein paar Sachen zusammen. Es konnte sein, dass sie vor Ort übernachten würde. Immerhin lag dieses Tettnang im Hinterland des Bodensees bei Friedrichshafen. Zurzeit wohnte sie noch im Wohnwagen eines Onkels auf dem Campingplatz in einem kleinen Ort namens Horn, auf der Höri, direkt am Bodensee. Da würde sie wohl an die anderthalb Stunden für einen Weg brauchen. Also war es besser, Sachen für ein oder zwei Übernachtungen mitzunehmen. Sie fand es sowieso spannender, im Ort zu wohnen und am Abend am Stammtisch ein wenig in den Ort hineinzuhorchen, wie sie das nannte. Sie drückte ihrem

Freund Peter Lange zum Abschied einen dicken Kuss auf den Mund und umarmte ihn fest.

»Nächstes Wochenende?«, fragte er. »Denk dran, ich hab' Ferien!«

»Vielleicht. Mal sehen, wie der Fall sich entwickelt. Klingt nicht besonders schwierig. Ein Hopfenbauer, aufgehängt im eigenen Hopfengarten. Ich melde mich!« Sie löste sich aus der Umarmung.

»Ich könnte vielleicht drüben in Gaienhofen am Gymnasium anfangen. Hab' mich erkundigt, die suchen Lehrer«, sagte er. Sie strich ihm zärtlich über sein schütteres Haupthaar.

»So, so«, sagte sie lächelnd, »aber du weißt, ich habe mich fürs Landeskriminalamt beworben. Wenn das klappen sollte, dann bin ich in Stuttgart. Du wärst dann am Bodensee.« Er lachte.

»Keine wirkliche Verbesserung«, meinte er nur.

»Wir sollten mal in Ruhe drüber reden«, antwortete sie und war schon zur Tür hinaus. Im Auto gab sie Tettnang ins Navi ein. Zwar wusste sie in etwa die Richtung, aber so richtig kannte sie sich abseits des Bodenseeufers noch nicht aus. Das ging wohl in Richtung Friedrichshafen, dann Ravensburg. Na egal, das Navi würde schon die richtige Route finden. Eigentlich eine tolle Erfindung, dachte sie, als sie durch Moos Richtung Radolfzell fuhr. Moos hatte ein schönes Strandbad mit einer guten Gartenwirtschaft. Sie war mit ihrem Onkel schon öfter dort gewesen. Das ließ sich mit dem Fahrrad von Horn aus gut machen. Am Ortsende begann die wohlbekannte Allee, die auf den Kreisverkehr am Ortseingang von Radolfzell zuführte. Sie würde wohl hinter Radolfzell irgendwie rechts abbiegen müssen. Es half alles nichts, sie musste sich auf diese tolle Erfindung Navigationsgerät verlassen, auch wenn sie hinterher nicht wusste, welchen Weg sie genommen hatte.

Hosch da Vatter gfunda?«, rief Vera dem Sohn im Hof zu. Sie spielte ein gefährliches Spiel, das war ihr bewusst. Wie sollte sie es anstellen, dass der Sohn den Vater in der Scheuer nicht entdeckte. Die Tochter Monika war früh zu einer Freundin aufgebrochen und hatte das Fehlen des Vaters gar nicht mehr mitgekriegt. Wieso wusste ihr Bruder Herbert von Hans in der Scheuer? Was hatte der denn damit zu tun? Sie hatte ihn nicht gesehen, zumindest nicht wahrgenommen. War er in der Scheuer gewesen? Hatte er den toten Hans gesehen? Vor allem, hatte er sie gesehen und deckte sie nun?

Das würde ihrem älteren Bruder gleichsehen. Früher hatte er sich immer vor sie gestellt, war immer für sie eingetreten, für seine kleine Schwester Vera. Obwohl sie nur knapp anderthalb Jahre jünger war. Es konnte ihr also egal sein, ob er sie gesehen hatte. Herbert würde bestimmt kein Wort sagen. Sie ging hinüber zum Fenster und wollte eben in den Hof schauen, als Michael zur Tür hereinkam und sich erschöpft auf die Eckbank setzte. Er hatte einen roten Kopf und schwitzte. Vera schenkte ihm ein Glas Sprudel ein.

»Du bischt ja ganz en dr Hitz!«

»I woiß it, wo e no suacha soll!«, sagte der Junge keuchend. Sein verzweifelter Blick suchte die Augen der Mutter. Diese strich ihm sanft über seine vom Schweiß feuchten Haare.

»Nochher kommet se zom Aufreima. No werdet mer ihn scho finda«, sagte sie.

»Vielleicht isch er doch en dr Scheier?«, fragte der Sohn.

»Do war i doch scho«, meinte Vera nur.

» War er denn it drhoim, em Bett, bei dir?«, fragte Michael.

»Anscheinend it.« Vera schüttelte nur den Kopf. Manchmal hatte der Junge seine Hänger. Da schienen sich die Gedanken im Kopf des Jungen zu stauen. Er trank sein Glas leer und stand auf.

»I woiß gar it, wo e no suacha soll«, sagte er mit fragendem

Blick. »I glaub, i gang doch mol end Scheier num!« Schnell ging er auf die Tür zu.

»Halt, Michael, do hanni doch scho guckt!«, rief Vera noch. Aber da war der Junge schon zur Tür hinaus. Um Gottes Willen, dachte sie, wenn der Junge seinen Vater fand! Sie wollte ihm noch hinterher, überlegte es sich dann aber anders. Sie musste darüber nachdenken, was sie Michael sagen sollte, wenn er aus der Scheuer zurückkam. Hans war immer recht streng mit ihm gewesen, aber der Junge hatte an seinem Vater gehangen.

Wie sollte sie ihm gegenübertreten? Wie den Tod des Vaters durch ihre Hand erklären? Konnte sie ihm sagen, dass der Vater eine andere Frau gehabt hatte? Dass er sie betrog, wahrscheinlich schon seit Monaten, wenn nicht Jahren? Konnte das ein Junge mit zehn Jahren verstehen, begreifen? Wahrscheinlich nicht. Bei Monika war sie sich nicht sicher. Die hatte schon hin und wieder so Andeutungen gemacht, wenn der Vater mal wieder am Wochenende auf Tour gegangen war. Sie vermisste ihn dann, sie wollte den Vater in der Familie sehen. Noch war sie nicht auf und davon und fand alles schlecht, was von den Alten kam. Das aber warf sie ihm dann immer vor, hatte sie ihm vorgeworfen, dass er nicht für die Familie, für seine Frau und die Kinder da war, dass er nur nach sich schaute. Das konnte richtigen Streit geben. Zwei Hitzköpfe trafen da aufeinander, die sich sehr ähnlich waren.

Vera überlegte. Da half kein Nachdenken. Sie musste versuchen, dem Jungen in aller Ruhe alles zu erklären, möglichst vorsichtig. Aber was sollte sie ihm erklären? War das alles so, wie sie es sich dachte? Hatte sie ihren Mann Hans erstochen? War er tot? Lag er tot in der Scheuer? Wenn sie nicht den Mut aufbrachte, selbst nachzusehen, würde ihn jemand anderes finden. Sie musste hinüber in die Scheuer und sich vergewissern, dass der Hans dort lag. Dann konnte sie überlegen und Maßnahmen treffen. Dann konnte sie Michael auch etwas erklären.

Draußen im Hopfengarten, bei der Leiche des Hopfenbauern, hatte die Spurensicherung ihre Arbeit inzwischen beendet. Viel hatten sie nicht gefunden. Fahrspuren von einem kleinen Traktor, wie ihn hier in der Gegend viele Bauern besaßen. Diese Schmalspurtraktoren eigneten sich sowohl für den Hopfenanbau als auch für den Obstbau. Die Fahrspur wies keinerlei Besonderheiten auf. Also kein Anhaltspunkt, um den Täterkreis in einem ersten Schritt einzugrenzen. Der Zugang zum Hopfengarten war nicht verwehrt, hier konnte jeder reinfahren oder reinlaufen, der dazu Lust oder Absicht hatte.
Gernot Fallgruber nahm noch einmal das Seil in die Hand. Sah nach einer alten Machart aus.
»Vielleicht kann das Labor was damit anfangen. Das ist keine Baumarktware. Das ist alt, ziemlich alt. Sicherlich Handarbeit. Ich werde mich kundig machen, ob es noch Seilereien in der Gegend gibt. Vielleicht kann uns da jemand weiterhelfen«, sagte er vor sich hin.
Seine Kollegen packten ihre Ausrüstung zusammen und verstauten die wenigen brauchbaren Fundstücke in einem Asservatenkoffer. Jede Kleinigkeit konnte von Bedeutung sein, und wenn es eine Kippe war, von der sich dann rausstellte, dass sie schon Monate dort gelegen hatte. Das war ihr Job. Alles abgrasen und anschließend die Bedeutung beurteilen. Dann waren die Kollegen von der Kriminalpolizei gefragt, ob sie das Indiz einem möglichen Täter zuordnen konnten.
»Ich bin dann auch fertig. Alles Weitere mache ich dann in der Gerichtsmedizin in Konstanz«, rief Doktor Martin den Männern zu. Der Leichenwagen stieß rückwärts in die Gasse zwischen den Hopfenreihen.

»Und, wie gefällt es dir an der Uni?«, fragte Gernot den Doktor.

»Eigentlich ganz gut. Auf jeden Fall besser als vorher in dem alten Schuppen!«, antwortete Martin.

Die Gerichtsmedizin war erst kürzlich in die Uniklinik Konstanz umgezogen. Es hatte lange Diskussionen gegeben, ob ein neues, weiterhin eigenständiges Institut gebaut werden sollte oder ob es nicht besser war, sozusagen als Synergieeffekt, die Gerichtsmedizin dort unterzubringen, wo fachlicher Rat und Ansprache möglich waren. Letzteres war dann entschieden worden. So fand sich Doktor Martin nun wieder unter den Kollegen, mit denen er jahrelang als Pathologe zusammen gearbeitet hatte, bevor er beschloss, Gerichtsmediziner zu werden.

»Für mich war es eher wie ein Nachhausekommen«, sagte er zu Gernot, der verstehend nickte.

»Kann ich mir vorstellen. Wie lange hast du dort gearbeitet?«, fragte er.

»Zehn Jahre, gleich nach dem Doktor«, antwortete der Mediziner.

»Lange Zeit«, sagte Gernot Fallgruber nachdenklich. »Obwohl, bin jetzt auch schon zwölf Jahre bei der Truppe! – Wie wär's denn mal wieder mit einem Skatabend?«

»Gerne. Mensch, wir haben schon lange nicht mehr gespielt!«

»Das meine ich auch. Da wird es Zeit. Dritter Mann?«, fragte Fallgruber.

»Wie wäre es denn mit Udo Maschke? Ich weiß aber nicht, ob der so spontan kann. Bliebe immer noch der Robert Mitterer. Wäre doch auch nicht schlecht.«

»Du meinst, dann haben wir wieder ein Ermittlerteam beieinander?«

»Warum denn nicht?«, meinte der Doktor.

»Der wird ja hoffentlich bald kommen. Ich weiß eigentlich

gar nicht, wo der wieder bleibt. Übrigens, kannst bei mir übernachten. Ich sage meiner Frau Bescheid. Ist doch besser!«, sagte Fallgruber.

»Wäre gut, dann kann ich mir die Heimfahrt sparen und ein gutes Tettnanger Bier genießen. Außerdem bin ich morgen früh zeitig vor Ort. Aha, wenn man vom Teufel spricht!«

Jens Martin zeigte hinüber zum Feldweg. Gernot Fallgruber folgte dem Finger mit dem Blick. Ein altersschwacher, mausgrauer Passat fuhr am Feldweg vor. Aus dem Auto stieg ein bulliger Mann von annähernd zwei Metern Körpergröße. Seine Kleidung allerdings schien mit dem Wachstum irgendwann einmal nicht mehr mitgekommen zu sein. Der Mann sah ein wenig so aus, als würde er seinen Konfirmandenanzug auftragen. Die Hosenbeine und die Ärmel der Jacke ließen von den Extremitäten ein gutes Stück frei.

Aber das schien Robert Mitterer nicht zu interessieren. Es war nicht entscheidend, wie er aussah, sondern vielmehr, was er dachte und tat. Diese Haltung machte es ihm vor allem gegenüber den jüngeren Kollegen nicht immer einfach. Sie zogen ihn gerne auf. Aber immer mit Vorsicht, denn der »Koloss von Tettnang«, wie er scherzhaft genannt wurde, verstand in dieser Hinsicht keinen Spaß. Er erreichte die beiden Beamten und grüßte knapp.

»Morgen, Männer«, sagte er nur und besah sich den Fundort der Leiche. Er ging ein paar Schritte um die Fundstelle herum, schaute nach oben und wandte sich dann an die beiden Beamten.

»Was wissen wir?« Gernot Fallgruber und Jens Martin schauten sich an und zögerten einen Moment, wer denn nun zuerst berichten sollte.

»Fang du an«, sagte Doktor Martin.

»Gut«, antwortete Fallgruber und legte los. »Also, Robert, der Tote wurde als Hans Schurr identifiziert. Er hing dort oben, etwa sechs Meter hoch«, dabei zeigte er hinauf zu den Stahlseilen.

»Spuren eines Fahrzeugs haben wir zwar gefunden, ob sich daraus was machen lässt, ist allerdings fraglich. Kleinspuren haben wir aufgenommen und werden sie im Labor untersuchen. Erste Ergebnisse wahrscheinlich am frühen Abend oder dann morgen im Laufe des Vormittags. Tja, das wär's von meiner Seite.« Fallgruber schaute Mitterer an.

»Danke, Gernot, nicht gerade viel«, meinte der nur trocken. Er schien die Ruhe weg zu haben. Sein Blick sondierte die Umgebung. Wie kam der Tote hierher, schien er sich zu fragen. Wer kam auf eine solche Idee, jemanden hierher zu schleppen und hochzuziehen? Das mitten in der Nacht und natürlich stellte sich die Frage: Warum? Fragen, die sich seine Untersuchungsbeamten sicherlich selbst auch schon gestellt hatten.

»Wann ist das hier passiert? Kannst du vielleicht weiterhelfen, Jens?«, fragte der Kriminalkommissar den Mediziner.

»Viel kann ich noch nicht sagen. Ob der Tote hier verstorben ist, oder beim Aufhängen schon tot war, lässt sich jetzt noch nicht sagen. Der Tote wurde definitiv nicht durch Strangulation getötet. Das Seil ging wie eine Schlinge unter seinen Armen hindurch. Das verursacht natürlich Schmerzen, aber sterben kann man daran nicht. Wie das Opfer gestorben ist, das werden weitere Untersuchungen im Labor ergeben. Ich habe einige Verletzungen festgestellt, die wir näher untersuchen werden. Er hat ein Hämatom an der Stirn und vermutlich Stichverletzungen an der Brust. Wie gesagt, genauer kann ich das dann morgen sagen. Wirst du denn den Fall bearbeiten, Robert?«, fragend richtete der Doktor seinen Blick auf den Kommissar.

»Denke schon«, sagte der, »allerdings hat Friedrichshafen angerufen. Die schicken jemand aus Konstanz, eine gewisse Kim Lorenz, jung zwar, aber aufstrebend, wie man hört. Ist wohl in Richtung Landeskriminalamt unterwegs. Wir werden sehen. Ich würde sagen, heute, halb fünf im Kommissariat. Wir telefonieren wegen der genauen Uhrzeit. Schließlich müssen wir auf die Kommissarin warten und sie informieren, auch wenn eure Ergebnisse dann noch nicht vollständig sind. Also, bis dahin«, dies gesagt, drehte Mitterer auf dem Absatz um und ging zu seinem Wagen.

Fallgruber und Martin schauten dem Kommissar hinterher. Er öffnete die Tür seines Passats, schob langsam eines seiner langen Beine in den Innenraum und zur Verwunderung der Zuschauer fand auch noch der Rest des mächtigen Leibes Platz im Fahrzeug. So eingestiegen verharrte Mitterer einen Augenblick, nickte sich selbst zu, steckte dann den Schlüssel ins Schloss und startete den Wagen.

»Immer wieder ein Schauspiel«, sagte Gernot Fallgruber lächelnd.

»Man könnte meinen, es ist für ihn immer wieder wie ein Wunder. Ein Fahrzeug, er sitzt hinein und es fährt. Unglaublich. Aber jetzt pass' auf, Gernot, ich wette, der wendet nicht!«, sagte Jens Martin.

Wie es Doktor Martin vorhergesehen hatte, stieß Mitterer mit dem Passat nicht zurück, um zu wenden, sondern fuhr den unebenen Feldweg gut zweihundert Meter entlang, um dann über eine andere Einfahrt auf die Straße einzubiegen. Selbst sein Fahrstil war wie er selbst. Ruhig und besonnen.

»Der fährt, wie er ist«, meinte Martin.

»Der wird sich noch wundern. Ich kenne die Kim Lorenz, das wird ein Spaß!«

»Woher kennst du sie?«, fragte der Doktor.

»Sie war auch auf diesem Lehrgang in Stuttgart. Im Frühjahr. Die Vorstellung dieser neuen DNA-Analysen«, antwortete Fallgruber.

»Schade. Den Lehrgang hatte ich mir auch vorgenommen. Ging dann terminlich nicht«, sagte der Doktor.

»Zu viele Leichen?«, fragte Fallgruber lächelnd.

»Zu wenig Leute. Es war keiner da, der mich hätte vertreten können. Was soll's. Na, dann bin ich auf diese Frau Lorenz mal gespannt. Bis später dann.«

»Wir sehen uns bei Mitterer!«, rief Fallgruber dem Doktor im Gehen noch zu.

Die beiden Männer gingen zu ihren Autos. Als ob sie das abgesprochen hätten, wendeten beide und nahmen den kürzeren Weg zur Landstraße. Zumindest den Fahrstil wollten sie Mitterer nicht nachmachen. Zurück blieb ein abgelegenes und abgeerntetes Hopfenfeld. Nur die rot-weißen Absperrbänder ließen den Passanten vermuten, dass hier etwas passiert war. Ein leichter Wind spielte mit den Bändern. Ein knatterndes Geräusch war zu hören.

Peter Lange saß derweilen schon beim Frühstück. Er hatte versucht, noch einmal einzuschlafen, aber die Sonne schien zu verlockend durch das Wohnwagenfenster direkt in sein Gesicht. Er hatte nicht lang überlegt und war aufgestanden. Obwohl, ihn trieb eigentlich nichts, er hatte schließlich Ferien oder, wie es amtlich richtig hieß: unterrichtsfreie Zeit. Sollte er heute schon nach Freiburg zurückfahren? Zu seinen Eltern in Konstanz zog es ihn nicht gerade. Dort war er am letzten Wochenende gewesen. Kim hatte einen Fall in Tettnang, wie sie ihm noch erzählt hatte. Tettnang, da gab es Hopfen und gutes Bier.

Er war in seiner Zeit als Journalist mal dort gewesen. Hatte eine Serie übers Bierbrauen für ein Magazin geschrieben. Wäre doch eine tolle Idee, dem Ort mal wieder einen Besuch abzustatten. Was wohl Kim dazu sagen würde? Eigentlich mochte sie es nicht, wenn er bei ihren Ermittlungen in der Nähe war, aber diese Überraschung würde er sich gönnen. Er konnte immer noch umgehend wieder abreisen. Auf dem Rückweg könnte er noch in Gaienhofen vorbeischauen. Reizen würde ihn diese evangelische Schule, die noch ein Internat war, schon. Dann war da noch das Hermann-Hesse-Museum in Gaienhofen selbst und ganz in der Nähe, in Öhningen, das Otto-Dix-Haus. Ein nettes Programm für ein paar Tage Urlaub, dachte Peter Lange. Er nahm seine Tasche, die er noch kaum ausgepackt hatte, und machte sich auf den Weg. Schwer zu finden dürfte Kim in dem überschaubaren Ort nicht sein.

Ob er wirklich tot gewesen war? Er glaubte es. Er hatte kein Schnaufen mehr hören können, als er ihm das Ohr an die Brust gehalten hatte. Auf was war er vorbereitet gewesen? Wie hatte er sich das vorgestellt? Er mit der Pistole? Auf den Hans schießen? War ja auch egal. Er hatte seinen Plan durchgeführt, so, wie er es sich vorgenommen hatte. Endlich. Nun hing der Hans Schurr dort, wo auch sein Vater gehangen hatte.

Das war er ihm schuldig gewesen. Er hatte das schon lange vorgehabt. Dann die Sprüche am Stammtisch letzte Woche und die Gewissheit, dass der Schurr was gedreht hatte, damals. Den Herbert Lohr würde er auch noch drankriegen. Vielleicht anonym anzeigen, dann war der auch weg. Aber das hatte noch Zeit. Jetzt musste er sich entspannen. Eine harte und lange Nacht lag hinter ihm. Eigentlich konnte er noch gar nicht glauben, dass alles vorbei war. Er hatte es durchgezogen. Nun konnte sein Vater in Frieden ruhen und er wieder ruhig schlafen. Sie würden ihn nicht finden, da war er sich sicher. Er hatte sich das alles ganz genau im Kopf vorgestellt. Alles hatte er vorhergesehen, nur die Gelegenheit hatte ihm noch gefehlt. Dann, gestern am späten Abend, war sie da gewesen, die Gelegenheit.

Hans war in der Scheuer gewesen, die Männer am Stammtisch waren aufgebrochen. Es war weit nach Mitternacht. Vereinzelte angetrunkene Festteilnehmer wankten in Richtung Heimat. Keiner hatte auf ihn geachtet. Er war an der Scheuer entlanggegangen und flugs zur Tür hinein. Er hatte sich auf einen Kampf vorbereitet gehabt. In der Hand die Pistole von seinem Großvater. Die schoss noch, obwohl der Krieg doch schon lange her war. Im Gürtel hatte er noch ein Messer stecken gehabt, für den Notfall. Wie ein Jäger, hatte er noch gedacht. Die hatten auch ein Messer für den Gnadenstoß.

Aber dann hatte Hans am Boden gelegen. Ziemlich reglos. Eine Wunde konnte er nur am Kopf erkennen, aber die war nicht schlimm. Er hatte Hans das Messer vors Gesicht gehalten, ob es beschlug. Das hatte er mal in einem Western gesehen. Es beschlug nicht, zumindest sah er nichts. Er hatte um den Toten das Seil geschlungen und ihn mit der Winde hochgezogen. Eigentlich hätte das Seil um seinen Hals gehört. Aber, wenn der schon tot war, hatte er gedacht. Er hatte den Schurr dann ins Hopfenfeld geschleppt. Draußen auf dem Feld hatte er das Seil losgemacht und das eine Ende über das Querseil geworfen. Beim dritten Mal hatte es geklappt. Er hatte das Ende in die Seilwinde eingelegt und den Toten hochgezogen. Ganz hinauf.

»En d'r Scheuer isch er au it!«, rief Michael, kaum hatte er die Eingangstür geschlossen. Vera atmete tief durch.

»Äh, hab' ich doch gesagt«, meinte sie nur. Jetzt Ruhe bewahren. Warum lag der Hans nicht in der Scheuer? Wer hatte ihn weggeschafft? Sie konnte sich niemanden vorstellen. Wer geht schon in die Scheune, findet den Bauern tot am Boden und schafft ihn dann beiseite? Wenn er aber doch nicht tot gewesen war? Dann konnte er jetzt zur Tür hereinkommen und so tun, als ob nichts gewesen wäre. Oder hatte der Herbert sie doch gesehen, hatte in der Scheuer nachgeschaut und für sie den Hans weggeschafft. Konnte das so passiert sein? Zuzutrauen wäre es dem Herbert, der guten Seele. Wie der wohl die Sache mit Hans und Marie verarbeiten würde, fragte sie sich. Den traf das doch ins Mark. Sie hatte den Hof und die Kinder und ihr Leben. Das hatte sie sich durch die Eskapaden von Hans nicht verderben lassen.

Da war immer noch die Vera, als die sie sich kannte. Aber der Herbert hatte sich verkrochen, die Menschen immer mehr gescheut, und die Kinder, die waren immer schon die Angelegenheit von Marie gewesen. Was wohl aus dem Herbert werden wird, dachte Vera. Aber, sie musste sich jetzt um den Jungen kümmern, unterbrach sie ihre Gedanken. Er setzte sich an den Esstisch. Ihm standen Tränen in den Augen. Er war verzweifelt. Vielleicht spüren Kinder so etwas, dachte Vera.

»I woiß it, wo e no suacha soll!« Der Junge war verzweifelt. Tränen liefen ihm über die Wangen. Sie setzte sich zu ihm, nahm ihn in den Arm und wiegte ihn sanft hin und her. Das hatte ihn schon als Baby und als kleines Kind immer beruhigt. Ein sanftes Wiegen. Sie waren nur einmal, vor langer Zeit, mit den Kindern am Meer gewesen. An der Adria, in Grado. Eine kleine Ferienwohnung und ein langer, weißer Sandstrand. Eigentlich nichts Besonderes. Aber Michael war fasziniert vom Wogen der Wellen gewesen. Er war stundenlang im Wasser, schwamm und ließ sich treiben. Sie hatte sein frohes Lachen noch heute im Ohr, als er es schaffte, toter Mann zu spielen. Ob er doch nicht tot gewesen war? Vielleicht hatte ihn jemand aus der Scheuer entfernt. Aber wer hätte das tun sollen?

»Vielleicht isch er auf d' Felder naus. Hinda an d'r Kirch hemmer geschtern de letzschte Wage gholt!« Sie wollte ihn noch festhalten, aber er riss sich los. Schon war der Junge zur Tür hinaus. Sollte er ruhig suchen, dachte Vera. Sie wusste sowieso nichts mehr. Was war nun?

Machen Sie das mal Frau Lorenz, hatte der Chef gesagt. Was sollte sie da antworten? Tut mir leid, mein Freund ist zu Besuch, und wir hatten eigentlich noch eine flotte Sonntagmorgennummer auf dem Programm. Sie konnte dem Mann einfach nichts abschlagen. Mochte ihn einfach. Alte Schule, nächsten Herbst würde er nach langen Dienstjahren in den wohlverdienten Ruhestand verabschiedet werden. Zusammen mit seiner Sekretärin. Sie hatte sich mal getraut zu fragen. Die beiden hatten fast vierzig Jahre miteinander gearbeitet. Der Chef war wahrscheinlich mehr mit dieser Sekretärin zusammen gewesen als mit seiner Frau.

Sie versuchte, mit dem Handy Gernot Fallgruber zu erreichen. Ein netter Kerl. Sie hatte sich an ihn erinnert, als der Ortsname Tettnang fiel. Da war doch der Gernot zu Hause, hatte sie gedacht. Soweit sie wusste, arbeitete er bei der Spurensicherung in Friedrichshafen. Die würde hier sicherlich zuständig sein. Probieren konnte sie es immerhin mal. Sie musste es eine Weile klingeln lassen.

»Hallo Gernot, schlechte Verbindung, was!«, schrie sie fast ins Telefon. »Wie, du bist bei dem Fall dabei! Gut. Was? Ihr seid schon auf dem Rückweg? Bin ich so spät dran? Ihr macht mir Spaß! Stehe ich dann nachher allein am Fundort? Wo ist denn das genau? – Öhlingen, bei der Kirche? Aha, gegenüber. Gut. Ich werde es schon finden. Dann bis später. Auf dem Tettnanger Revier. Bei Kommissar Mitterer, genau! Tschüss.«

Sie hatte inzwischen Tettnang erreicht. Den Ort selbst kannte sie nicht, aber sie war mal mit ihrer Nichte und ihrem Neffen im Hopfenmuseum gewesen. Sehr eindrucksvoll war das damals, wie sie sich gut erinnerte. Allerdings war es im November, da war der Hopfen schon geerntet und somit nicht mehr viel zu sehen von Anbau und Ernte des Hopfens, außer Bildern und Filmen. Sie fuhr langsam ortsauswärts und hatte bald die kleine Kirche erreicht, der gegenüber sie in den Feldweg einbog. Die rot-weißen Absperrbänder waren schon von der Straße aus gut zu erkennen. Sie hielt den Wagen am Straßenrand an und ging über den Grünstreifen auf den Feldweg und die Bänder zu.

Na toll, dachte sie noch, als sie sich unter dem Band durchduckte, wenn das jemand sah. Die leitende Kommissarin traf zu spät am Fund- oder Tatort ein und konnte sich allein einen Reim machen. Wohlgemerkt ohne Leiche und ohne einen Mitarbeiter. Sie hatten das Seil entfernt, wahrscheinlich lag das längst im Labor bei der Spurensicherung. Reifenspuren waren im Boden unter dem Stahlseil zu erkennen, aber was hieß das schon.

Sie schaute sich um. Ein abgeerntetes Hopfenfeld, mehr nicht. Der Feldweg als leichter Zugang. Hier konnte jeder in der Nacht mit dem Traktor reinfahren und jemanden aufhängen. Die Straße war zu weit weg, als dass von dort etwas zu sehen gewesen wäre. Na, das konnte ein Fall werden. Sie beschloss, nach Tettnang reinzufahren. Zuerst ein Zimmer und dann zu diesem Kommissar Mitterer auf das Revier. Dort würde sie die anderen dann schon treffen. Aber das hatte alles noch Zeit. Sie musste nachdenken. In Gedanken versunken ging sie durch den Hopfengarten. Einmal runter, einmal rauf. Damit wäre dann genug besichtigt. Viel zu sehen gab es hier sowieso nicht mehr. Vielleicht fanden die Kollegen noch Kleinstspuren, die etwas hergaben. Aber sie wusste, wie es dann lief. Sie hatten eine Faser oder ein Haar und dann begann die Suche. Das war zum Verrücktwerden, neueste Technik, schön und gut, aber sie liefen sich dann die Hacken ab, um an Vergleichsmaterial zu kommen.

Sie musste lachen, wenn sie an die amerikanischen Serien im Fernsehen dachte. Als ob das alles so einfach wäre, hier einen Tropfen Speichel rein, hinten eine DNA raus, und um die nächste Ecke kam dann der Vergleichskandidat. Ha, ha, konnte sie da nur denken. Aber sie wusste, warum das in den Staaten so lief. Die Technikgläubigkeit war eine wichtige Grundlage, die Entwicklung der digitalen Möglichkeiten auch. Also wurde im Fernsehen genau das unterstützt. Hast du Technik und Computer, hast du die Lösung und damit auch den Schuldigen. Das waren Spiele auf dem Bildschirm, Spiele halt, Brot und Spiele, dachte sie. Spannung auf Amerikanisch eben. Das machte sie nachdenklich. Sicherlich, sie konnten inzwischen verdammt tolle Sachen machen. Eine Faser von einem Kleidungstück des Täters irgendwo am Tatort, dazu einen Kreis von Verdächtigen und dann noch einen Täter, der den Mantel auch noch im Schrank hängen hatte. Es musste schon viel ineinandergreifen, damit diese Vorgänge dann in Wirklichkeit so liefen, wie sich das irgendwelche Autoren ausdachten.

Hier ging es jedenfalls erst einmal um das Motiv. Was steckte dahinter? Wer war der Täter oder die Täterin? Was brachte einen Menschen dazu, jemanden zu töten, indem er ihn hier in den Hopfengarten hängte? Das war ihre Aufgabe, die Suche nach dem Motiv. Die alte Geschichte, irgendwo dort in diesem kleinen Städtchen, das so beschaulich zwischen dem Bodensee und der hügeligen Landschaft dahinter lag, irgendwo dort war ein Mensch mit einem Motiv. Diesen Menschen galt es zu finden.

Im Gasthof zum Schützen saß derweilen eine fröhliche Runde beisammen. Allerseits war man noch leicht angeschlagen von den Festbieren des Vorabends, trank an diesem späten Vormittag sein Bier mit Genuss oder eher auch mit Vorsicht. Kopfweh hatte keiner. Oder keiner gab es zu. Die Vorfälle am gestrigen Samstagabend wurden diskutiert. Immer wieder konnte einer zu den Geschichten und Anekdoten was hinzufügen. Da ging es um entstehende Liebschaften, Eifersüchteleien und so manchen Streit, der sich unweigerlich an solchen Festabenden abspielte. Denn immer wieder waren solche Feste willkommene Anlässe, angestauten Unmut loszuwerden. Oft waren es Nichtigkeiten.

»Und I sag eich oins, der fährt mir nicht mehr über da Acker, des isch amol gwiß!«

»Ond no?«

»Braucht er en Hubschrauber!« Allgemeines Lachen und Prost. Man schlug sich auf die Schultern oder die Schenkel, je nach Bekanntheitsgrad. Wieder war ein Fest gefeiert und wieder waren einige Hektoliter Bier die Kehlen hinuntergewandert.

»Guat gloffa ischs«, sagte einer der Älteren, dessen Aussage schon deshalb Bedeutung hatte, weil er so weit zurückblicken konnte. Die anderen am Tisch hörten ihm zu, die Geräusche ebbten ab, wenn er sprach. Konnte sein, dass einer was dazwischenrief, der wurde von den anderen gemaßregelt, still zu sein. Denn dann kam der nächste in der Hierarchie an die Reihe.

»Es war a schees Fescht«, sagte der und hob den Krug. Damit war die Sache durch. Nun konnte man anstoßen und sich zuprosten. Wer jetzt noch was zu sagen hatte, konnte auch was sagen. Aber dazu kam es an diesem Tag nicht.

»Jetzt gucket amol do na!«, rief einer mit Blick zur Eingangstür. Alle sechs weiteren Augenpaare bewegten sich in einem Schwenk in dieselbe Richtung. Herbert Lohr war etwas überrascht. Er hatte sich schon gedacht, dass sein Besuch an einem Sonntagvormittag im Schützen die Leute überraschen würde. Aber ein solches Hallo hatte er dann doch nicht erwartet. Obwohl, wie lange war es denn her, dass er hier ein gemütliches Bier getrunken hatte?

»Ja, hallo, Herr Amtmann!«, tönte es aus mehreren Kehlen vom Stammtisch her. Lohr nickte nur grüßend und setzte sich mit Sicherheitsabstand an einen Ecktisch. Der

Schützen war eine der wenigen Wirtschaften, die sozusagen ihr Gesicht behalten hatten. Hier war alles noch ein wenig wie damals. Die Einrichtung stammte aus den Sechzigerjahren. Viel Holz, das inzwischen wohnlich abgewetzt war. Herbert Lohrs Erinnerungen an diesen Gasthof gingen zurück bis in seine Kindheit. Der Großvater des Wirts hatte ihm auf einer dieser Bänke seine erste Limonade eingeschenkt. Solche ersten Genüsse prägten sich ein. Das vergaß der Mensch nicht mehr.

Heute betrieb der Enkel, Georg Tränkle, zusammen mit seiner Frau den Gasthof. Kleine Karte, einheimische Speisen, alles frisch. Ein einfaches Konzept, mit dem man zwar nicht reich wurde, aber auch keinen Stress und vor allem zuverlässige Stammkunden hatte. Auch manche der Touristen hatten den Schützen in seiner urtümlichen Qualität entdeckt. So war die Zeit im Schützen ein wenig stehen geblieben. Es gab einheimisches Bier von der kleinen Brauerei nebenan, dazu einfache Gerichte. Der Klassiker war der Leberkäse mit Kartoffelsalat und Schweinswürstle mit Sauerkraut. Als Spezialität servierte Georg Tränkle gerne Kässpätzle mit gemischtem Salat. Herbert Lohr war schon lange nicht mehr im Schützen gewesen. Zu viele Einheimische und zu viel Gerede hatten ihn immer davon abgehalten. Er hatte es vom Rathaus nicht weit nach Hause. Der Wirt kam auf seinen Tisch zu.

»Hat sich da oiner verlaufe?«, fragte er süffisant.

»Ein Bier und ein Zimmer«, sagte Lohr nur.

»Bier kommt. Aber ein Zimmer, warum das denn?«, fragte Tränkle, ganz ohne Dialekt.

»Frag' it so bled«, sagte Herbert Lohr genervt.

»Eigentlich hatte ich schon früher mit dir gerechnet«, meinte der Wirt nur und ging zur Theke, das Bier zapfen. Anscheinend haben es alle gewusst, nur ich nicht, dachte Herbert Lohr. So war das in einem solchen Städtchen.

Überall wurde getuschelt und getratscht, jeder wusste Bescheid. Nur eben derjenige, den es eigentlich anging, der erfuhr es als Letzter. Tränkle kam mit dem Bier.

»Hat sie dich rausgeworfen?«, fragte er.

»Rausgeworfen, mich? Warum? Weil sie fremdgeht? Mit dem eigenen Schwager und Freund!«, Lohr war genervt. Das konnte er leiden. Dieses hinterfotzige Geschwätz!

»Na ja, Freund, soweit würde ich jetzt nicht gehen. Der Hans Schurr hat doch im Grunde genommen keine Freunde. Zumindest kenne ich keinen. Die meisten hat er schon einmal über den Tisch gezogen. Dich doch auch!« Georg Tränkle schaute ihn ernst an.

»Mich?«, fragte Lohr scheinheilig.

»Tu doch nicht so. Erst gestern Abend, als du weg warst, wurde beim Fescht drüber gesprochen. Der Frieder Glauber hat ganz große Ohren gekriegt. Die Sache mit den Feldern damals, da habt ihr doch was gedreht. Der alte Glauber hat nicht wegen nichts den Strick genommen!« Herbert Lohr wich dem Blick des Wirtes aus.

»Damit hatte ich nichts zu tun«, sagte er mit fester Stimme.

»Das wird sich zeigen. Der Frieder jedenfalls wird da nicht locker lassen. Es war sein Erbe und seine Existenz. Die habt ihr beide ihm genommen!« Der Wirt hielt seinen Blick aufrecht.

»Ich möchte sogar wetten, dass du nicht mal was dafür genommen hast. So eine ehrliche Haut bist du. Aber das wird nicht einfach werden, das zu beweisen. Vor allem, weil ich wetten könnte, dass der Hans dich hängen lässt. Und dann? Adieu, Herr Amtmann. Frau weg, Job weg. Dann kannst du dich ganz deiner Eisenbahn widmen!« Es war keine Häme in der Stimme des Wirtes. Eher ein wenig Frust und eine Spur Mitgefühl.

Herbert Lohr trank einen Schluck von seinem Bier. Wenn das so kommen sollte, dann wusste er nicht mehr weiter.

Nur der Keller ging nicht. Er hatte vieles drum herum in der letzten Zeit ausgeklammert. Sich vergraben in Schienen und Loks. Wenn ihm aber nur das noch blieb, dann fehlte der Sinn. Er ging gerne ins Amt, war gerne Beamter und hatte es gern geordnet. Er hätte auch das mit Hans vielleicht tolerieren können. Aber nicht, wenn es öffentlich war, wenn es alle wussten. Das packte ihn an der Ehre, traf ihn ins Mark. Mit großen Schlucken leerte er sein Bier und nickte dem Wirt zu. Der nahm das leere Glas und ging.

In diesem Moment wurde die Tür zum Gastraum aufgerissen. In der Tür stand ein Mann Mitte fünfzig, der Haarschopf grau. Er hatte eine Arbeitshose an und machte ganz den Eindruck, gerade vom Feld zu kommen. Rainer Roller konnte seine Erregung kaum verbergen. Nachdem er den Hängenden und die beiden Polizisten im Vorbeifahren gesehen hatte, war ihm klar geworden, welche Neuigkeit er nun als Erster in die Stadt tragen konnte. Wo fing man da besser an als im Schützen, wo die ganze Stammtischgemeinde um diese Zeit zusammensaß.

»Der Schurr Hans isch tot!«, rief er in den Gastraum hinein. Dabei überschlug sich fast seine Stimme. Der Schreck stand ihm ins Gesicht geschrieben. Alle Anwesenden sahen auf. Auch der Wirt.

»Er hangt im Hopfenfeld!«, sagte der Hopfenbauer Roller betroffen.

»Der Hans!«

»Hätt' ich it denkt, dass der so was macht!«

»Aufghängt, der Hans, des ka e it glauba!«

»Do hot einer die Konsequenzen gezogen!«

»Bleds Gschwätz!«

»Was hoißt hangt?«, wollte der Wirt nun von Roller wissen. Mit ernstem Gesicht stand er ihm gegenüber.

»Viel weiß e au it. Aber Polizei war do und Spurensicherung und d'r Doktor send no komma. Ganz droba ischer ghengt!« Hopfenbauer Roller war sichtlich stolz, der Erste zu sein, der die Nachricht in den Schützen brachte. Das würde man sich sicherlich noch in paar Jahren erzählen.

»Des hoißt, er hot sich it selber aufghengt«, sagte der Wirt.

»Warum it, ganga däts!«, sagte einer am Stammtisch.

»Wie denn, Seggl!«, wies ihn ein anderer zurecht.

»Du moinsch, er hot sich selber mit ma Flaschazug naufzoga?«, kam die Frage.

»Uwahrscheinlich.«

»Den hot oiner umbrocht!«

»Do kenn i a bar!«

Herbert Lohr hatte sich an seinem Ecktisch still verhalten. Hans Schurr tot? Aufgehängt? Wie das? Er hatte ihn zum letzten Mal in der Scheuer gesehen. Soviel wusste er. Er hatte sich immer wieder eingeredet, dass die Wunde an der Stirn so schlimm nicht sein konnte. Aber jetzt. Polizei, womöglich Kriminalpolizei? Was dann kommen würde, konnte er sich schon ausmalen.

»Derf's no was sei?«, unterbrach Georg Tränkle seine Gedanken.

»Danke, i ben versorgt«, sagte Herbert Lohr.

»Des denk e au«, meinte der Wirt nur und ging hinüber zu seiner Theke. Nun würden noch einige Bier fließen, freute er sich. Denn für Gesprächsstoff war gesorgt.

Kim Lorenz war auf dem Weg durch die Hopfenreihe zurück zu ihrem Wagen. War ziemlich groß, so ein Hopfengarten. Bis zum Wagen waren es noch gut hundert Meter, als sie einen Jungen an den Absperrbändern wahrnahm. Er ging neugierig um die Bänder herum und schaute immer wieder nach oben, wo die Spurensicherung auch ein Band befestigt hatte. Es flatterte im Wind. Sie ging auf den Jungen zu. Er blieb ruhig stehen, schien auf sie zu warten.

»Hallo«, sagte Kim Lorenz.

»Grüß Gott«, sagte der Junge, »ich ben d'r Michael vom Schurr-Hof.«

»Kim Lorenz, Kriminalpolizei Konstanz«, stellte sich die Kommissarin vor.

»Kriminalpolizei?« Der Junge schaute sie ungläubig an.

»Genau«, sagte Kim, »denn siehst du, hier, wo die Absperrbänder sind, hat es ein Verbrechen gegeben.«

»Was fir a Verbrecha?«, wollte der Junge wissen.

»Da kam jemand zu Tode«, erklärte die Kommissarin.

»Wer?«, fragte der Junge.

»Ich bin eben erst angekommen. Das weiß ich noch nicht. Aber warte, ich muss sowieso telefonieren. Dann kann ich gleich fragen.« Sie holte ihr Handy heraus und wählte eine Nummer.

»Ja, hallo Gernot, Kim Lorenz hier. Kannst du mir kurz den Namen des Toten durchgeben? Wie?«

Der Gesichtsausdruck der Kommissarin wechselte von entspannt zu entsetzt. Sie wandte sich von dem Jungen ab und sprach leiser.

»Gernot echt? Scheiße! Nein, Entschuldigung. Ich erkläre dir das nachher. Tschüss erst mal!« Sie schloss für einen Moment die Augen. Jetzt war schnelles Nachdenken gefragt. Sie stand dem Sohn des Toten gegenüber.

Sie hatten ihn gefunden. Er hatte die beiden Polizisten und die Männer gesehen. Von einem sicheren Platz aus hatte er alles mit dem Fernglas ganz genau verfolgen können. Es war wie in einem Krimi gewesen. Spurensicherung, dann Gerichtsmedizin. Nur fehlte bisher jemand von der Kriminalpolizei. Der Kommissar Mitterer zählte in dieser Hinsicht nicht. Der war zwar Kriminaler, aber nur ein ganz kleiner, wie er wusste. Sie hatten das Seil mitgenommen und den Fundort ganz genau untersucht. Auch die Fahrspuren des Traktors. Da würden sie schön blöd schauen, wenn sie feststellten, dass es sich um Spuren von Schurrs eigenem Traktor handelte. Den hatte er sich für die Aktion einfach ausgeliehen. Warum ließ der das Fahrzeug auch nachts im offenen Schuppen stehen? Sogar der Schlüssel hatte im Schloss gesteckt. Er glaubte, keinen Fehler gemacht zu haben. Die konnten suchen, bis sie schwarz wurden.

Er machte sich sein Mittagessen fertig. Ein Rest Nudeln vom Vortag und eine Dose Gulaschsuppe. Das war sein Sonntagsessen. Vielleicht würde er am Nachmittag noch in den Ort hineinfahren. Sich ein wenig umhören. Am besten ging er in den Schützen und trank ein Bier. Dort würde er bestimmt alles erfahren, was im Ort so geredet wurde. Aber er musste auch noch die Windlichter für die Geschenkboutique fertig machen. Die hatte er auf Montag versprochen. Waren zwar nur vier Stück, aber immerhin bekam er zehn Euro für jedes. Er konnte jeden Euro zurzeit gebrauchen. Dieses Hartz IV reichte nicht zum Leben und nicht zum Sterben. Ja, wenn er den Hof noch hätte. Aber das war vorbei. Seine Träume waren dahin, eines Tages den Hof wieder aufbauen zu können. Der Vater wäre so stolz auf ihn gewesen. Er hatte es ihm damals bei der Beerdigung versprochen. Aber dann musste er feststellen, dass es Dinge gab, die ließen sich auch mit viel Anstrengung nicht mehr rückgängig machen. Da war ihm nur noch eines geblieben. Schurr.

Wo war Hans? Vera Schurr war inzwischen selbst noch einmal in der Scheuer gewesen. Er war tatsächlich nicht dort. Wer um alles in der Welt hatte ihn weggebracht oder: Wo war er hingegangen? Sie machte zur Ablenkung die Kü-

chenarbeit fertig. Hausarbeit war dazu immer gut. Im Hof
war die Aufräumgruppe immer noch damit beschäftigt, die
Reste des gestrigen Hopfenfestes zu beseitigen. Das dau-
erte mal wieder.

Vielleicht, wenn die Herren Aufräumer nicht alle halbe
Stunde ein frisches Bier genossen hätten, wäre es erheblich
schneller gegangen. Wenn die so weitermachten, konnte
sich das bis zum Nachmittag hinziehen. Sie musste nachher
sowieso draußen die Treppe fegen, da würde sie den Jungs
mal Bescheid geben. Als sie vor die Tür trat, fuhr ein blauer
Audi A3 mit einem Konstanzer Kennzeichen auf den Hof.
Michael saß vorne auf dem Beifahrersitz. Vera blieb stehen. Michael und eine junge Frau, vielleicht Ende zwanzig,
schlanke Figur, kurze, schwarze Haare, stiegen aus. Sie kamen auf Vera zu.

»Guten Tag, Frau Schurr, mein Name ist Kim Lorenz, Kriminalpolizei Konstanz. Ich bringe ihren Sohn zurück, er
war draußen auf dem Hopfenfeld«, stellte sich Kim Lorenz
vor. Michael ging zu seiner Mutter und legte den Arm um
sie. Vera war verwirrt. Sie verstand nicht, was da gerade um
sie herum passierte. Wieso kam der Junge jetzt zu ihr?

»Frau Schurr, können wir reingehen?«, fragte Kommissarin Lorenz.

»Sicher, kein Problem, ich verstehe nur nicht…«, stammelte
Vera Schurr.

»Drinnen, Frau Schurr, alles weitere drinnen!«, sagte Kim
Lorenz und schob die beiden in Richtung Haustüre.

Die Männer vom Aufräumkommando hatten in ihrer Arbeit innegehalten. Was war das denn? Ihre fragenden Blicke
verfolgten die Ankunft des Konstanzer Audis, sahen den
Michael Schurr aussteigen, dann auch die junge Frau.

»Ein flotter Feger«, murmelte einer der jüngeren Männer.

»Sei schtill«, mahnte ihn ein älterer.

Sie sahen die beiden Frauen und den Jungen im Haus verschwinden, warteten noch, bis die Haustüre zufiel, dann ging es auch schon los.

»Was war denn des?«

»Seltsam.«

»Konstanzer Kennzeicha, dui isch net von hier, und dann bloß Zahla!«

»Wieso Zahla?«

»Ha, am Kennzeicha, des hoißt Land oder Polizei!«

»Ach so.«

»D' Polizei aufem Schurrhof!«

»Seltsam, sag i doch!«

»Scho.«

Nachdem er mehr recht als schlecht in der allgemeinen Aufregung gegessen hatte, war Herbert Lohr auf sein Zimmer gegangen. Er musste nachdenken. Was kam da alles auf ihn zu? Der Hans tot! Er konnte das nicht gewesen sein, so heftig war der Schlag nicht, den er Hans verpasst hatte. Und er hatte es verdient. Keine Frage. Nur was, wenn sie ihm den Tod des Hopfenbauern anhängen würden? Aber wie kam der Schurr in den Hopfengarten? Wer konnte ein Interesse daran haben, die Leiche aus der Scheuer, denn dort hatte er den Schurr zuletzt gesehen, hinaus ins Hopfenfeld zu schaffen? Sollte er sich darauf verlassen, dass die Polizei dem wirklichen Täter auf die Spur kam? Würden sie die notwendigen Beweise finden?

Er konnte nur eines tun. Am Abend in der Gaststube ein wenig herumhören, ob einer vom Feststammtisch etwas bemerkt hatte. Vor allem, ob einer aus dieser Runde den Hans Schurr gesehen hatte. Womöglich war der nach ihrer Auseinandersetzung auch wieder aus der Scheuer gekommen. Dann war er aus der ganzen Sache raus. Zumindest was den Tod vom Hans anging. Die Sache mit den Feldern würde nicht zu vertuschen sein. Irgendeiner würde die Polizei schon drauf stoßen, dass da etwas gelaufen war, über das im Ort immer wieder geredet wurde. Bisher hatte es dafür keine Anhaltspunkte, keine Beweise gegeben. Aber wenn dann erst einmal der Kaufvertrag auf dem Tisch lag und dazu der Gemeinderatsbeschluss, dann konnte man eigentlich nur noch zu einer Erklärung kommen.

Dann war er dran. Er war Beamter, vereidigt und der Stadt und dem Gesetz verpflichtet. Das konnte, nein, das musste seinen Abschied aus dem Staatsdienst bedeuten. Und dann? Wie es der Wirt gesagt hatte: Frau weg, Job weg, nur noch Modelleisenbahn. Wer sollte ihm denn helfen? Freunde in dem Sinne hatte er längst nicht mehr. Wenn die andern sich zum Kartenspielen und Biertrinken trafen, war er in seinen Keller gegangen. Nicht einmal sonntags hatte er diese Regel gebrochen. Wohin hatte er sich da geflüchtet? War das noch ein Leben, wenn man nur noch mit Lokomotiven redete? Einmal hatte er sich dabei erwischt. Klar, sie waren seine neuen Freunde. Ihnen konnte er alles erzählen, sie hörten zu, zischten höchstens mal zur Bestätigung.

Das Polizeirevier Tettnangs war in einem historischen Gebäude untergebracht. Zwar residierte man nicht wie die Stadtverwaltung im Alten Schloss, aber immerhin befand man sich in der ehemaligen Stallmeisterei, am Rande der Altstadt. Vom ersten Stock hatte man eine schöne Aussicht mitten hinein ins Tettnanger Leben. Aber etwas war heute anders. Wenn man genau hinschaute, dann zögerten einige sonntägliche Spaziergänger, wenn sie am Polizeirevier vorbeikamen. Als ob sie durch die Wache an die furchtbare Sache mit dem Hopfenbauern erinnert würden. Manche schauten nur nach oben, andere schüttelten den Kopf und manche älteren Leute machten ein Kreuz.

Drinnen, im Büro der Kriminalploizei, saßen Gernot Fallgruber als Vertreter der KTU, Doktor Jens Martin als Gerichtsmediziner und der örtliche Kriminalkommissar Robert Mitterer beisammen. Mit Mühe und Not hatte Mitterer für die zwei Besucher noch Stühle in dem kleinen Büro unterbringen können. Doktor Martin studierte die Fotografien an der Wand. Die zeigten hauptsächlich den Revierleiter Mitterer auf seinen zahlreichen Bergtouren. Das war seine echte Leidenschaft, die Berge. Robert Mitterer sah den Doktor und ging zu ihm hinüber.

»Das da war auf dem GTA, 1997«, sagte Mitterer stolz.

»GTA?«, fragte Martin.

»Grande Traversata delle Alpi«, antwortete der Kommissar, »ein Wanderweg, der auf alten Hütewegen von den Zentralalpen bis hinein in die italienischen Seealpen führt. Wir haben damals einen Abschnitt im Piemont gemacht. Tolle Sache, von Dorf zu Dorf, manchmal allein in einer Übernachtungshütte hoch droben.«

Jens Martin nickte anerkennend.

»Klingt interessant. Mal was anderes als die bekannten Touren in den Alpen. Hab' selbst mal einen Abschnitt des E 5 gemacht. War auch schön.«

»Entschuldigt, wenn ich unterbreche, aber wir sollten uns wirklich austauschen, bevor die Hauptkommissarin kommt«, sagte Gernot Fallgruber. Er lehnte sich im Bürostuhl zurück. Die andern beiden schauten ihn erwartungsvoll an.

»Du hast mit Friedrichshafen telefoniert?«, fragte Mitterer.

»Und, was habt ihr rausgekriegt?«, wollte der Doktor wissen.

»Wenig bis nichts«, sagte Fallgruber enttäuscht. »Die Fahrspuren sind zwar frisch und eindeutig von dieser Nacht, aber sie stammen von Schurrs eigenem Traktor. Keine Fingerabdrücke oder sonstige Spuren am Fahrzeug. Das Seil ist zwar keine Meterware, daher aber schwer zu bestimmen. Das kann von überall stammen. Schließlich haben wir keine Seilerei am Ort.«

»Schade«, sagte Mitterer, »wäre auch zu schön gewesen.«

»Mal sehen, ob uns der Tote mehr erzählen kann«, sagte Doktor Martin über seine Kaffeetasse hinweg. »Aber erzählt doch mal, wie ist diese Lorenz?«

»Junge Kollegin auf dem Weg nach oben, würde ich sagen. Man sagt, sie peilt das LKA an«, sagte Mitterer mit einem bitteren Ton in der Stimme.

»Aha, der Mann ist informiert. Passt dir das nicht so recht, Robert?«, fragte Fallgruber.

»Um mich geht es nicht. Ich nehm's wie's kommt.« Robert Mitterer nahm einen Schluck aus seiner Kaffeetasse. Immer kam jemand von außen. Sobald mal was Besonderes passierte, schon meldete sich Konstanz und »schickte« jemanden. Als ob er diesen Fall nicht auch hätte allein lösen können! Allerdings, das letzte Mal hatten sie sich richtig lächerlich gemacht. Das war im Zusammenhang mit dem Anschlag auf das World-Trade-Center gewesen. Da hatte irgend so ein Fuzzi eine Terrorzelle in Tettnang gemeldet. Er wollte das noch korrigieren, aber die Konstanzer, eh schon höchst sensibilisiert, hatten sich darauf gestürzt und standen noch am gleichen Tag mit der ganzen Truppe vor der Tür. Tja, die Terrorzelle hatte sich dann als abgelegener Hühnerstall herausgestellt, in dem ein paar alte Chemiefässer lagerten. Die Jungs, die sich das hatten einfallen lassen, hatten sich richtig Mühe gemacht. Die Bilder im Internet hatten echt gut ausgesehen. Vor allem die beiden bärtigen kleinen Männer in Kaftan und PLO-Tüchern. So stellte sich die Konstanzer Kriminalpolizei also Al Quaida vor. Die hatten in der Presse ihr Fett weggekriegt.

»Also, ich finde das gut, dass die Kim kommt. Eigentlich arbeite ich ganz gerne mit Frauen. Was meinst du, Jens?«, richtete Fallgruber die Frage an Doktor Martin. »Durchaus deiner Meinung, Gernot. Und du, Mitterer?« Dieser war ganz in Gedanken. Wie würde das wohl werden? Wieder mal eine junge Kollegin.

»Die hat so einige kritische Fragen gestellt auf dem Lehrgang. Ein Spaziergang wird der Fall mit ihr bestimmt nicht, das kann ich euch versichern. Aber, unter uns, eine fesche Person!«

Doktor Martin und Kommissar Mitterer schauten den Spurensicherer verdutzt an.

»Jung?«, fragte Martin.

»Ende zwanzig würde ich schätzen«, antwortete Fallgruber. Da ging die Tür.

»Achtundzwanzig, mein lieber Gernot, um genau zu sein!«, tönte es den Herren entgegen, die hofften, dass die Hauptkommissarin, die nun grinsend in der Tür stand, wirklich nur den letzten Teil ihrer Unterhaltung mitgehört hatte.

»Tag zusammen. Willkommen in der Einsatzgruppe Schurr! Gibt es einen Kaffee?«, sagte die Kommissarin und suchte sich einen Stuhl.

»Einen Moment bitte«, sagte Robert Mitterer schnell und ging aus dem Zimmer. Einen Augenblick später kam er mit einer Art Hocker zurück. Als Gernot Fallgruber das sah, schob er schnell der Kollegin seinen Stuhl zu und setzte sich auf den Hocker. Mit einem Nicken dankte ihm der Kommissar. Kim Lorenz betrachtete die Szene lächelnd, dann setzte sie sich. Sie gab den Kollegen einen Moment Zeit, sich zu sortieren. Dann waren alle Augen auf sie gerichtet.

»Mein Name ist Kim Lorenz. Ich bin eins achtundsechzig groß, wie schon gesagt achtundzwanzig Jahre alt und Kriminalkommissarin. Aber, Frau Lorenz genügt. Ich habe den schwarzen Gürtel im dritten Dan und bin Mittelstreckenmeisterin der Polizeimeisterschaften Süddeutschland 2011. Meine Hobbies sind mein Freund Peter Lange, einheimische Küche und hin und wieder ein gutes Glas Bier! Ach, und ich bin über die Kriminaldirektion Friedrichshafen von der Konstanzer Kriminalpolizei beauftragt, hier vor Ort die Ermittlungen zu leiten. Ich hoffe, Sie sind davon unterrichtet!« Die Männer waren beeindruckt. Doktor Martin machte den Rücken gerade und zog seinen Bauch ein. Er musterte die neue Kollegin mit anerkennendem Blick. Robert Mitterer rutschte unsicher auf seinem Stuhl herum. Er konnte es nicht so mit den Forschen. Nur Gernot Fallgruber nickte wissend, als wolle er den anderen sagen: Na bitte, ich habe es euch doch gesagt!

»Ich muss sagen, der Job hier hat ziemlich schlecht angefangen. Aber dafür können Sie nichts. Ich war vorher draußen am Fundort. Und wen treffe ich dort? Den Sohn des Opfers! Der wusste allerdings noch gar nicht, dass er der Sohn eines Mordopfers ist.«

Robert Mitterer hörte den leichten Vorwurf in der Stimme der Kommissarin. Aber, was sollte er sagen. Er war schließlich rechtzeitig am Fundort der Leiche gewesen und hatte nicht um Unterstützung gebeten.

»Äh, wir haben auf Sie gewartet«, erklärte er, »aber die Nachrichten verbreiten sich in diesem Ort schnell. Ich könnte wetten, dass das längst von Mund zu Mund geht«, sagte der Kommissar entschuldigend.

»Ich hatte jedenfalls die traurige Aufgabe, der Witwe die Nachricht vom Tode ihres Mannes zu überbringen. Sie trug es mit beachtlicher Fassung. Aber der Sohn war echt fertig. Hing wohl sehr an seinem Vater.«

Mitterer nickte. »Das kann man wohl sagen. Keiner verstand so recht, warum das so war. Aber der Vater konnte machen, was er wollte, der Michael himmelte ihn an! Tut mir leid, dass das so gelaufen ist.«

Kim wischte die Angelegenheit mit einer Handbewegung vom Tisch. Sie wollte endlich Informationen. Nach einem Blick in die Runde sagte sie: »Also, meine Herren. Den

Gernot Fallgruber kenne ich schon. Und Sie sind?« Sie schaute Mitterer an.

»Wir haben schon telefoniert. Kommissar Robert Mitterer, Kriminalpolizei Friedrichshafen, Außenstelle Tettnang«, sagte Mitterer schnell.

»Schlauer Posten, könnte ich wetten!«, sagte die Kommissarin schmunzelnd, »Sie sind von Konstanz informiert worden, dass ich komme?« Mitterer nickte, war aber verlegen, denn leider ließ sich auf seine Postenbeschreibung der Kommissarin nicht viel sagen. Er konnte nun wirklich nicht behaupten, in den letzten Jahren mit Fällen überhäuft worden zu sein.

Fallgruber wollte ihm aus der Verlegenheit helfen und begann mit seinem Bericht: »Von unserer Seite recht wenig Erkenntnisse. Das Seil wird noch genauer untersucht. Die Fahrspuren stammen von Schurrs eigenem Traktor, sind allerdings aus der Tatnacht. Sonst keine Spuren.«

»Haben wir überhaupt eine Tatwaffe?«, fragte die Kommissarin.

»Leider nichts. Das Seil, klar. Da werden wir uns schlau machen. Was weitere Tatwaffen angeht, kann uns vielleicht der Doktor weiterhelfen.«

»Gut«, sagte Kim Lorenz, »oder eher nicht gut. Also, die Gerichtsmedizin! Das sind dann Sie!«

»Angenehm, Doktor Jens Martin von der Gerichtsmedizin in Konstanz. Nun, auch ich kann noch nicht viel sagen. So etwas habe ich noch nicht erlebt. Das Opfer wurde am Hopfenseil hochgezogen. Allerdings war das Seil um den Körper geschlungen und hinterließ lediglich Druckstellen und Hämatome in den Achseln. Einen Tod durch Strangulation können wir also eindeutig ausschließen. Aber wir haben zwei weitere Verletzungen, die dem Toten zu Lebzeiten zugefügt wurden. Einmal ein Schlag gegen die Stirn mit einem stumpfen Gegenstand, vermutlich aus Holz, das werden weitere Untersuchungen zeigen. Zum zweiten zwei bis drei dünne Stichwunden, eine davon knapp neben dem Herzen. Nicht unmittelbar tödlich, würde ich auf den ersten Blick sagen, aber doch lebensgefährlich. Genauere Ergebnisse wird die Obduktion erbringen…«

»Moment, Herr Doktor Martin«, unterbrach ihn die Kommissarin, »wieso zwei bis drei Stichwunden?«

»Nun, zwei Stiche sind durch deutlich sichtbare Verletzungen der Hautschichten klar zu belegen. Die dritte Wunde ist lediglich als feine Druckstelle erkennbar. Also nicht unbedingt eine Stichwunde. Das kann alles Mögliche gewesen sein. Den Doktor können Sie übrigens gerne weglassen, Frau Hauptkommissarin.«

»Dann aber bitte auch die Hauptkommissarin, Herr Martin«, antwortete Kim Lorenz.

»Gerne, Frau Lorenz«, sagte Doktor Martin mit einem Lächeln und fuhr fort, »zum Todeszeitpunkt: Wann genau der Tod eingetreten ist, das lässt sich zurzeit noch nicht genau bestimmen. Nimmt man die Körpertemperatur am Fundort, beachtet dann die herrschenden sommerlichen Temperaturen, dann kann das Opfer nicht länger als ein bis zwei Stunden tot gewesen sein, als wir am Fundort eintrafen. Das heißt, etwa zwischen acht und zehn Uhr. «

»Immerhin. Danke, Herr Martin, Gernot«, sagte Kim Lorenz. »Und, Herr Mitterer, bei Ihnen?«

»Wir haben den Zeugen, der den Toten heute Morgen gefunden hat. Ein Erntehelfer aus Polen, der auf dem Weg zur Kirche war. Er wollte sich erleichtern und stieß so förmlich auf den Toten«, berichtete Mitterer, »es war nicht so einfach, aufgrund sprachlicher Schwierigkeiten, von dem Mann etwas Vernünftiges zu erfahren. Anfangs behauptete er wohl, das Opfer hätte die Augen noch geöffnet gehabt und gelebt, als er nach oben schaute. Davon ist er jedoch wieder abgerückt.«

»Was heißt ›abgerückt‹?«, unterbrach ihn die Hauptkommissarin.

»Er war sich einfach nicht mehr sicher. Hatte ja auch einen richtigen Schock, der Mann. Stellen Sie sich das mal vor: Er geht in den Hopfengarten, um sein Wasser zu lassen…«

»Um was?«, fragte Gernot Fallgruber.

»Na gut, um zu pinkeln. Er schaut nach oben und sieht über sich die baumelnden Beine des Opfers. Aber es schien auch wenig glaubhaft, dass ein Mann, der wahrscheinlich im Laufe der Nacht dort hinaufgehängt wurde, noch leben und die Augen offen haben könnte«, sagte Mitterer.

»Obwohl aus medizinischer Sicht, wie gesagt, durchaus denkbar«, warf Doktor Martin ein. Die Hauptkommissarin nickte ihm zu, ihr Blick ging wieder zu Mitterer, der fortfuhr.

»Jedenfalls sind bisher keine weiteren Zeugen aufgetaucht. Wie gesagt, wir haben auf Sie gewartet. Ich denke, wir werden nicht drum rumkommen, einen Großteil der Festbesucher zu befragen. Sie wissen vielleicht, dass gestern Abend das Hopfenerntefest stattfand. Jedes Jahr Ende September wird das zum Abschluss der Ernte auf einem anderen Hopfenbauernhof gefeiert. Dieses Jahr auf dem Hof der Schurrs.«

Hauptkommissarin Kim Lorenz fasste die bisherigen Ergebnisse zusammen. Sie bat Fallgruber, die Untersuchung des Seils voranzutreiben, denn schließlich handele es sich um das einzige brauchbare Indiz. Den Doktor forderte sie auf, sich alle Mühe zu geben, das Zeitfenster vielleicht doch noch weiter einzugrenzen. Denn nur dann hätten sie bei den Ermittlungen die Möglichkeit, die Verletzungen vor dem Tod des Opfers eventuell einem Täter, einer Täterin zuzuordnen. Mitterer bat sie, eine Liste der Festbesucher aufzustellen und zwar vor allem derjenigen, die aus dem Ort stammten und vielleicht etwas mit dem Tode von Schurr zu tun haben könnten.

»Wie soll ich das denn machen?«, fragte Mitterer zurück, »schließlich waren alle Hopfenbauern auf dem Fest und natürlich noch viele andere!«

»Verstehe ich schon«, sagte Kim Lorenz, »Sie sollen eine ganz subjektive Liste derjenigen Menschen erstellen, die sozusagen zu einem engeren Kreis zu zählen sind. Nehmen Sie den Stammtisch der Hopfenbauern, denn so etwas gibt es ja sicherlich, und zählen Sie dann noch das Umfeld dazu. Schließen Sie sich mit dem Kollegen Fallgruber kurz. Vielleicht kann Ihnen der bald einen Anhaltspunkt liefern, welchen Bereich des Festes wir besonders unter die Lupe nehmen müssen. Irgendwo müssen wir halt anfangen. Wir haben ein Knäuel und suchen im Moment nach dem Anfang der Schnur. Dann werden wir Schlaufe für Schlaufe entwirren, um den Knoten schließlich zu lösen!«

Mitterer war beeindruckt. Er musste zugeben, das wäre ihm so nicht eingefallen. Er hätte wahrscheinlich ziellos und unsinnig in der Gegend herumgefragt. Die Vorgehensweise der Kollegin Lorenz hatte zumindest im Ansatz eine gewisse Struktur.

»Wann geht ihr zum Schurr-Hof hinaus?«, fragte er Gernot Fallgruber.

»Morgen Nachmittag fahren zwei Teams hinaus. Das volle Programm. Wir sind uns ziemlich sicher, dass der Tatort oder die Tatorte auf dem Schurr-Hof zu finden sind!«, sagte Fallgruber im Brustton der Überzeugung.

Peter Lange hatte inzwischen Radolfzell hinter sich gelassen. Es fuhr sich gut an einem Sonntagnachmittag. Nachdem er Sipplingen passiert hatte, lag nun Überlingen vor ihm. Er kannte die Uferregion des nördlichen Bodensees recht gut. Schließlich war er in der Nähe aufgewachsen. Als Jungen hatten sie mit einem kleinen Segelboot eines Freundes diesen Teil des Bodensees, den Überlinger See, erkundet.

Zwar war das Wetter sonnig und es waen recht viele Ausflügler unterwegs, aber unter der Woche war hier sicherlich mehr Verkehr. Er überlegte, wie er das Projekt Tettnang anfangen sollte, ohne Kim vor den Kopf zu stoßen. Viel zu schummeln brauchte er nicht. Seit der Schulzeit war der Journalismus seine große Leidenschaft gewesen. Leider hatte sich nach dem Studium keine Möglichkeit ergeben, den Journalismus als Beruf zu verwirklichen. Also hatte er das Referendariat drangehängt und war jetzt Lehrer, wenn auch nur im Angestelltenverhältnis. Denn das hatte er dann durchgefochten. Er wollte nicht in den Staatsdienst, um dort gut versorgt zu versauern. Noch hatte er Träume, die er in seiner freien Zeit umzusetzen versuchte. Ein paar gute Kontakte aus seiner Journalistenzeit waren ihm geblieben. Einen solchen Kontakt hatte er heute Mittag noch angerufen.

Es handelte sich um eine Zeitschrift, »Mei Schwobaländle«, für die er schon hin und wieder eine Reportage geschrieben hatte. Den Verleger konnte er zwar nicht gerade als Freund bezeichnen, aber dieser war ihm gewogen. So gewogen, dass er sogar dessen Handynummer besaß. Den Julius Schuppenjung konnte er auch sonntags anrufen, wenn er eine gute Story hatte. Und die hatte er. Vor Jahren recherchierte er in Sachen Bier in Württemberg. Diese Serie war in mehreren Artikeln in der Zeitschrift erschienen. Damals war er auch in Tettnang gewesen, von wegen Hopfenanbau und so. Ein schönes Fleckchen Erde, hatte er damals gedacht und im Geiste einen Vermerk gemacht: Hier kommst du mal wieder her! Dieses Ausrufungszeichen wollte er nun in die Tat umsetzen. In Gedanken hatte er schon alles beieinander. Aufhänger würde natürlich der Mord sein, den Kim zu untersuchen hatte. Der Fall, der Tettnanger Fall. Denn er könnte wetten, dass dieses kleine Städtchen noch keinen richtigen Mord erlebt hatte. Das kam vorneweg mit dem Titel »Hopfentod«. Für den Hintergrund der ganzen Geschichte würde er schon sorgen. Morgen früh einen Termin mit dem Bürgermeister machen, dann die örtlichen Gegebenheiten genauer studieren, Hopfen- und Obstanbau natürlich, aber auch die ansässigen Industriebetriebe. Auch dort Termine machen. Die Anzeigen würden dann schon kommen, da war er sich ziemlich sicher. Unterdessen hatte er Friedrichshafen erreicht und suchte nach den Schildern in Richtung Ravensburg oder Tettnang.

Frieder hatte die Windlichter fertig. Inzwischen ging ihm die Sache mit dem Seil leicht von der Hand. Er musste nur die Schlinge richtig erwischen, dann konnte er ein Ende des Seils durchziehen und es dann fachgerecht verknoten. Er betrachtete die vier Windlichter. Sie waren ihm gut gelungen. Besser als beim letzten Mal. Da hatte die Frau vom Geschäft ein wenig gemäkelt, es sei alles nicht so richtig gleich und auch fransig. Aber er hatte dagegengehalten, dass das schließlich Handarbeit war, die sie günstig bei ihm einkaufte. Immerhin nahm sie für die Windlichter im Laden dann dreißig Euro. Ein schöner Gewinn auch für sie. Für ihn waren es die besten Artikel, was den Verkauf anging. Die getönten Glasschalen kaufte er billig ein, Arbeit war es wenig, wenn es ihm dann gut gelang, und die alten Seile hatte er noch von seinem Großvater. Von der alten Seilerei war kaum mehr etwas zu erkennen. Nur der längliche, schuppenartige Anbau an das Wohnhaus könnte jemand noch darauf bringen, dass hier vor mehr als fünfzig Jahren noch Seile von Hand hergestellt worden waren.

Schon sein Großvater hatte als zweites Standbein Hopfen angebaut. Später auch Obst, daran konnte er sich noch erinnern. Dann hatte er die Seilerei aufgegeben. Als ob er von seinem Handwerk nicht loslassen könnte, hatte der Opa noch alle Reste verarbeitet, die er auf Lager gehabt hatte. Von diesen Seilen zehrt heute dein Enkel, dachte Frieder. Mit diesem Zubrot konnte er sich mit Hartz IV wenigstens mal ein bisschen etwas leisten. Viel war es sowieso nicht.

Er überprüfte die Windlichter noch mal. Die Haken waren fest eingebunden, so, wie es ihm der Großvater gezeigt hatte. Die Lichter saßen gerade und auch der Abschluss war ihm bei allen vieren gut gelungen. Vierzig Euro auf den Tisch des Hauses, hätte sein Vater gesagt. Als es ihm noch gut ging. Als es ihm schlecht ging, hatte er zu trinken angefangen, mehr und immer mehr. Die Mutter war da schon tot gewesen. Er selbst wusste eigentlich nicht ganz genau, wie und wann die ganze Misere begonnen hatte. Zuerst war eine Obsternte vom Hagel größtenteils zerstört worden. Eine Versicherung hatte sich der Vater wohl nicht leisten können. Es folgten ein paar schwierige Hopfenjahre, die Ernte wohl eigentlich nicht schlecht, aber zu viel Hopfen auf dem Markt und damit die Preise im Keller.

Hatte der Vater damals zu starrköpfig verhandelt? Frieder wusste es nicht. Er kannte nur die kargen Jahre, die dann folgten. Von Jahr zu Jahr wurde es schlechter. Mal ging es im Obst nicht, dann war es ein trockener Sommer, der den Hopfen vor der Zeit reifen und damit schlechter zu verkaufen machte. Dann durfte er nicht mit auf die Schulfreizeit, weil der Vater kein Geld hatte. Das hatte ihn getroffen. Mit zwölf Jahren erlebst du das so, dachte er. Da hatte er gemerkt, dass er nicht dazugehörte, dass er für die Söhne der großen Bauern keine Rolle spielte. Er war der Sohn des Kleinbauern, bei dem man nur noch wartete, wie lange er es noch machen würde. Diese Söhne hörten das von ihren Vätern und er hörte es von den Söhnen.

Nur einer hatte zu ihm gehalten und hielt noch zu ihm, der

Jürgen Kocher. Auch Sohn eines großen Hopfenbauern, aber anders als die andern. Der war immer wieder auf den Hof gekommen. Einmal sogar mit seinem Vater. Der alte Kocher hatte seinem Vater abgeraten, das Vorkaufsrecht auf die neuen Felder an den Schurr zu verkaufen. Aber sein Vater hatte das Geld gebraucht. Hopfenbauer Kocher hatte ihm Geld angeboten, aber der Stolz seines Vaters hatte das nicht zugelassen. Dann war alles so gekommen. Das Geld hatte nicht gereicht, sein Vater wurde immer verzweifelter, trank immer mehr.

Eines Tages, es war ein Sonntagmorgen gewesen wie heute, erinnerte sich Frieder, war der Vater nicht da. Er hatte ihn gesucht, war schließlich mit dem Traktor rausgefahren auf die Felder. Vielleicht arbeitete der Vater ja schon. Die Ernte war vorbei, aber es hätte immerhin sein können, dass der Vater alte Spanndrähte austauschte, vielleicht. Dann hatte er ihn gefunden. Einen Stuhl hatte er mitgenommen und ein Seil vom Großvater. Das Seil hatte er über den Hopfendraht geworfen, zugezogen und eine Schlinge gemacht. Ganz einfach. Rauf auf den Stuhl und hinein in die Schlinge. Dann den Stuhl weggestoßen und adieu Leben. Ihm kamen immer noch die Tränen, wenn er das Bild vor Augen sah. Konnte das ein Ausweg sein? Ließ man so einen Sohn zurück, mit nichts als einem alten Bauernhaus und einem Schuppen, der zu nichts zu gebrauchen war?

Durfte ein Mensch so einfach gehen, ohne Rücksicht auf das, was danach sein würde? Seiner Ansicht nach nicht. Aber er war Sohn in dieser Frage. Ein Sohn, der dem Vater gerne Vorwürfe gemacht hätte. Der ihm auch welche machte, an seinem Grab. Der ihm das alles erzählte. Auch, was hätte sein, was hätte werden können. Er fragte ihn auch, warum er das getan hatte, warum er keinen Ausweg mehr gesehen hatte. Das hatte er ihn auch am vergangenen Sonntag gefragt, am Grab. Drüben, über der Landstraße, im Hopfenfeld hing der Schurr, und er hatte seinem Vater das erzählt. Der Schurr hängt nun auch, wie du, oder so ähnlich wie du, dort drüben. Er hatte hinüber geschaut zu der Leiche, die da zwischen den Hopfenstangen ganz leicht hin und her schwang. Wann würden sie ihn finden, hatte er noch gedacht. Dann hatte er seinem Vater einen schönen Strauß aufs Grab gelegt und war zu seinem Aussichtspunkt gegangen. Er wollte sehen, zuschauen, wie sie ihn fanden und was sich dann abspielte.

Als Herbert Lohr durch den Hintereingang den Schankraum betrat, wurde es still. Alle drehten sich zu ihm um, so empfand er es. Sein Eindruck konnte täuschen. Der Wirt in seiner direkten Art holte ihn aus seinen Träumen.
»Das gilt dir, Herbert!«, meinte Tränkle nur, als Herbert Lohr an der Theke vorbeikam. Wie ein Zirkusdirektor, der den Applaus verteilt, war das, dachte Herbert. Er schaute sich um. Es waren alle da. Natürlich, das wollte sich niemand entgehen lassen, hier, heute Abend die letzte Neuigkeit aufzuschnappen. Dafür saß man dann schon mal auf zwei oder drei Biere im Schützen. Er kannte die Kanäle, er wusste doch, wie das lief. Er hatte sich an dem Gerede nie beteiligt. Dazu wusste er auch zu wenig. Deshalb war er auch nie interessant für die anderen gewesen. Er konnte zuhören und auch das nur mit halbem Ohr, weil es ihn eigentlich nicht interessierte. Hatte er dann zugehört, dann erzählte er das Gehörte nicht weiter. Bei ihm war immer Schluss in der Kette. Das merkten die anderen natürlich und ließen ihn bald außen vor. Seltsam eigentlich, dachte Herbert, wie schnell Menschen merken, dass man keiner von den Schwätzern ist.
Er setzte sich wieder an seinen Ecktisch, abseits der anderen. Wie sollte er das jetzt anfangen? Er bestellte ein Bier, damit er seine Ruhe hatte. Wenn er sich jetzt zu den an-

deren rüber setzte, dann war er wahrscheinlich der Mittelpunkt und konnte nicht fragen, erfuhr nichts. Sollte er es im Sternen probieren? Dort würde es anders sein. Dort saßen die Honoratioren, aber die würden das nicht wissen, was er wissen wollte. Die würden ihn bemitleiden, mehr nicht. Höchstens, wenn er sich zu den Alten setzte. Vielleicht wussten die was. Irgendeiner würden ihnen schon erzählt haben, was im Ort passiert war. Kurzentschlossen stand er auf, nahm sein Bier und ging zum Ecktisch gegenüber. Er grüßte in die Runde. Einige der wettergegerbten alten Gesichter kannte er seit Ewigkeiten. Sie gehörten für ihn zu Tettnang wie die Schlösser der Grafen von Montfort, die Hopfengärten und der Bärenplatz.

»Servus Hermann, derf mer?« Die Frage war eigentlich nicht notwendig. Er kannte Hermann Liebscher seit seiner Kindheit. Deshalb hätte er auch früher nicht gefragt, wäre dabei gesessen und hätte einfach mitgeschwätzt. Als er jung war. Jetzt war das anders und er spürte, dass ihm was fehlte, um so forsch zu sein wie damals. Das war das, jenseits des Kellers. Das war das, was ihn ausgemacht hatte als Mensch. Hatte er das verloren? War er gar nicht mehr? Nur noch in seinem Keller? Konnte das mit einem Menschen passieren, dass er so in sich, in einem Keller verschwand?

Wo war er denn noch? Im Amt? Da funktionierte er. Da war er nicht Mensch, dort spürte er nichts. Das war Alltag, normale Bewältigung von Funktionen, die man auszufüllen hatte. Mehr nicht. Wenn er sich hier jetzt an den Tisch setzte, wer war er? Ein Mörder? Ein Betrüger? Ein Gehörnter? Womöglich alles das, wenn es schlimm kam. Wie würde es kommen? Was würde passieren? Das hatte er nicht im Griff, das konnte er nicht lenken. Wie liefen solche Dinge? Wieso Dinge? Wieso konnte er darüber nicht nachdenken, konnte keinen Anfang finden, keine Linie? Stand er neben sich, als er sich das fragte? Diese Fragen im Kopf machten ihn noch wahnsinnig. Er hielt das aus, wollte es aushalten. Aber wieso wieder aushalten? Wieso wieder Fragen? Er setzte sich.

Das fing ja gut an. Allein mit dem Sohn des Opfers am Fundort und keine Ahnung, was lief. Das konnte nur besser werden. Kim Lorenz fuhr mit ihrem Audi auf den kleinen Parkplatz des Gasthauses. Immer den kleineren Gasthof ansteuern, sagte ihr alter Chef immer. Dort leben die Menschen, dort hörst du das, was wirklich interessant ist. Sie hörte auf die Alten, das war ihr wichtig.

Noch heute konnte es passieren, dass sie einen Fall ihrem Großvater erzählte. Als Kriminaldirektor im Ruhestand konnte er auf einen reichen Erfahrungsschatz zurückgreifen. Auch wenn die Zeiten sich geändert hatten und durch Handy und Internet ganz neue Möglichkeiten der Kommunikation und Ermittlungsarbeit entstanden waren, galt es immer noch, nachzudenken und das Motiv zu suchen. Da waren die neuen Kommunikationsmöglichkeiten zwar hilfreich, aber sie ersetzten ein menschliches Gehirn eben nicht. Und mit Gehirn konnte ihr Großvater immer noch dienen. Selbst am Telefon konnte der ihr weiterhelfen. War so schon passiert, nicht oft, aber immer öfter, dachte sie und lächelte.

Eigentlich ein schöner Beruf, wenn die Toten nicht wären. Man kam rum, sie sowieso in ihrer im Augenblick besonderen Rolle. Hier war wieder was Neues. Tettnang. Sie hatte keine Ahnung. Warum war sie damals mit den Kindern ihrer Schwester nach Tettnang ins Hopfenmuseum gegangen? Gut, ihre Schwester wohnte in Ravensburg. Aber mit Kindern nach Tettnang? Es gab Fragen, die konnte sie sich heute nicht mehr beantworten. Hatte sie das interessiert? Ja. Sie wollte das mal sehen, wie der Hopfen angebaut wurde und wie der dann in die Brauereien kam. Da hatte sie nur an sich gedacht. Verdammt. Sie hatte doch mit den Kindern was machen wollen. Sie hörte noch den Peter: Denkst du, das ist das Richtige? Klar, hatte sie gesagt. So war sie. Eine, mit der es schwer auszuhalten war. Sie fuhr auf den Parkplatz. Das war in kleineren Orten wichtig, hatte der alte Chef gesagt: Du parkst ein und die werden wissen, wie du bist. Also, sei gut. Sie wollte gut sein.

Sie stellte den Wagen auf dem Parkplatz hinter dem Gasthof ab. »Zum Schützen« stand über der Tür. Nun gut, dann diesmal »Zum Schützen«. Wie hieß doch noch diese Tatort-Kommissarin, die auch immer in irgendeinem Dorf ankam und dann im Gasthof ein Zimmer suchte. Sie kam nicht drauf.

Als Kim Lorenz den Gastraum betrat, war sie beeindruckt. Um die Stimmung zu vervollständigen, hätte im Hintergrund noch ein Fernseher gefehlt, in Schwarzweiß und womöglich mit dem Ton: »Rahn müsste schießen, Rahn schießt!« Dann wären die Fünfzigerjahre vollends in den Raum eingekehrt. Sie ging zur Theke.

»Tag«, sagte der Wirt, Georg Tränkle.

»Grüß Gott«, sagte Kim Lorenz, »haben Sie ein Zimmer frei?«

»Sicher. Für wie lang?«

»Zwei, drei Tage, wahrscheinlich«, antwortete die Kommissarin.

»Lässt sich macha. Halbpension?«

»Eher nur mit Frühstück. Das reicht. Ich werde Ihre Speisekarte durchprobieren.«

»Gut. Die Zwölf wär des. Treppe nauf, no rechts, zweites Zimmer. Handtücher send oba. Wenn se was brauchet, gebet se Bescheid.«

»Danke.« Kim schaute auf ihre Uhr. »Krieg ich noch was zu essen?« Der Wirt blickte nach oben. Dort hing auch eine Uhr. Es war kurz nach zwei.

»Irgendwas goht immer. Möget se Linsa ond Spätzle?«, sagte er. Kim wusste, das war die erste Testfrage.

»Meine Leibspeise!«

»No isch richtig!«

»Ich bring nur kurz meine Sachen nach oben. Einen Kaffee können Sie mir schon mal fertig machen!«

»Alles klar.«

»Bis gleich.«

»Tja, dann«, sagte der Georg und war gespannt darauf, was diese junge Frau in die Anmeldeunterlagen schreiben würde. Er schaute sich in seiner Wirtschaft um. Am Stammtisch wurde hitzig diskutiert. Kein Wunder, schließlich fand man nicht alle Tage einen Hopfenbauern im Hopfen hängen. Dazu noch der Schurr, dachte Georg Tränkle, das war natürlich ein gefundenes Fressen für die Tettnanger. Aber was machte der Herbert Lohr am Tisch der Alten? Die saßen wie jeden Sonntagnachmittag an ihrem Ecktisch. Das war die Generation, die mit dem geschäftigen Alltag nichts mehr zu tun hatte. Obwohl so mancher von ihnen in der Erntezeit noch tüchtig mithalf, oft auch mithelfen musste. Die Arbeitskraft Familie spielte in Tettnang noch eine wichtige Rolle. Die meisten Betriebe hatten für die Erntezeit Helfer, oft Polen, die für mehrere Wochen halfen, den Hopfen zu ernten.

Was wollte Lohr bei den Alten? Vielleicht wollte er erfahren, was die über Schurrs Tod wussten. Die konnten ihm vielleicht nicht nur erzählen, was sich am Morgen auf dem Hopfenfeld abgespielt hatte, um darüber was zu hören, würde er sich viele Geschichten von früher anhören müssen. Georg Tränkle machte ein paar Biere fertig und ging an den Tisch der Alten. Da würde doch sicherlich was aufzuschnappen sein.

»So, Männer, Nachschub. Eine Runde vom Herbert!«, rief der Wirt schon, als er noch einige Meter vom Tisch entfernt war. Nicht ohne Absicht, denn nun schauten alle von den Nebentischen auf, was am Ecktisch der Alten passierte.

Herbert Lohr war verunsichert. Was sollte das denn jetzt?

»Georg, was? Ich habe doch …, ach, von mir aus!«

»Seht ihr! Es kommt von Herzen!«, sagte der Wirt, wieder etwas zu laut für die Situation. Den Alten war das egal, Hauptsache, einer gab ein Bier aus. Da fragte man doch nicht lange nach. Da griff man zu und: »Prost dem Spender!« Herbert Lohr spielte mit. Was sollte er denn sonst auch tun?

»Der kleine Herbert?«, fragte einer der ganz alten Garde, »so groß ist der schon geworden?« Die Umsitzenden nickten dem Alten zu und lächelten. Man war es offensichtlich gewohnt, dass aus dieser Ecke meist nur wenig Sinnvolles kam.

»Herbert, hosch du ghert?«, fragte nun ein anderer.

»I kas gar it glauba«, antwortete Lohr, der in solchen Situationen gerne in den Dialekt einfiel. Mit dieser Sprache war er schließlich aufgewachsen. Der Wirt blieb abwartend am Tisch stehen. Er wollte sich das nicht entgehen lassen, wenn Lohr den Alten Rede und Antwort stand.

»Hosch koine Gäscht?«, fragte ihn Lohr schelmisch lächelnd. Das wollte er nun diesem Plappermaul Tränkle wirklich nicht gönnen, hier über die Schultern hinweg Neuigkeiten zu erfahren, die er dann brühwarm am nächsten Tisch als die seinen weitererzählte.

»Scho guat«, meinte Tränkle nur und schlich sich von dannen.

Am frühen Abend erreichte Peter Lange Tettnang. Er musste einige Parkplätze von in Frage kommenden Gasthöfen abklappern, bis er schließlich den blauen A3 seiner Freundin entdeckte. Die hatte aber auch mal wieder so geparkt, dass man nur mit Glück den Wagen entdecken konnte. Hätte er sich nicht verfahren, wäre er nie in die Bärengasse gekommen, wo der A3 auf einem ziemlich verborgenen kleinen Parkplatz stand. Was sollte er jetzt machen, fragte er sich. Im gleichen Gasthof absteigen? Das wäre Kim sicherlich nicht recht. Er parkte in einer Nebenstraße, schnappte seine Tasche und ging durch die Gasse auf den Bärenplatz zu. Bärengasse zum Bärenplatz, logisch, dachte er. In Tettnang eine Unterkunft oder ein gutes Gasthaus zu finden, das war offensichtlich eine der leichteren Übungen. Kaum hatte er den Bärenplatz an der Durchfahrtsstraße erreicht, sichtete er nach kurzem Rundblick mindestens vier brauchbare Herbergen. Nach kurzem Zögern entschied er sich für die Brauereiwirtschaft gegenüber. Wo man Bier braute, dazu noch sehr gutes, wie er sich erinnerte, da werden wohl auch die Küche und die Unterbringung stimmen, dachte er.

Als er den Gastraum betrat, war er doch einigermaßen überrascht. Die Gastwirtschaft »Zum Sternen« kannte er noch aus den Zeiten seiner Artikelserie. Aber die urige Gastwirtschaft mit Hausbrauerei gab es so nicht mehr. Peter überlegte. Das waren halt doch schon mehr als zehn Jahre, seit er hier gewesen war. Ein bisschen rustikal war das Interieur zwar geblieben, aber es roch nach Investition und das sah man auch. Diese Gemütlichkeit war aufgesetzt und im Grunde genommen für die Touristen und diejenigen, die das für die neue Zeit hielten.

Folgerichtig gab es auch keinen richtigen Stammtisch und, als sich Peter im Gastraum umschaute, auch keine alten Tettnanger, die sich hierher verirrten. Das wäre mal eine tolle Aufgabe, dachte Peter, eine solche Entwicklung über die Jahre zu verfolgen. Man müsste alle fünf Jahre herkommen, Örtlichkeiten überprüfen, Veränderungen feststellen und die Besucherströme messen. Das würde ein interessantes Diagramm ergeben, wenn mal zwanzig oder dreißig

Jahre vorbei wären. Aber, wer machte sich schon so eine Arbeit? Wer zahlte so was und wer hätte daran ein Interesse?

An der Anmeldung schluckte er ein wenig, als er den Zimmerpreis erfuhr. Aber immerhin, meinte die nette junge Frau, sei er im Hopfenzimmer untergebracht. Na dann, dachte Peter, das sollte mir dann die zwanzig oder dreißig Euro mehr doch schon wert sein. Sei's drum, jetzt erst einmal das Zimmer beziehen, was essen und dann vorsichtig nach Kim auf die Suche gehen. Sie sollte ihn noch nicht bemerken. Er würde ihr Spiel mit ihr spielen, sozusagen der journalistische Kommissar auf den Spuren der Kommissarin. Womöglich würde er daraus noch einen Krimi machen. Mal sehen, was dieser Tettnanger Fall hergeben würde.

Der Junge hatte sich beruhigt, das wollte sie zumindest glauben. Vera verstand die Welt nicht mehr. Warum hing der Hans im Hopfen? Wie war der da hingekommen? Was war in der Scheuer passiert? Sie hatte die Gabel genommen und auf ihn eingestochen. Als sie aus der Scheuer ging, war er tot gewesen. Das hatte sie gedacht. Der kalte Schweiß war ihr auf der Stirn gestanden, als sie zurück zum Verkaufsstand gekommen war. Irgendjemand hatte noch eine Bemerkung gemacht, was denn mit ihr los sei, oder so etwas. Sie hatte das abgetan und weitergearbeitet. Immer den Blick auf der Tür im großen Scheunentor. Wenn dort jemand reingehen würde, dann war sie dran. Innerlich faltete sie die Hände zum Gebet, lass' bitte niemanden hineingehen. Sie war nicht sehr gläubig, ging nur hin und wieder in die Kirche, weil die anderen auch gingen und weil man sich dort traf. In diesem Moment wollte sie glauben, hoffte auf einen göttlichen Eingriff, der das Unmögliche möglich machen würde. Dass keiner hineinging. Und, die Tische leerten sich, es war nach Mitternacht. Keiner ging hinein und keiner schien den Hans zu vermissen. Die meisten waren froh, wenn sie sich mit einigermaßen sicherem Tritt auf den Heimweg machen konnten. Warum war ihr Bruder schon so früh gegangen? Der nahm zwar sonst kaum am Ortsleben teil, aber das Hopfenfest war für ihn immer ein wichtiger Anlass gewesen, mal wieder unter die Leute zu gehen. Aber wahrscheinlich wusste er auch davon, hatte das auch schon gewusst. Nur sie nicht. Bis gestern.

Als sie den Stand aufräumten, hatte sie immer die Scheuer im Blick. Die Tische und Bänke davor waren leer. Keine Tür ging auf und kein Hans kam heraus. Keiner fragte nach Hans, wo er denn sei. Sie wunderte sich eigentlich nicht. So waren diese Biertischbrüder. Man saß zusammen, trank einen und wer da ging oder kam, das spielte sich irgendwann hinter einem Schleier ab, der die Wahrnehmung vernebelte. Die haben mich auch bestimmt nicht gesehen. Es war schon spät gewesen, als sie Hans in der Scheuer traf. Da sehen die doch nichts mehr, sagte sie sich.

Aber, was war dann später geschehen? Wieso war der Hans nicht in der Scheuer und tot? Sie hatte kaum geschlafen. Eigentlich gar nicht. Jeden Moment hatte sie die Sirene der Polizei erwartet. Blöd im Grunde genommen. Denn wenn der Hans in der Scheuer lag, wie sollte da die Polizei daraufkommen. Schließlich würden sie, die Familie, den Hans am Morgen vermissen. Wie ja geschehen, sagte sie sich. Aber die ganze Nacht Polizeisirene im Kopf, das war Stress. Sie hatte gegen halb drei am Morgen etwas getan, was sie noch nie in ihrem Leben gemacht hatte. Sie war aus dem Schlafzimmer nach unten gegangen und hatte sich ein halbes Wasserglas mit Obstler gefüllt. Sie, die Alkohol höchstens in einer Schwarzwälder Kirschtorte tolerierte oder mal ein Mon Cherie aß. Der Schnaps hatte seine Wirkung bei ihrem ungewohnten Organismus nicht verfehlt. Er hatte sie sozusagen umgehauen. Ins Bett hatte sie es noch geschafft, aber dann war Filmriss bis gegen sieben Uhr. Da ging der Wecker. Dann das mit Michael, und anschließend hing der Hans im Hopfen. Sie konnte sich keinen Reim darauf machen.

Wenn die Stadt so war wie das Essen, dann konnte man es hier aushalten. Sie hatte selten eine so schmackhafte Variante ihres Leibgerichtes gegessen wie heute Mittag, da war sich Kommissarin Lorenz sicher. Nun musste sie am Abend etwas kürzer treten.

Um sich einen ersten Überblick zu verschaffen, hatte sie sich einen günstigen Fensterplatz im Lokal ausgesucht. Es war nicht zu unterschätzen, was man hin und wieder in solchen Situationen aufschnappen konnte. Der Stammtisch war in Hörweite und, nachdem die Herren mit jedem Bierchen ein wenig lauter wurden, hatte sie schon einiges über die derzeitigen Themen der Stadt hören können. Es ging wohl um die neue Führung einer Durchfahrtsstraße, die nun am Stadtzentrum, dem Bärenplatz vorbeigelenkt werden sollte. Zwar hörte sie nur mit halbem Ohr hin, aber die Gemüter schienen sich an dem Thema zu erhitzen. Interessant. Das hatte zwar sicherlich nichts mit ihrem Fall zu tun, aber immerhin konnte man sich mal kundig machen, welche Rolle Hans Schurr in der Sache gespielt hatte, schließlich war er Gemeinderat gewesen.

Ein großgewachsener, traurig dreinblickender Mann betrat die Gastwirtschaft. Kaum stand er im Raum, ebbte der Geräuschpegel ab und fast alle Anwesenden schauten den Mann an. Er sah sich offensichtlich nach einem Tisch um. Keiner war frei und nirgends sah sie Bewegung oder hörte einladende Töne. Der Mann blieb zögernd mitten in der Wirtschaft stehen. Dann ging er langsam auf ihren Tisch zu.

»Isch bei Ihnen no frei?«, fragte Herbert Lohr.

»Freilich, Platz grad gnuag«, antwortete die Kommissarin und rutschte dabei, ob der Ansprache, auch ins Schwäbische. Daraufhin setzte sich Herbert Lohr an ihren Tisch.

»Lohr, Herbert«, stellte er sich der Kommissarin vor. Die nickte grüßend.

»Ich bin Kim Lorenz, Kriminalkommissarin«, sagte sie.

Lohr schaute für einen Moment erschreckt auf. Anscheinend war er sich nun unsicher, an welchen Tisch er sich da gesetzt hatte.

»Sie send wohl wegem Schurr hier?«, fragte Lohr. In der Wirtschaft war es immer noch ungewöhnlich ruhig.

»Genau, eben angekommen. Kannten Sie den Schurr?«

»War mei Schwoger«, sagte Lohr nur.

»Ihr Schwager. Mein Beileid. Ist aber doch interessant, dass ich als erstes gleich hier in der Wirtschaft den Schwager treffe«, meinte die Kommissarin.

»Na ja, interessant mecht ich des jetzt it nenna«, kam es zurück.

»Wie standen Sie denn zu ihrem Schwager?«, fragte Kim Lorenz, die so ganz nebenbei die letzten Salatblätter ihres gemischten Salates aufspießte. Nur nichts verkommen lassen, sagte ihre Großmutter immer, die hatte als Kind den Krieg noch erlebt.

»Was solle saga, d'r Schwoger halt, d'r Mann von meiner Schwester«, sagte Lohr. Georg Tränkle hatte im Hintergrund die ersten Entwicklungen abgewartet. Jetzt schien der interessante Teil erst mal vorbei. Also näherte er sich dem Tisch.

»Hosch de doher gsetzt«, meinte er zu Lohr.

»Ischs recht?«, fragte der wirsch zurück.

»Ha immer. Was derfe bringa?«

»Mir a Bier ond..., Sie?« Lohr wandte sich an die Kommissarin.

»Ich trenk gern oins mit! Des geht dann auf mich.«

»Zwoi Bier dann. Was essa, Herbert?«

»Vielleicht später, Georg.«

»Au recht«, sagte Tränkle und ging Richtung Tresen, um die Bestellung fertig zu machen.

»Der Schwager, so so«, sagte Kim Lorenz so vor sich hin. »Haben Sie irgendeine Idee, wie ihr Schwager in den Hopfen kam?«

»I?«, Lohr schaute die Kommissarin entsetzt an. »I woiß gar nichts!«

»Aber Sie haben doch vielleicht einen Verdacht, wer für die Tat in Frage kommen könnte?«, fragte Kim mit kritischem Blick.

»Was machen Sie denn beruflich, wenn ich fragen darf?«

»I bin auf dem Liegenschaftsamt, hier am Ort«, antwortete Lohr.

»Da haben Sie ja überhaupt nichts mit Hopfen zu tun«, meinte die Kommissarin.

»Noi, eigentlich net«, antwortete Lohr. Sein Blick schweifte im Lokal umher. Die Blicke der Stammtischler waren immer noch auf die Kommissarin und Lohr gerichtet. Das wollten sie sich nicht entgehen lassen. Georg Tränkle brachte die beiden Biere an den Tisch und verharrte, als ob er eine weitere Bestellung erwarten würde. Dabei wollte er nur Zeit schinden, um möglichst lange dort in der Nähe zu bleiben. Kim Lorenz fühlte sich ein wenig wie auf dem Präsentierteller. Das war der Nachteil, wenn man sich so mitten reinsetzte. Da ging dann nichts mehr mit verdeckten Ermittlungen und so, dachte sie.

Die Tür des Gastraums wurde geöffnet. Auf den ersten Blick konnte die Hauptkommissarin niemand sehen. Erst als sie den Blick senkte, sah sie einen kleinen Jungen von vielleicht zehn Jahren, der zögernd den Schankraum betrat. Er schaute sich unsicher um. Er schien jemanden zu suchen. Als sein Blick auf den Tisch der Kommissarin fiel, war im Gesicht des Jungen plötzlich Freude zu erkennen.

Auch Herbert Lohr blickte nun zum Eingang hinüber. Kim Lorenz beobachtete ihn genau. Da war Überraschung und irgendwie auch Entsetzen in seinem Gesicht.

»Thomas!«, rief Lohr aus.

»Bappa!«, sagte der Junge und rannte auf den Tisch zu.

»Ja, Thomas, was machsch denn du do?«, fragte der Vater, als er den Jungen in die Arme nahm.

»I suach di«, antwortete Thomas.

»Worom denn?«

»Weil du it drhoim warsch«, sagte der Junge nur.

»Hot d'r d' Mamma des it erklärt?«

»Se hot gsagt, du seisch ganga. Ond dass da nemme komma dädsch.«

Herbert Lohr schaute Kim Lorenz an, dann ging sein Blick an die Decke des Gastraums, als ob von dort eine Antwort zu erwarten wäre. Die Kommissarin verhielt sich ruhig. Das hier war eine Familiensache und sie blickte noch nicht durch. Wieso hatte dieser Lohr seine Frau verlassen? Hatte das eventuell etwas mit dem Tod von Hans Schurr zu tun?

»Jetzt gang no hoim, Thomas«, sagte Lohr, »des wird sich alles fenda. Heit komme net hoim, aber vielleicht no morga.«

»Aber Bappa, du kasch doch it em Gasthof schlofa«, stammelte Thomas, der die Welt nicht mehr verstand.

»Heit muaß des so sei, Bua. Heit goht des it anders. Vielleicht morga no«, dabei strich Herbert Lohr seinem Sohn liebevoll über das strohblonde Haar. »Ond jetzt gang. Saisch dr Sabine en Gruaß.« Damit schob Lohr den Sohn in Richtung Eingangstür. Sein Gesicht spricht Bände, dachte die Kommissarin. Der Schmerz war dem Mann ins Gesicht geschrieben. Bewegt senkte sie ihren Blick. Thomas zögerte, schaute seinen Vater noch einmal an, ging dann aber hinaus. Er drehte sich nicht mehr um. Kim Lorenz schaute dem Jungen nach, der mit schleichendem Schritt den Gastraum verließ. Sie nahm einen Schluck von ihrem Bier und schwieg für ein paar Augenblicke.

»Wollen Sie drüber reden?«, fragte sie dann Herbert Lohr.

»Da gibt's it viel zu reden«, antwortete dieser, »sie isch fremdganga, mit ihm.«

»Mit wem? Mit dem Schurr?«

»Mit dem Schurr, genau. Mit dem Mann meiner Schwester, meinem Schwager!«

»Und Sie haben nichts gewusst oder geahnt?«, fragte die Kommissarin nach.

»Nein. Ob Sie es glaubet oder nicht. I han koi Ahnung ghet. Bis geschtern obend.«

»Was ist da passiert?«

»Ach, des war aufem Fescht, do hend se gschwätzt. Aber deitlich desmol!«

»Über den Schurr und Ihre Frau?«

»Genau«. Lohr wich dem Blick der Kommissarin aus.

»Und?«

»Nix ond! I ben no ganga«, antwortete Herbert Lohr.

»Einfach so?«, fragte die Kommissarin.

»Jo. Oifach so«, sagte Lohr und stand auf. »Dankschee fir des Bier. Gut Nacht.«

»Gute Nacht«, sagte die Kommissarin und sah dem Mann hinterher, der mit langsamem Schritt auf den Ausgang zuging. An der Tür nahm er einen Schlüssel von der Theke mit. Das sieht nicht nach einer guten Nacht aus, dachte Kim Lorenz. Sie trank ihr Bier aus, rief den Wirt, zahlte und ließ sich ihren Schlüssel geben. Georg Tränkle sah der flotten Kommissarin hinterher. Eine innere Freude ließ es ihm warm ums Herz werden. Er war mitten drin in einem Mordfall und hatte die Kommissarin im Haus. Ein Glücksfall für ihn, der doch so gerne redete und so gerne viel wusste. Er würde am Morgen sehr früh auf sein. Sonst war seine Frau für das Frühstücksbuffet zuständig, aber ein solcher Morgen, den konnte er sich doch nicht entgehen lassen. Die Kommissarin und den Lohr beim Frühstück, da musste er dabei sein.

Er schlief jetzt. Endlich. Marie Lohr hatte ihn gesucht. Sie dachte, er sei längst im Bett, und meinte auch, ihm noch Gutenacht gesagt zu haben. Als er dann vor der Tür stand, weinend, war es ihr, als ob sie jetzt erst die Situation vollends erkannt hätte. Thomas hatte ihr erzählt, dass er im Schützen gewesen war und seinen Vater gesucht hatte. Gefunden hatte er ihn auch und wohl auch zur Rede gestellt. Ihr Fehler. Sie hätte dem Jungen das alles erklären müssen. Irgendwie. Sie hätte von der Routine abweichen müssen, den Kindern erzählen, was geschehen war. Sie hatte es sich zu leicht gemacht. Was hatte sie gedacht, Kinder im Bett, Glas Wein einschenken und endlich ein wenig Ruhe finden. Sie wollte aber diese Ruhe, sie wollte endlich nachdenken und sich klar werden. Was war eigentlich passiert? Sie konnte das für sich noch nicht auf die Reihe kriegen. Der Hans tot? Schon als sie den ersten kleinen Schluck von ihrem Wein nahm, kamen ihr die Tränen. Sie hatten zusammen gerne mal ein Glas oder mehrere getrunken.

Mit dem Herbert ging das doch nicht. Sie konnte sich gar nicht mehr erinnern, wann sie zum letzten Mal zusammen ein Glas Wein oder Sekt getrunken hatten. Nur sie zwei. Der war doch immer in den Keller gegangen. Mit dem Hans war das anders gewesen. Die Erinnerung ließ sie schluchzen. Mit dem konnte man einfach einen schönen Abend verbringen, ein Gläschen trinken, ein wenig schmusen und dann ins Bett. Das Bett war ihr nicht so wichtig gewesen, aber das Schmusen, das konnte der …

Marie versuchte, sich zusammenzureißen. Sie musste jetzt stark sein. Morgen wollte sie den Kindern erklären, was eigentlich passiert war. Bei Thomas war sie sich nicht sicher, ob er das überhaupt begreifen würde. Sabine hatte wahrscheinlich schon einiges gemerkt. Sie war in letzter Zeit recht weit weg von ihr, suchte wenig das Gespräch und kam, wenn überhaupt, dann wegen Geld.

Aber, wie sollte sie was erklären? Wo sollte sie da anfangen? Sagen, wir haben uns halt nicht mehr lieb? Das konnte doch nicht helfen. Warum hing der Hans ausgerechnet jetzt tot im Hopfen? Wie konnte er ihr das antun? Sie nahm einen Schluck Wein und dachte an ihre Hoffnungen. Ihre Träume waren verflogen, die hingen im Hopfen.

Es war nicht mehr viel los im Gasthof »Zum Sternen«. Die Touristenzeit war vorüber. Außer einem jungen Mann an einem Ecktisch, der mit sich selbst beschäftigt zu sein schien, saßen an der Theke nur noch einzelne Gäste, die sich ein letztes Bier vor dem Nachhauseweg gönnten. Was war aus dieser Wirtschaft geworden, dachte Robert Mitterer, der mit seinen gut fünfzig Jahren auf ein langes Stück Tettnanger Geschichte zurückblicken konnte. Früher hatte hier bis in die Puppen der Stammtisch getagt. Da war es oft hoch hergegangen. Vor allem nach der Hopfenernte, wenn die erzielten Preise diskutiert wurden. Er selbst konnte sich an ein paar deftige Auseinandersetzungen erinnern. Einmal hatte er sogar eingreifen müssen, weil schon Fäuste und Bierkrüge ins Spiel gekommen waren. Sein Eingreifen hatte wenig bewirkt. Zur Belustigung der ganzen Stadt war er der Einzige, der eine Verletzung davon getragen hatte, ausgerechnet er, der Kriminaler. Ein blaues Auge bester Güte, das er die folgenden Tage durch die Stadt hatte tragen müssen. In diesen Räumen war auch Lokalpolitik diskutiert und letztendlich entschieden worden. Wenn man früher etwas wissen wollte oder auch etwas wusste, was von allgemeinem Interesse war, dann ging man am Abend in den Sternen. Dort saßen dann die Tettnanger, die was wussten oder was wissen wollten. Heute saßen die zum größten Teil im Schützen, weil das eine Wirtschaft war, die ihren Charakter noch bewahrt hatte.

»Spielsch no mit, oder was?«, unterbrach Fallgruber die Gedanken des Kommissars.

»Scho«, sagte der nur, »I han achtzehn!«

»I au«, bot Martin.

»Zwanzig?«

»Jo.«

»Zwoi?«

»Au.«

»Drei?«

»Zur Not.«

»Vierazwanzig?«

»Dei Schpiel!«

»Gernot?«

»Do hosch a guats!«

»No ischs a Kreiz worda«, sagte Mitterer und spielte den Kreuzbuben aus, »raus mit de Trempf!«

Jens Martin warf eine Herzneun ab.

»Proscht Mahlzeit, des isch mol wieder a Oma!«, rief Fallgruber aus, der eine Trumpfzehn angeben musste, um seinen Pik-Buben zum Stich kommen zu lassen. Mitterer spielte sein Spiel ohne Probleme zu Ende. Er mochte kein Risiko. Nur der Pikbube machte noch einen Stich, der Rest ging an ihn. Ohne sich besonders auf das Spiel zu konzentrieren, schaute er hinüber zu dem Mann in der Ecke. Ein Fremder, der hier nicht nur auf der Durchreise oder als Tourist da war. Das spürte er. Viel zu interessiert sah sich der Mann um, war auffallend aufmerksam. Er würde den im Auge behalten, dachte der Kommissar, mit einem Mordfall im Ort konnte das nicht schaden.

»Wie ich dir sag'. Wenn du des As ghebt hettesch, wäre mir außem Schneider!« Gernot Fallgruber nahm einen

Skat ernst. Jens Martin halt nicht so sehr. Das Ergebnis waren solche Diskussionen, die nach Ansicht des Dritten im Bunde, Robert Mitterer, die Sache nur unnötig in die Länge zogen.

»Spiele mer jetzt, oder was isch?«, fragte der auch prompt in die Runde.

»Eba«, sagte der Doktor, dem die Müdigkeit nach einem langen Tag anzusehen war.

»Schneider«, sagte Gernot Fallgruber, nachdem er die wenigen Karten gezählt hatte.

»Oifach«, sagte Mitterer mit einem gewissen Stolz in der Stimme.

Jens Martin schüttelte nur den Kopf.

»Mann, Mann, so langsam wird's langweilig. Spiele mer no oi Runde?«

»Nemme mer no a klois Bier?«, fragte Fallgruber.

»Von mir aus«, sagte Mitterer und winkte der Bedienung. Es ging auf zwölf. Auch der Mann in der Ecke machte Anstalten zu bezahlen. Anscheinend wohnte er im Sternen, denn Mitterer sah keine Jacke. Aha, dachte der Kommissar. Sie spielten ihre Runde zu Ende. Mitterer kassierte von den beiden anderen, die sich des Öfteren ein wenig zu weit aus dem Fenster gelehnt hatten. Dann tranken sie gemütlich ihr kleines Bier und redeten über den morgigen Tag. Der Mann aus der Ecke grüßte kurz und ging zum Treppenhaus. Mitterer sah ihm nach.

»Kennet ihr den?«, fragte er die beiden anderen.

»Noi«, sagten sie fast gleichzeitig.

»Komisch«, sagte Mitterer nur.

»Wie goht's bei dir morga weiter?«, fragte Fallgruber den Doktor.

»I fahr erscht mol noch Konstanz. Will sehen, was die Kollegen inzwischen rausgfunden haben. Bin aber gegen Mittag zurück. Was hat die Frau Lorenz gsagt?«

»Vierzehn Uhr bei uns aufem Revier«, sagte Mitterer, »abr i gebe eich no Bscheid.«

»Und was machsch du, Gernot?«, fragte der Doktor.

»Ich hab die Adress' von einem Seiler in Stockach. Alter Traditionsbetrieb, Seilerei Muffler. Vielleicht kann mir der mit dem Seil weiterhelfa. Außerdem wollt ich scho lang mol em Hindelwanger Adler eikehra. Also, eigentlich eine schöne Tour«, sagte der Spurensicherer und rutschte dienstlich wieder ein wenig ins Hochdeutsche. Die beiden anderen Männer lächelten. Fallgruber war bekannt für seine Ermittlungstouren, die in der Regel mit Besuchen von bekannten Gasthöfen verknüpft waren. Allerdings sah man dem Mittvierziger diese Besuche nicht an, was die Kollegen wiederum ärgerte. Dieser Fallgruber konnte essen, soviel er wollte, es zeigte sich kein Bauchansatz.

»Mahlzeit, kann ich do bloß sagen«, meinte dazu der Doktor.

»Na dann bis morga, Männer«, sagte Robert Mitterer und ging zur Theke, um zu bezahlen. Auch die andern beiden standen auf, nahmen ihre Jacken und folgten dem Kommissar.

»Und bei dir, Robert?«, wollte Fallgruber wissen.

»Dr Haberer ond dr Treu arbeitet mei Lischte ab. I bin morga früh draußa aufem Schurrhof. Die Familie«, sagte Mitterer.

»Net oifach«, meinte der Doktor.

»Schtemmt«, sagte Mitterer.

Als sie ins Freie traten, wehte ihnen, obwohl es schon deutlich nach zwölf war, warme Nachtluft entgegen. Der Bärenplatz lag verlassen da, man hörte das Wasser plätschern. Nur wenige Autos störten die Ruhe der Nacht.

»Ich liebe diese Spätsommernächte«, sagte der Doktor euphorisch, »also, gut Nacht, Robert, komm' guat hoim!«

Kommissar Mitterer, der beim Verlassen der Wirtschaft

vorsichtshalber seine Jacke geschlossen hatte, knöpfte sie schnell wieder auf, als ob es ihm erst im Moment wieder eingefallen war, dass sie ja Ende September hatten.

»Ja, ja, gut Nacht, bis morga dann, saget mer halbdrei em Büro! Wenn e was von d'r Hauptkommissarin woiß, no gebe eich Bescheid, gell!«

»Alles klar«, riefen die beiden anderen, schon in einiger Entfernung auf dem Bärenplatz. Ihr Weg sollte sie am Schützen vorbeiführen, wo immer noch der Stammtisch tagte und versuchte, diesen Mord zu begreifen und vor allem, herauszufinden, wer das dem Schurr angetan haben könnte.

»Sieht gut aus«, sagte der Doktor, als sie am beleuchteten, kleinen Kanal vorbeikamen.

»Fast mediterran«, sagte Fallgruber und kickte einen Stein ins Wasser, »ond heit hemmer sogar die Temperatur drzu. Herrlich!«

»Immer no Hoimet, halt«, sagte der Doktor mit ein wenig Wehmut in der Stimme.

»Mer vergißt's halt nia, oder?«

»'S bleibt, 's isch immer do.«

»Deshalb bin I it ganga.«

»Und wenn, denke manchmol, dann muasch richtig ganga. It so end Nochberschaft, wie I.«

»Hoschs bereut?«

»Manchmol.«

Als die beiden Kriminaler die Ortsmitte hinter sich ließen, wurden auch die Lampen spärlicher, die entlang der Gassen ein wenig Licht in die Stadt brachten. Zu sehen waren die beiden bald nicht mehr. Nur ihre Schritte hallten lange noch in Richtung Bärenplatz.

Kim Lorenz hörte die Schritte nur noch im Halbschlaf. Die zwei Gläser Bier hatten ihr eine wohlige Bettschwere beschert. Sie hörte noch das Plätschern des Kanals und die Schritte ihrer Mitarbeiter. Dann fielen ihr die Augen zu. Das plätschernde Wasser und das Hallen der Schritte vermischten sich in ihrem Traum. Sie sah einen Mann in einem Strudel, der verzweifelt versuchte, mit dem Kopf über Wasser zu bleiben. Es war Lohr, sie erkannte das Gesicht genau. Um das Wasser waren Gassen, aus denen Menschen zu ihm liefen. Sie hörte die Schritte, sah sie rennen. Aber, obwohl sie zu rennen schienen, kamen sie ihm nicht näher.

Sie selbst saß in ihrem Auto und studierte das Navigationsgerät. Sie versuchte, Herbert Lohr einzugeben. Aber das ging nicht. Sie tippte und tippte, aber immer wieder zeigte das Display nur »Hopfenfeld, falsche Eingabe«. Ihr taten die Finger weh. Die Menschen rannten, Lohr pfiff zuerst, dann schrie er: »Abfahrt!« Dazu machte er das Geräusch einer Dampflokomotive: »Tschtschtsch«. Sie versuchte auszusteigen, was ihr mit einiger Mühe gelang. Sie hörte das Wasser, hielt nach Lohr Ausschau, rannte und stand vor dem Kanal auf dem Bärenplatz. Die rennenden Menschen waren jetzt auch da. Sie erkannte Gernot Fallgruber, Vera Schurr und Robert Mitterer. Sie weinten. Sie hörten die Schreie des Ertrinkenden. Er pfiff noch einmal, dann war es ruhig. Robert Mitterer kam auf sie zu. »Das hätten Sie verhindern können«, sagte er. Ihr lief eine Träne über die Wange. »Wie?«, fragte sie. »Sie kann nichts dafür«, sagte Vera Schurr. »Sie ist nicht von hier«, sagte Gernot Fallgruber. »Aber sie ist verantwortlich«, sagte Mitterer, und sie fühlte sich nicht gut. »Ob er tot ist?«, fragte Vera. »Sicherlich«, antwortete Mitterer, »sie hat ihn vergessen!« Er zeigte auf die Kommissarin. Sie spürte eine tiefe Angst und kalten Schweiß auf der Stirn. Sie hatte ihn vergessen? Was meinte Mitterer?

Da wachte Kim Lorenz auf. Sie konnte sich zwar nur vage

an den Traum erinnern, aber es blieb ein mulmiges Gefühl
der Schuld zurück. Seltsam, dachte sie, eigentlich war es
sonst gar nicht ihre Art, ihre Arbeit so nahe an sich ranzu-
lassen, dass sie davon sogar träumte. Sie war sich ziemlich
sicher, dass sie von ihrem Fall geträumt hatte. Schemenhaft
waren ihr einige Gesichter in Erinnerung geblieben. Sie hatten etwas von ihr gewollt. Sie sollte den Fall lösen. Aber
wie, dachte die Kommissarin.

Robert Mitterer hatte sein Auto nach wenigen Minuten erreicht. Er hatte sich zurückgehalten und den Abend über
nur zwei Radler und das kleine Bier getrunken. Also sah er
keinen Grund, nicht mit dem Wagen nach Hause zu fahren. Er ging nicht gerne zu Fuß, vor allem nicht durch Tettnang. Hier war er aufgewachsen, hier kannte ihn jeder, und
wenn er sich auf der Straße sehen ließ, dann kam mal dieser,
mal jener auf ihn zu, hatte ein Anliegen, wollte was wissen
oder war einfach nur neugierig. Das ging ihm auf den Geist.
Vielleicht hätte er doch woanders hingehen sollen. Es war
zwar alles gemütlich und gut und ruhig, aber irgendwie war
er halt bloß ein Polizist oder der Kriminalpolizist, der die
beiden anderen, Haberer und Treu, unter sich hatte.
Dabei war er ausgebildeter Kriminalbeamter, genauso wie
diese Lorenz auch. Diese Lorenz. Sie konnte ja nichts dafür,
er nahm das auch nicht persönlich, aber sie war halt auch
wieder jemand, der ihm vor den Latz gesetzt wurde. Als
ob er nicht auch einen Mordfall klären könnte, auch ohne
Konstanzer oder Friedrichshafener Hilfe.
Ausgerechnet der Schurr, dachte er. Sicherlich einer, der wenig Freunde hatte in der Stadt, aber wer würde so jemanden
umbringen, hier in Tettnang? Motive, die gab es vielleicht,
sogar sicher, aber konnte er sich vorstellen, dass jemand den
Schurr erstechen oder erhängen würde? Nein, das konnte
er nicht. Er hatte in diesem Ort, seinem Tettnang, noch kei-

nen Mord erlebt. Der Tod spielte hier eine normale Rolle, der kam mit Krankheit und Alter, ganz gewöhnlich, so wie überall. Vielleicht einmal durch Unfall oder Unglück. Selbst das hatte er selbst noch nicht erlebt.

Wenn er ehrlich zu sich war, dann war er auch deshalb hier geblieben. Er wollte nicht ein solcher Kriminaler sein, der sich mit Zuhältern, Drogendealern und richtigen Verbrechern auseinandersetzen musste. Er wollte Recht und Gesetz vertreten, aber dies in seinem Städtchen, in dessen Grenzen und eben auch in den Grenzen der Menschen hier. Diese Grenzen waren nun überschritten worden. Ein Einbruch in seine Welt, die so etwas wie einen kaltblütigen Mord nicht kannte, nicht kennen durfte. Deshalb war er im Grunde genommen, wenn er ehrlich zu sich selbst war, doch froh, dass jemand gekommen war, der sich damit auskannte und professionell damit umgehen konnte. Gut, eine Frau, aber eine gute Frau, wie er fand. Eine Frau, die diesen, seinen Fall, hoffentlich bald lösen würde.

Sie war sicherlich im Schützen abgestiegen, dachte Peter Lange, mit dem Kopf am Kissen. Ganz nach der Devise ihres alten Chefs. Immer nah ans Volk. Was hatte er da schon drüber Scherze gemacht. War was dran, fragte er sich. Zurückblickend sicherlich. Im Sternen hätte auch die Kommissarin heute Abend wenig bis nichts erfahren. Wenn er es richtig einschätzte, dann hatten sich außer ein paar Honoratioren nur eine Skatrunde eingefunden, die verdammt nach Kriminalern ausgesehen hatte. Warum die wohl hier gelandet waren?

Er versuchte, diese Gedanken zu vertreiben. Schließlich war er hier nicht als Kriminalist oder als Sozialpädagoge, er war einfach nur zum Spaß hier. Gut, ob Spaß, das würde sich wahrscheinlich spätestens morgen rausstellen, wenn Kim ihm auf die Schliche kam. Denn das würde unweigerlich der Fall sein, da war er sich sicher. Er würde morgen früh versuchen, einen Termin mit dem Bürgermeister zu bekommen, und sich dann ein wenig genauer dem Städtchen widmen. Kim würde er dann schon treffen im Laufe des Tages. Er kannte sie doch, am ersten Tag hielt sie sich noch zurück, sondierte das Terrain und war im Ort unterwegs. Vielleicht würde sie ihm wieder eine Szene machen, dachte er. Liebe halt, dachte er und schloss die Augen.

Sie konnte keinen Schlaf finden. Ob das der Junge verkraften würde? Sie hatte sich das nie erklären können, warum der Junge seinen Vater so gemocht hatte. Der hatte sich doch nie richtig um den Buben gekümmert. Wenn es hoch kam, dann war er der Nachkomme gewesen, der einmal, vielleicht, den Hof erben würde. Aber er hatte sich nie mit dem Kind beschäftigt. Vielleicht hätte sie das hellhörig werden lassen sollen. Hätte sie genauer hinschauen, mehr nachdenken müssen? Sie, als Mutter? Und dann, sie hatte als Schwiegertochter und Ehefrau genug zu tun, Mutter war sie dann auch noch. Für mehr hatte sie einfach keine Kraft gehabt. Wie hätte sie das auch machen sollen, den Vater, der ihr schon langsam entglitt, darauf hinweisen, dass er einen Sohn habe? Leicht gedacht, dachte Vera, das ging vielleicht theoretisch, sie hatte das nicht gekonnt.
Aber, Hans tot? Wie war das jetzt? Gut? Fühlte sie sich gut, abseits der Schuld, die auf sie kommen würde? War es trotz allem gut, dass er tot war? War sie seine Mörderin? Sollte sie sich stellen? Sagen, ich war es, hier bitte, nehmt mich fest? Konnte sie das sagen, ehrlich und mit der Überzeugung, es getan zu haben und es auch getan haben zu wollen? Kompliziert, dachte sie, ein Kopf kann kompliziert denken, wenn er gefordert ist. Dann jagten sich Gedanken. Schuld, Tat, Mord? So hatte sie ihr Leben nicht verändern wollen. Sie wollte nicht töten, um zu ändern. Sie war nur

konfrontiert worden mit der Veränderung, mit dem Weg des Anderen, der ohne sie weitergehen wollte. Das war der Grund für den Stich mit der Gabel gewesen. Mord? Rache eher, Rache für das Aushalten, für ein verschenktes Leben, für eine Zukunft, die sie sich erträumte, erträumt hatte.

Eine Zukunft, die er längst ohne sie geplant hatte, so war es doch schließlich gewesen. Was hatte diese andere Frau, Marie, was sie nicht hatte? Scheißfrage, dachte sie, in zu vielen Filmen und zu vielen Büchern schon gestellt. Sie hatte sich diese Szenen immer angeschaut und nicht verstanden, wie diese Geschichten an diesen simplen Punkt kamen. Es hatte sie meist nicht gewundert, dass sich jemand, meistens eine Frau, diese Frage stellte. Jetzt wusste sie, dass solche Geschichten vielleicht doch nicht so weit von der Wirklichkeit weg waren. Denn jetzt war sie drauf und dran gewesen, sich diese Frage auch zu stellen. Das machte aber keinen Sinn. Und doch, wie konnte so etwas passieren?

Sie fand sich drein, versuchte, ein Leben zu leben, machte Zugeständnisse, hielt aus, hielt durch, hoffte, träumte ein wenig. Keine großen Träume, aber immer mit diesem dann, wenn dann, dann könnte sie, dann würde sie, dann wollte sie. Sie war allein mit diesem kleinen Traum gewesen, das wusste sie jetzt. Sie hatte immer um diese Leere gewusst. Wenn mal die Kinder aus dem Haus sein würden, oder damals, als die Schwiegermutter starb. Es war und es würde wenig anders werden. Das wusste sie jetzt. Da war zumindest ein Leben jenseits ihrer Gedanken gelebt worden. Der Hans hatte seinen Weg schon länger geplant, ohne sie.

War das Mord? Im Moment des Zustechens wahrscheinlich. Sie wollte mit Absicht töten. Affekt vielleicht, weil in ihr alles auf einmal zusammenbrach. Affekt könnte noch in Betracht kommen. Aber würde ihr jemand diesen Affekt abnehmen? Sie, die das doch wissen hätte müssen. Was wusste man, was glaubte man, was wollte man glauben? Die eigene Schwägerin! Der Herbert hatte es anscheinend auch nicht gewusst. Der war auch in der Scheuer gewesen. Der war womöglich derjenige, der dem Hans den Schlag auf den Kopf beigebracht hatte. Beigebracht, so sagte man, glaubte sie. Beigebracht. Die Wunde und vor allem die Beule waren nicht zu übersehen gewesen. Affekt, wahrscheinlich auch. Der Herbert. Der war sicherlich noch mehr als sie aus allen Wolken gefallen. Der hatte doch nur die Familie und seine Eisenbahn. Und sein Amt.

Er hatte sich noch ein Glas Wein eingeschenkt. Die Flasche hatte er sich eingepackt. Einen Meersburger Spätburgunder, Jahrgang 2001. Das war sein Jubiläum gewesen damals. 25 Jahre Märklinfreunde Allgäu. Eine schöne Ehrung war das gewesen. Einen Ortsverein gab es ja hier nicht. Also hatte er sich den Allgäuern angeschlossen, mit Treffen in Wangen und Umgebung. Leider waren diese Treffen so selten. In der Regel nur zweimal im Jahr. Feste waren das für ihn gewesen. Unter Freunden, Brüdern, unter Menschen, die dieselbe Sprache sprachen. Jeder wusste, von was man redete. Da brauchte es bloß Stichworte: Krokodil 54, Rangierlok 61, lange Dampflok 56. Sofort verstand jeder, von was man sprach. Warum hatte er nie Kontakte darüber hinaus aufgebaut? Solche Fragen konnte er sich, musste er sich jetzt stellen. Warum? Weil das sein Leben gestört hätte? So hatte er sich das immer erklärt. Aber wäre das wirklich so gewesen? Diese Eisenbahnler waren doch auch Menschen, die auch andere Interessen hatten, Familie, Beruf und so weiter.

Warum hatte er so eine Angst gehabt, etwas eindringen zu lassen, das ihm Spaß gemacht hätte? Hatte er sich in seinem Keller versteckt? War er irgendwann, zu einem Zeitpunkt, den er nicht nennen konnte, nur noch im Keller er selbst? Was war man, wenn man nur noch an Modelleisenbahnen dachte? Selbst Modell? Warum dachte er das? Weil Thomas gekommen war? Weil der ihn gefragt hatte? Weil er Vater war und eigentlich auch sein wollte? Weil er merkte, dass er dieser Vater nicht sein konnte? Warum? Weil er sich verloren hatte. Im Keller. So ganz heimlich still und leise. Sich nicht mehr kannte, nicht mehr wiedererkannte. Sich nicht mehr fühlte. Wenn nur noch der Drang war, in den Keller zu gehen. Zu seiner Anlage. Seiner Welt. Die oben hatte an Bedeutung verloren. Da war er bald nur noch Statist gewesen. Hatte sich nicht mehr gespürt. Nur im Keller.

Er vermisste nicht viel. Griff zum Glas und trank einen Schluck dieses feinen Rotweins. Was vermisste er? Den Keller. Seinen Keller. Dort war er. Nur dorthin konnte er gehen. Aber er konnte nicht mehr dorthin gehen. Das war vorbei. Zumindest wüsste er keinen Weg zurück. Dann die Ermittlungen. Diese Kommissarin würde nicht locker lassen, das spürte er. Die Marie wäre dann weg, mit den Kindern. Das Haus bliebe. Wie lange? Sein Keller? Ohne Job und ohne seinen Keller. Leben?

Hatte er das jemals richtig gelernt, zu leben? Ehrlich und direkt, mit Freude und Leid, Glück und Enttäuschung. Hatte er zu wenig aus seinem Leben gemacht? Man konnte aus seinem Leben etwas machen, dachte er. Zwar kannte er wenig Menschen, die vielleicht so etwas sagen konnten, aber er glaubte, dass es so war. Er glaubte auch, dass er zu wenig aus seinem Leben gemacht hatte. Irgendwann hatte er die Linie verloren, war versunken in seinen Keller. Nicht nach Menschen gesucht, vielleicht, dachte er. Nur in sich gegangen, nur dort zu Hause gewesen. Ein bisschen schon, musste er sich eingestehen. Da war ein Gedanke in ihm, der ihn wie ein alter Freund begleitete und heute Abend ganz nah bei ihm war. Er dachte ihn nicht gerne und doch, wenn er ihn dachte, dann wurde ihm warm ums Herz, er fühlte sich dann bei sich und seinem Weg. Es war ein endgültiger

Gedanke. Ein Gedanke, der schwer zu denken war und andererseits ein wohliges Gefühl der Freiheit einschloss. Ein Gedanke, den er zwar immer oder lang schon mit sich getragen hatte, den er aber nie ausgesprochen hätte. Er dachte nicht mehr. Das Kabel war lang genug. Er hatte das geprüft. Der Balken würde halten. Der Stuhl war ein wenig wackelig.

Am frühen Montagmorgen gab es in Tettnang nur ein Thema. Ob in oder vor den Ladengeschäften der Einkaufsstraßen oder in den Büros und Ämtern. Jeder wusste etwas oder wollte etwas wissen über den Tod des Hopfenbauern Hans Schurr. Längst hatte es sich herumgesprochen, dass eine Kommissarin aus Konstanz gekommen war, die im Schützen übernachtet hatte. Anscheinend handelte es sich um einen komplizierten Fall, sagten einige. Ein Fall, der für Kommissar Mitterer vielleicht eine Nummer zu groß war, meinten andere. Durch die kleinen, alten Fenster des Gasthofs Schützen schaute Kim Lorenz hinaus auf den Bärenplatz. Kinder gingen zur Schule, Mütter brachten die kleineren Kinder in den Kindergarten. Früh waren auch schon einige unterwegs, um ihre Einkäufe zu erledigen. Überall standen sie beieinander und tauschten Informationen aus, dachte Kim Lorenz.
Sie bestrich ihr Brötchen, das man hier im Schwäbischen Wecken nannte, dick mit der frischen Erdbeermarmelade. »Selbst eingekocht, also meine Frau«, hatte Georg Tränkle gemeint, als er das Frühstück servierte. Die Montagsausgabe der Lokalzeitung lag auf ihrem Tisch. Natürlich war der Tod des Hopfenbauern die dicke Schlagzeile des Tages. Viel wussten die Journalisten nicht zu berichten. Das hatte Mitterer gut hingekriegt, dachte Kim Lorenz, selbst die wenigen Erkenntnisse, die sie bisher zusammenhatten, waren nicht nach draußen gedrungen. Die Spekulationen,

wer wohl als Täter in Frage kommen könnte, waren vage.
Denn obwohl Hans Schurr kein besonders beliebter Bürger
gewesen war, wollte doch niemand so weit gehen, jemanden
dieses Mordes zu beschuldigen.

Das wird eine knifflige Sache werden, dachte die Kommissarin. Sie konnten hoffen, dass die medizinischen Untersuchungen etwas mehr Klarheit bringen würden. Vielleicht
kam auch bei der Vernehmung der Festbesucher etwas
heraus. Viel gab sie darauf nicht. Bei so einem Fest ging es
hoch her. Viele Menschen, wenig Beachtung für den Einzelnen. So war das immer. Zu oft hatte sie schon solche Situationen erlebt, bei denen man denkt, das muss doch jemand
gesehen oder bemerkt haben. Am Ende zeigte sich meist,
dass gerade die Menge der beste Schutz für einen Täter oder
eine Täterin sein konnte. Sie musste dem Motiv auf die Spur
kommen. Mehr hatte sie nicht als Anfang ihrer Ermittlungen.

Drei Verletzungen, das bedeutete im schlimmsten Fall drei
Täter und damit auch drei unterschiedliche Motive. Mögliche Kombinationen wollte sie für den Anfang ausschließen. Sie mussten nach drei möglichen Tätern suchen, jeder
mit einem Motiv und mit der Möglichkeit zur Tat. Aber, sie
war wieder einmal ein wenig pessimistisch. Das ging ihr oft
so am Anfang eines Falles. Da war dann plötzlich ein Berg
vor ihr, der unüberwindbar schien. Sie musste sich immer
wieder ermahnen, die Situation richtig einzuschätzen. Es
war nicht ihre Aufgabe allein, diesen Fall zu lösen, für sich,
im Kopf. Womöglich brachte die Spurensicherung noch
was. Die waren heute draußen auf dem Schurr-Hof, wo das
Hopfenfest stattgefunden hatte. Dort war auch Schurr gewesen und die Kommissarin ging davon aus, dass zumindest die ersten beiden Verletzungen dem Opfer irgendwo
dort zugefügt worden sein mussten.

»Wo bloß der Lohr bleibt?«, fragte Georg Tränkle an der

Theke laut sich selbst. »I moin, I guck mol nauf, der muaß doch ens Amt.« Mit seinem Generalschlüssel in der Hand verließ der Wirt die Gaststube und stampfte die Treppen in den ersten Stock hinauf. Es knarrte historisch, als der schwere Mann die Stufen nahm.

Dieser Lohr war eine seltsame Type, dachte Kim Lorenz. Der Tod des Schwagers schien ihm zwar nicht sehr nahe zu gehen, und doch war er immer unruhiger geworden, je mehr Fragen sie ihm gestellt hatte. Sie würde der Familie auf jeden Fall einen Besuch abstatten. Verbunden mit lautem Klopfen hallte die Stimme des Wirts durchs Treppenhaus.

»Herbert, du muasch doch ins Amt! Herbert! Wieso macht der denn it auf?«

Kim Lorenz horchte auf. Sie hörte den Wirt mit seinem Schlüssel hantieren. Dann wurde die Tür geöffnet.

»Noi!, Herbert! Herbert!«

Kim Lorenz sprang auf. Das hörte sich nicht gut an. Mit schnellen Schritten polterte der Georg Tränkle die Treppe herunter, dann stand er in der Tür zum Gastraum.

»Frau Kommissarin, Sie müsset komma, d'r Herbert!«

Kim Lorenz war schon aufgestanden. Der Wirt machte eilig kehrt und ging die Treppe voraus nach oben. Er blieb an der offenen Tür stehen und zeigte zur Decke. Kim Lorenz sah nach oben. Dort hing Herbert Lohr mit einem Kabel um den Hals, das er an einem der Deckenbalken befestigt hatte. Hier kam jede Hilfe zu spät, das erkannte die Kommissarin sofort. Herbert Lohr hatte sich wahrscheinlich am späten Abend oder im Laufe der Nacht entschlossen, seinem Leben ein Ende zu machen. Das Blut war aus seinem Kopf gewichen und die Augen traten leer weit hervor. So ähnlich dürfte auch Hans Schurr im Hopfen gehangen haben, ging es der Kommissarin durch den Kopf.

»Rufen Sie im Revier an, der Mitterer soll die Mannschaft

schicken, Spurensicherung und Gerichtsmedizin. Ich glaube, Doktor Martin ist noch in der Stadt!«

Als der Wirt nach unten gegangen war, untersuchte die Kommissarin das Zimmer. Vor allem suchte sie nach einem Abschiedsbrief. Sie glaubte nicht daran, einen zu finden. Herbert Lohr war kein Mensch, der einen solchen Brief schreiben würde. So viel Menschenkenntnis hatte sie in ihrer jungen Karriere gesammelt. Das hier war kein lange überlegter Schritt. Hier war zu viel auf einmal zu einem Zeitpunkt zusammengekommen. Kein Ausweg mehr. Aber warum?

Hatte das etwa mit dem Tod von Hans Schurr zu tun? Sie würde diese Spur verfolgen, dachte die Kommissarin. Hatte sich etwa der Mörder hier selbst gerichtet? Sie konnte es sich nicht vorstellen. Eine Auseinandersetzung mit Schurr, vielleicht. Aber Mord? Das traute sie dem Lohr nicht zu. Das war keiner gewesen, der so weit gehen konnte. Über dem brach vielleicht ein Leben zusammen, das war denkbar. Sie musste die Rolle Lohrs überprüfen und den Zusammenhang mit Schurr genauer unter die Lupe nehmen. Eine Möglichkeit nach der anderen ausschließen, so hatte sie es von ihrem alten Chef gelernt. Die Verdächtigen eingrenzen. Einer hing vielleicht oben an diesem Deckenbalken. Vielleicht.

Sie ging in den Gastraum und schenkte sich Kaffee nach. Jetzt nicht aus der Ruhe bringen lassen. Ihr Vorgehen hatte sie sich genau überlegt. Heute Vormittag würde sie eine ausgiebige Runde durch die Stadt machen. Sie wollte Gesichter sehen, hie und da ein paar Sätze aufschnappen und vielleicht zu Mittag irgendwo einkehren, wo es interessant aussah. Schau nach den kleinen Leuten, setz dich zu ihnen und höre, hatte ihr Chef immer gesagt. Es hatte immer wieder funktioniert. Denn diese vermeintlich kleinen Leute wussten aus ihrer Perspektive oft mehr zu erzählen als so mancher, der sich für reich und wichtig hielt. Vor allem wurde in diesen Kreisen viel mehr miteinander geredet, natürlich hauptsächlich über die da oben. Sie wusste noch nicht, ob es um die da oben ging. Aber zumindest der, der im Hopfen gehangen hatte, war einer von ihnen gewesen. Sie trank ihren Kaffee aus und ging hinaus auf den Bärenplatz.

Obwohl es erst halb neun war, stach die Sonne ihr grell ins Gesicht. Wieder ein heißer Spätsommertag, dachte sie und ging am Gasthof »Zum Sternen« vorbei durch ein altes Stadttor hinein in eine Ladenstraße. Beachtlich für ein Städtchen mit gerade mal knapp zwanzigtausend Einwohnern, dachte sie, hier fanden sich nicht nur reichlich gute Gastwirtschaften, nein, auch sonst konnte man hier richtig bummeln und shoppen gehen. Das war jetzt sicherlich kein Vergleich zu Konstanz oder Friedrichshafen, aber immerhin. Und Konstanz! Seit der Franken zum Euro so gut stand, konnte man sich dort vor Schweizern, die den günstigen Wechselkurs ausnutzten, nicht mehr retten. Zum Essen waren sie ja immer schon gekommen, aber jetzt hatte man den Eindruck, sie würden womöglich sogar bleiben, für immer. Gebe der Markt, dass der Wechselkurs sich ändere, dachte die Kommissarin und wandte sich wieder der Tettnanger Innenstadt zu.

Sie blieb an einem der Buchläden stehen und betrachtete die Auslage. Neben den üblichen Bestsellern lagen verstreut ein paar regionale Titel und auch eine Reihe von diesen Regionalkrimis, die in letzter Zeit immer mehr in Mode kamen. Sie wusste eigentlich nicht so recht, was diese Art von Krimi von anderen unterscheiden sollte. Nur weil sie regional spielten, die eine oder andere Eigenart, charakteristische Züge der Gegenden oder so etwas enthielten, sollten sie Regio-Krimis sein? Mord und Totschlag fragten nicht nach der Region, dachte sie, die passierten, und Leute wie sie hatten die Aufgabe, diese Fälle aufzuklären. Andererseits verstand sie auch wieder den Ansatz, denn was machte sie schließlich im Moment? Sie versuchte, sich reinzudenken, zumindest für ein paar Tage sozusagen heimisch zu werden, um sich reindenken zu können. Also, durchaus auch Regio. Sie ging weiter. Eine Drogerie, eine Apotheke, ein Schuhladen und schließlich ein Bekleidungsgeschäft. Alles da, dachte die Kommissarin. Dann betrachtete sie die Auslagen einer kleinen Boutique. Sah nett aus. Ein paar gusseiserne Raritäten, zwei, drei alte Stühle mit lustigen Gestecken und ein paar Ampeln, die den Kunden beim Betrachten der Auslagen in die Quere kamen. Sahen aber gut aus, dachte die Kommissarin, nachdem sie eine der Ampeln mit dem Kopf in Bewegung gebracht hatte. Erst jetzt erkannte sie, dass es sich nicht um Ampeln, sondern eher um hängende Windlichter handelte.

»Haben Sie sich angestoßen?«, fragte die Verkäuferin, die wohl ihren kurzen Aua-Schrei gehört hatte und aus dem Laden kam.

»Kein Problem«, sagte die Kommissarin, »sehen gut aus!«

»Gell«, sagte die Verkäuferin nur, »werden sogar hier vor Ort gemacht!«

»Ach was?«, sagte Kim Lorenz erstaunt.

»Doch, doch. Der Frieder Glauber macht uns die.«

»Glauber?«, fragte die Kommissarin.

»Der hat doch sonst nichts mehr, seit der Sache mit seinem Vater und dem Schurr. Aber das ist ja jetzt eh' vorbei!«

»Warum vorbei?«

»Eben weil er tot isch, der Schurr.«

»Und was hat dieser Frieder Glauber damit zu tun?«

»Dass der Schurr halt sein Vatter en da Ruin triba hot, des halt. Sagt mer.«

»Aha. Und dieser Frieder Glauber macht die Windlichter?«

»Sehet guat aus, gell!«

»So, so«, sagte die Kommissarin, »und wo wohnt dieser Frieder Glauber?«

»Aufem Glauber Hof oder dem, was dodrvo no ibrig isch.« Die Verkäuferin warf ihre blonde Mähne nach hinten und zeigte mit ihrem Finger über die Häuser hinweg.

»Dort henda, wenn se noch Meinerza nausfahrt, do liegt d'r Glauberhof«, das gesagt, ging die Verkäuferin wieder in den Laden. Es schien sich für sie um keine potenzielle Kundin zu handeln. Auch gut, dachte die Kommissarin, sie hatte für den Moment genug erfahren. Der Glauberhof. Auch ein Besuch, den sie auf ihre Liste nehmen würde.

Am Eiscafé setzte sie sich an einen der Tische, die vor dem Lokal auf dem Gehsteig standen. Ein Eiskaffee wäre jetzt herrlich, dachte die Kommissarin. Sie schaute auf ihre Uhr. Kurz nach zehn. Warum nicht, sagte sie sich. Als die Bedienung kam, bestellte sie. Sie schaute sich um, am Ende der Einkaufsstraße sah sie ein Schloss mit großem, schmiedeeisernem Eingangstor. Offensichtlich eines der Prunkgebäude der Stadt. Wäre Peter hier gewesen, dann hätten sie wieder heftige Diskussionen gehabt. Sie würde sagen, Prunk auf Kosten der Einwohner, der Armen. Peter würde dagegenhalten, dass ein System so etwas brauchte.

Wie oft hatten sie solche Diskussionen vor allem im Urlaub gehabt. Ihr ging das auf den Geist. Da reiste man von Palast zu Palast oder von Kirchenbau zu Kirchenbau und daneben wohnten die Armen, deren Vorfahren ihren Schweiß und oft auch ihr Blut gegeben hatten, damit diese Bauwerke überhaupt entstehen konnten. Im Reiseführer stand dann meist, dass ein Fürst, ein Bischof oder sonst einer der hohen Herren dieses Bauwerk in Auftrag gegeben hatte. In Auftrag, sie konnte sich aufregen bei dem Gedanken. Mit dem Geld, das die Herren den Arbeitern und Bauern abgepresst hatten. Dieses Geld nutzen sie dann, sich Denkmäler zu setzen. So wie die Geschichte damit umging, hatte das System funktioniert. Die Denkmäler waren gesetzt. Peter hielt dagegen, dass es nur mit solchen Symbolen möglich gewesen war, eine moderne Gesellschaft, demokratische Staaten entstehen zu lassen. Wo ist sie denn deine moderne Gesellschaft, etwa in Ägypten, fragte sie ihn dann trotzig.

Ihr Eiskaffee kam. Sie sollte sich nun wieder mehr mit ihrem Fall beschäftigen. Aber so war sie, so kannte sie sich. Immer ein wenig mit den Gedanken auf Reisen. Sie nahm einen Schluck von dem Eiskaffee. Ein weiß leuchtendes Schloss. Schön? Von mir aus, für den Moment auch schön, dachte die Kommissarin.

»Ein schönes Schloss!«, sagte Peter Lange und setzte sich zu ihr an den Tisch.

»Du?«

»Ich!«

»Hab' an dich gedacht.«

»Als du auf das Schloss geschaut hast, wett ich!«

»Genau.«

»Monfort, Grafen. Haben hier noch zwei Schlösser gebaut. Eins davon ist heute das Rathaus, da komm' ich grade her«, sagte Peter.

»Was machst du hier überhaupt? Ich dachte, du sitzt in Horn auf dem Campingplatz!«

»War langweilig ohne dich. Ich dachte, fährst du mal wieder nach Tettnang. Wie du weißt, war ich schon mal hier.« Peter Lange winkte der Bedienung.

»Und jetzt?«, fragte Kim Lorenz.

»Habe mich mit dem Bürgermeister unterhalten, interessante Stadt, interessante Ansichten.«

»Wieso?« Kim schaute ihren Freund ernst an.

»Jetzt guck nicht so«, sagte der kleinlaut, »immerhin könnte ich dir hier helfen.«

»Du?«, Kim Lorenz schüttelte den Kopf, »das kann ich mir nun wirklich nicht vorstellen!«

»Warum denn nicht?«, sagte Peter, »immerhin bin ich hier sozusagen als Undercover-Agent, unbekannt, nur Journalist, der ein wenig recherchiert. Ist doch nicht schlecht, oder?«

Kim Lorenz schaute ihren Freund an. Wieder mal eine seiner Eskapaden. Unmöglich, aber dafür liebte sie ihn. Wahrscheinlich war es dieses gegenseitige Überraschen, das sie zusammenbleiben ließ. Sie mit ihrem eigentlich unmöglichen Job und er mit seinem Hang zur Extravaganz und diesem Drang, immer etwas Neues zu probieren. Auf Dauer würde Peter auf keinen Fall Lehrer bleiben, das war ihr längst schon klar.

»Was denkst du?«, fragte dieser Peter.

»Das willst du nicht wissen«, sagte Kim nur.

»Weiß es aber«, schmunzelte er.

»Denk ich«, sagte sie, »und jetzt?«

»Team?«, fragte er zögernd.

»Team. Ich glaube, ich kann es brauchen«, sagte sie und küsste ihn.

»Bisschen filmmäßig«, sagte er nach dem Kuss.

»Aber wir«, meinte die Kommissarin, »und jetzt erzähl!«

Einfach aufgehängt!«, sagte Gernot Fallgruber, als er das Kabel zu den Beweisstücken legte.

»Wenigstens normal, am Hals, sei doch froh!«, kam es von unten. Dort war Doktor Martin mit der Untersuchung der Leiche zugange. Er hatte sich den Weg nach Konstanz sparen können. Der Anruf hatte die beiden erreicht, als sie sich gerade verabschieden wollten. Einen Augenblick später, und der Doktor wäre gen Konstanz unterwegs gewesen und Gernot Fallgruber hätte die Seilerei in Stockach aufgesucht. Aber, der Anruf hatte sie erreicht. Dann war Fall eben Fall.

»Viel kann ich nicht sagen. Er hat sich nach meinen Untersuchungen ganz klar erhängt. Keine Fremdeinwirkung, keine äußeren Verletzungen, die darauf hindeuten könnten, dass jemand anderes im Spiel war«, sagte der Doktor zufrieden.

»Spiel?«, fragte Fallgruber.

»Sagt man halt so«, antwortete Martin. Dieser Fall war abgeschlossen. Ad acta, wie man so schön sagte.

»Für mich ist der Fall erledigt. Wenn Frau Lorenz noch Fragen hat, dann soll sie fragen.«

»Sehe ich auch so«, sagte Gernot Fallgruber, »aus unserer Sicht, klarer Fall. Kabel, Balken, Stuhl. Das Ganze kippt, er hängt. Vorbei!«

»Sehr knapp zusammengefasst, mein lieber Gernot«, sagte der Doktor lächelnd.

»Aber es stimmt!«

»Durchaus.«

Gernot Fallgruber schaute auf seine Uhr.

»Es geht gegen Mittag. Was machen wir?«

»Mittag«, sagte der Doktor.

»Sehe ich auch so. Schützen? Da haben wir es nicht weit!«

»Da sagst du was! Alles andere später. Gut Ding will vollen Bauch«, lachte Jens Martin.

»Wenn die Gerichtsmedizin schon lacht bei dem Gedanken. Dann sei es so!«

Die beiden Männer packten ihre Ausrüstung zusammen und gingen hinaus auf den Bärenplatz, wo sie sehr unvorschriftsmäßig ihre Autos geparkt hatten. Einige Passanten blieben stehen und schauten den beiden bei ihrer Arbeit zu. Die Leiche war schon durch den Seiteneingang abtransportiert worden.

Sie parkten die Wagen auf dem kleinen Parkplatz neben dem Haus. Dann gingen sie zurück in die Gastwirtschaft. Georg Tränkle war einigermaßen erstaunt, die beiden schon wieder vor sich stehen zu sehen.

»Euch isch d'r Appetit wohl net verganga?«, fragte er, als sich die Kriminaler an einem der Tische niederließen.

»Wer schafft, der derf au essa«, sagte Fallgruber nur.

»Was gibt's heit?«, fragte Doktor Martin, als Tränkle mit der Karte an den Tisch kam.

»Katzagschroi«, sagte der Wirt lapidar.

»Prima«, meinte der Spurensicherer und auch der Gerichtsmediziner nickte zustimmend.

»Dann zwei mol Katzagschroi. Was trinket ihr?«, fragte der Wirt.

Die beiden schauten sich an.

»Zwei Apfelschorle, groß«, bestellte Fallgruber für beide.

»Kommt sofort«, sagte Georg Tränkle und ging zur Theke hinüber.

Gernot Fallgruber sah dem Wirt hinterher. »Ein echtes Original. So gibt es nicht mehr viele hier in Tettnang. Hoffentlich kommt des Essa bald, sonst schaff' ich den Termin in Stockach vor der Besprechung nicht mehr.«

»Das wird knapp, selbst wenn das Essen bald kommt. Nach Stockach brauchst du mindestens eine Stunde«, sagte Doktor Martin. »Ich könnte dich höchstens bei der Kommissarin entschuldigen. Kommsch halt a bisle später!«

»Das wäre vielleicht nicht schlecht. Danke«, sagte Fallgruber. Georg Tränkle brachte die Getränke und auch schon den Beilagensalat.

»Aha«, sagte Fallgruber, »es geht voran!«

»Sag mol, worom hoißt des eigentlich Katzagschroi? Woisch du des?«

»Mir hot mol oiner gsagt, des käm von de Katza, die so gschria hend, wenn gschlachtet worda isch ond se om da

Kessel romgschlicha send«, antwortete Fallgruber, »aber ob des schtemmt. Woiß mer's?«

Für den Nachmittag hatte sich die Kommissarin zu einem Besuch angesagt. Vera wusste nicht so recht, wie sie damit umgehen sollte. Wahrscheinlich war es ganz normal, dass in einem solchen Todesfall die zuständige Beamtin einen Besuch bei der Witwe machte. Sie würde das als ganz normal nehmen und sich nichts anmerken lassen. Kein Wort vom Fest und von der Scheuer. Sie musste darauf hoffen, dass niemand sie gesehen hatte. Wenn doch, dann hatte sie vielleicht ein Problem. Aber damit wollte sie sich beschäftigen, wenn es soweit war. Vorerst hatte sie keine Ahnung, wie ihr Hans zu Tode und in den Hopfen gekommen war. Die Kinder hatten die Nachricht vom Tod ihres Vaters erstaunlich gefasst aufgenommen. Sie glaubte ja, dass selbst Monika mit ihren zwölf Jahren noch nicht in der Lage war, die Tragweite des Geschehens wirklich zu realisieren. Michael weinte viel und blieb auf seinem Zimmer. Das war vielleicht das Beste. Er wollte alleine damit klarkommen. Das würde er zwar nicht schaffen, das wusste sie wohl, aber sie würde da sein, wenn er sie brauchte.

Sie wunderte sich, dass nicht längst ein Trupp Polizei auf ihrem Hof aufgetaucht war. Konnte es sein, dass die Kriminalpolizei noch gar keine Ahnung hatte, dass die Tat, oder zumindest eine Tat, hier auf dem Hof stattgefunden hatte? Die Putzkolonne hatte ganze Arbeit geleistet. Der Hof war blitzblank gefegt, Bänke und Tische standen aufgestapelt in einer Ecke. Sie würden heute Nachmittag abgeholt werden. In der Scheuer hatte sie selbst dafür gesorgt, dass keine Spuren mehr zu finden sein würden. Sie wusste zwar, dass diese Spurensicherer da so ihre besonderen Mittel hatten, das hatte sie im Fernsehen schon gesehen. Aber sie hatte alles, so gut es ging, mit einem feuchten Lappen abgerieben.

Jetzt hieß es hoffen. Vielleicht würden sie gar nicht auf die Scheuer kommen. Das hing von Verschiedenem ab. Mehr konnte sie aber im Augenblick nicht tun. Alltag war jetzt ganz wichtig, das war ihr klar. Sie musste sich ans Mittagessen machen. Ob sie selbst einen Bissen hinunterkriegen würde, das wusste sie nicht.

»Nein, die Spurensicherung soll sich gleich auf den Weg machen, Herr Mitterer. Irgendwo müssen wir ja anfangen. Haben die Befragungen was erbracht? Na gut, dann machen Sie weiter! Wo ist der Fallgruber? In Stockach? Ach, wegen des Seils. Gut. Wegen der Besprechung heute Nachmittag telefonieren wir noch mal. Ich komm' zum Schurr-Hof raus! Gut. Danke«, mit dieser kurzen Verabschiedung beendete die Kommissarin das Gespräch und wandte sich wieder ihrem Freund Peter zu.

»Entschuldige«, sagte die erklärend, »aber ich muss die Ermittlungen in Gang bringen. Es beginnt ein wenig zäh. Wir wissen eigentlich noch nicht so richtig, wo wir anfangen sollen. Wenig Spuren und noch kein richtiges Motiv für einen Mord dieser Art.«

Sie saßen immer noch im Eiscafé. Die erste Verärgerung bei Kim Lorenz war schnell einer heimlichen Freude gewichen, dass Peter in Tettnang war. Vielleicht würde ihr das helfen, mit dem Fall weiterzukommen. Er erzählte immer noch von seinem Besuch beim Bürgermeister.

»Du bist ja ganz angetan von dem Mann«, sagte sie überrascht, »obwohl er doch so gar nicht von deiner Fraktion ist!«

Peter schüttelte nur den Kopf. »Was ist denn bitte meine Fraktion und außerdem, was hat denn das mit Parteipolitik zu tun? Er hat mich überzeugt. Was er mir in der knappen Stunde über Tettnang und seine Entwicklungsmöglichkeiten erzählt hat, das hatte Hand und Fuß. Freilich, da wird sich schon der eine oder andere Punkt zu kritisieren finden. Aber insgesamt, der richtige Mann am richtigen Platz.«

»Und mein Fall?«, fragte die Kommissarin.

»Dazu kann ich dir nicht viel sagen. Der Schurr war nicht sehr beliebt, aber einflussreich und vor allem hatte er seine Finger überall drin. Aber, dass ihn einer gleich aufhängen wollte, das war dem Bürgermeister dann schon zu weit gegriffen«, sagte Peter Lange und winkte der Bedienung.

»Ich denke, ich darf dich vielleicht zum Mittagessen einladen. Dann kann ich weitererzählen«, meinte er, als er bezahlte.

»Tut mir leid. Zum einen muss ich auf meine Linie achten und zum andern ist die hiesige Kost so reichlich, dass ich noch gar keinen Hunger habe«, sagte die Kommissarin.

»Das könnte aber auch mit deinem zweiten Toten heute Morgen zu tun haben«, sagte Peter Lange lächelnd.

»Könnte sein«, antwortete Kim Lorenz, »sehen wir uns vielleicht heute Abend, im Schützen?«

»Ich schlage vor, wir treffen uns auf neutralem Terrain. Ich habe da in der Nähe des Alten Schlosses, dem Rathaus, eine Taverne gesehen, ›Sorbas‹ heißt sie. Da können wir schön draußen sitzen und es ist ein wenig abgelegen. Wie wär's?«

»Gut. Dann um acht bei ›Sorbas‹. Wär schon gut, wenn man uns nicht gleich miteinander sehen würde.«

»Denke ich auch.«

»Also, dann mach's mal gut, du Undercover-Agent«, sagte die Kommissarin und drückte Peter einen Kuss auf die Wange.

»Du auch«, rief er ihr noch hinterher. Er schaute der jungen Frau nach, wie sie mit flotten Schritten den Gehweg in Richtung Bärenplatz ging. Sie sah gut aus. Ihm wurde ein wenig warm ums Herz. »Sorbas«, da kamen auch Erinnerungen hoch. Erinnerungen an einen unglaublich herrlichen gemeinsamen Urlaub auf Patmos. So hatte auch das

Café geheißen, wo sie abends immer gesessen hatten. In der kleinen Gasse ganz in der Nähe des Hafens der beschaulichen und ruhigen Insel. Es war ein toller Urlaub gewesen, sie waren von Strand zu Strand gewandert, hatten nackt gebadet und die Sonne genossen. An einem Tag erreichten sie ein Kloster. Er wusste heute nicht mal mehr, ob es noch Mönche dort gegeben hatte. Aber da war ein alter Mann gewesen, ein Gärtner vielleicht, der hatte ihnen von einer großen Melone Scheiben abgeschnitten. Sie konnten kein Griechisch und er konnte kein Englisch. Das ging alles mit Händen und Füßen. Als er sich eine Zigarette drehte, bat der Gärtner um den Tabak. So rauchten sie zusammen eine. Hinterher hatten sie im Reiseführer gelesen, dass Patmos im Zweiten Weltkrieg eine Zeitlang von den Italienern besetzt gewesen war. Vielleicht hätte er mit dem Gärtner italienisch sprechen können. Für ein paar Sätze hätte es bei ihm gereicht.

Als Gernot Fallgruber auf den Hof der Seilerei Muffler in Stockach fuhr, hatte er ein ungutes Gefühl. Eigentlich war es schon ein Riesenaufwand, den er hier wegen eines Seiles betrieb. Andererseits, viel hatten sie nicht und das Seil könnte zumindest einen Anhaltspunkt liefern, von dem aus sich dann etwas entwickeln konnte. So hoffte er zumindest. Er stellte den Wagen ab und ging hinüber zum Büro. Das war nicht schwer zu finden, denn ein großes Schild wies mit einem Pfeil den Weg. Allerdings ein Pfeil in Form eines Seiles. Witzig, dachte Fallgruber und drückte auf den Klingelknopf. Ein Mann in den besseren mittleren Jahren mit einem beachtlichen Haarschopf öffnete die Tür. Er trug eine graue Arbeitshose mit einem karierten Hemd. Zu dem Haarschopf, den er im Nacken mit einem Haargummi gebändigt hatte, gesellte sich ein mächtiger grauer Bart. »Grüß Gott«, sagte er nur.

»Fallgruber, Kripo Konstanz«, stellte sich Fallgruber vor.

»Ach so, Sie sind's, mir hond telefoniert, gell!«

»Genau. Wegen dem Seil.«

»Wegawaa?«

»Wegen des Seiles.«

»Ah so, genau. Kummet se doch rei. Hond ses drbei?«

Fallgruber trat ein. Sah sich um und sah sich von Seilen aller Art umgeben. Ein Büro konnte er beim besten Willen hier nicht erkennen. Herr Muffler räumte ein paar Knäuel zur Seite, ein Stuhl kam zum Vorschein. Fallgruber setzte sich. Irgendwie schaffte es der Seiler mit wenigen Handgriffen, weitere Seilrollen zur Seite zu schieben, und ein Schreibtisch mit PC und sogar ein Stuhl kamen zum Vorschein. Fallgruber war erleichtert. Im ersten Moment hatte er fast ein schlechtes Gewissen gehabt, hier womöglich seine Zeit zu verplempern, während in Tettnang die Ermittlungen liefen.

»Wend se en Kaffee?«

»Danke. Später vielleicht. Also, hier isch das Seil!« Gernot Fallgruber hielt dem Spezialisten das Seilstück aus Tettnang hin. Er nahm es, ließ es durch seine Finger gleiten, ruckte daran, bog es und hielt es sich schließlich an die Nase. Gernot Fallgruber schaute dem Seiler erstaunt zu. Das war eine interessante Art, ein Seil zu untersuchen, dachte er.

»Mindeschtens vierzig Johr alt, aus Dreschschnür hergschtellt, ölig, klar, aus der Gegend vu Tettnang, vumä Hof mit Südwestausrichtung.«

Fallgruber war verblüfft. »Des kennet Sie so jetzt saga?«

»Späßle gmacht!«, sagte Herr Muffler schnell. »Viel honn i ja scho gwisst. Aber äwäng ebbes ka me scho saga. Früher, I kenn's no vu meim Vatter, do send Stroballa no mit Schnür zsammebunde worre. Wenns Stroh uffbraucht war, no hond d'Baure die Schnür gsammlet. Em Herbscht hond ses no zum Seiler broacht. I sieh mein Vatter heit no im Rückwärtsgang a de Spinnmaschien, wie er die kurze Schnür, se waret kaum zwei Meter lang, zu verschiede dicke und langä Seil zsammadreht hot. Sind guate Soaler gworrä, die Schnier. So ebbes ähnlichs isch des dohanna au. Zsammadreht und alt. Me kanne dezu itte saga.«

Muffler gab dem Beamten das Seil zurück.

»Also auf jeden Fall eine professionelle Arbeit, würden Sie sagen?«, fragte Fallgruber nach. Nur zur Sicherheit. Denn er war sich nicht so ganz sicher, ob er den badischen Dialekt genau verstanden hatte.

»Vu demm kennet se ausgoa. Uff jede Fall«, antwortete Muffler.

»Dreschschnüre? Meinen Sie?«, fragte Fallgruber nach.

»Vielleicht. Tettnang, des isch ja etzt grad it Landwirtschaft i dem Sinn. Ich woss it, wo so Schnier do vielleicht braucht worre sind. Zum Strohballe zsammebinde wohl aber itte.«

»Stimmt«, sagte Fallgruber.

»Andererseits …«, setzte Muffler an.

»Ja?«, hoffte Fallgruber.

»Zom zsammebinde gibt's jo überall was!«

»Schtemmt«, bestätigte Fallgruber. »Auf jeden Fall vielen Dank für Ihre Hilfe. Damit komme ich schon weiter, wahrscheinlich.«

»Doch vielleicht en Kaffee oder a Bier?«

»Noi, wirklich net. I muaß widr zrick. Mir hend zwoi Tote en Tettnang!«

»Hoppla«, sagte der Seiler.

»Gell«, meinte Fallgruber, weil er nichts Besseres zu sagen wusste.

»Und beide uffghengt, mit sogene Strick?«

»Noi, oiner Kabel!«

»Aha. Was mer halt bei d'r Hand hot, gell«, sagte der Seiler mit gelassenem Gesichtsausdruck. Anscheinend konnte den Mann nichts aus der Ruhe bringen. Gernot Fallgruber

verabschiedete sich. Immerhin, es war zwar kein Volltreffer, aber ein Ansatz. Ein Ansatz, der zurück in die Vergangenheit reichte. Dort musste er in Tettnang weitermachen.
Als er vom Hof fuhr, grüßte er den Seiler, der winkend vor diesem so genannten Büro stand. Viel zu tun hatte der anscheinend nicht, dachte Fallgruber. Auf der Heimfahrt entlang des Bodensees fasste er für sich gedanklich seine Ergebnisse noch einmal zusammen: altes Seil, womöglich über vierzig Jahre, ob örtlich, offen, woher genau, auch offen. Das war nicht gerade viel. Aber so war das in seinem Job. Manchmal genügte ein Telefonat und hin und wieder brauchte es eben auch einen solchen Ausflug ins nahe Hinterland des Bodensees, um Spuren zu finden oder Indizien zu verifizieren. Im Hindelwanger Adler war er jetzt »erscht« nicht eingekehrt. Obwohl er doch so viel Gutes über die dortige Spezialität, das Badische Baurepfännle, gehört hatte. Na ja, dachte der Ermittler, dann eben ein andermal, nahm er sich vor.

Inzwischen kamen die Ermittlungen in Tettnang in die Gänge. Auf dem Schurr-Hof war der Trupp der Spurensicherung eingefallen und hatte begonnen, den Hof auf den Kopf zu stellen. Fünf Mann hoch wuselten die Beamten in den Gebäuden und auf dem Gelände herum. Ein bisschen wie Raumschiff Enterprise, dachte Vera Schurr, als sie aus dem Fenster schaute. Mit ihren Ganzkörperanzügen und den Atemmasken sahen die Beamten wie Außerirdische aus, die hier einen neuen Planeten erkunden sollten.
Sie hatte die Beamten begrüßt, alles Gute und eine gute Verrichtung gewünscht. Damit waren ihre Pflichten als Haus-

herrin, die sie inzwischen ja war, dann auch erledigt gewesen. Sollten sie doch suchen. Sicher war sie sich nicht. Aber sie war gefasst darauf, was da kommen sollte. Sie wusste, so ganz sicher konnte sie sich nicht sein, dass sie wirklich alle Spuren ihrer Tat beseitigt hatte. Ließen sich Fingerabdrücke mit einem feuchten Tuch, wie sie es gemacht hatte, auch wirklich entfernen? Was, wenn von ihr sonst irgendetwas gefunden wurde. Sollte sie gleich bei der ersten Vernehmung zugeben, dass sie in der Scheuer gewesen war? Wenn sie aber dann auch noch nach dem Motiv suchen würden, dann würde es für sie schwierig.

»Mama, was wellet dia denn bei uns?«, unterbrach sie ihr Sohn Michael, der zur Tür hereinstürzte. Kein Wunder, dass den Jungen die vielen weißen Gestalten, die da draußen auf dem Hof herumwuselten, durcheinanderbrachten. Sie legte den Arm um ihn.

»Woisch, dia misset elles undrsucha, was mitem Vatter seim Tod tu tun hon kennt«, sagte sie ruhig.

»Aber dia suachet ibrall rom, alles wird omdreht ond abgschtaubt!«, meinte der Junge entsetzt, mit Blick durchs Fenster.

»Des isch jetzt wie em Fernsehen. Dia schtaubet et ab bei ons, dia suchat noch Fingerabdrück«, erklärte sie.

»Von wem, von uns?«, fragte Michael, »do werdet se scho einiges finda!«

»Noi, it von ons, vom Täter, von dem, der da Vatter oms Leba brocht hot.« Michael schaute seine Mutter ungläubig an. Es schien dem Jungen nicht erklärbar, dass etwa sechs erwachsene Männer mit Pinseln, Klebestreifen und starken Lampen jeden Winkel ihres Anwesens untersuchen wollten. Vor allem auch, wie sie auf dem großen Hof mit all seinen Gebäuden und Winkeln, etwas finden sollten. Vera schaute nach draußen. Ein seltsames Schauspiel fand da vor ihren Augen statt. Als ob die Männer ihre Befürchtungen nachspielen wollten, konzentrierte sich die Suche immer mehr auf die Scheuer. Immer mehr Beamte kamen von anderen Gebäuden zurück und schüttelten nur die Köpfe. In der Scheuer sammelten sie sich sozusagen. Alle Lampen wurden in das nur düster beleuchtete Gebäude gebracht. Schließlich waren alle Spurensicherer in der Scheuer versammelt. Vera wusste, das hatte nichts Gutes zu bedeuten.

»Was isch denn en dr Scheuer so Wichtiges?«, fragte Michael die Mutter.

»Koi Ahnung Bua, dia werdet scho wissa, was se dend«, sagte sie nur. »Komm«, zog sie den Jungen vom Fenster weg, »I han no en Rescht Hefezopf von geschtern. Den esset mir jetzt mitnander en dr Küche.« Willig ließ sich das Kind von der Mutter in die Küche führen.

»Wo isch eigentlich die Monika?«, fragte der Junge in der Tür.

»Die isch doch gleich von dr Schual en da Sport«, antwortete die Mutter, »Montag isch doch ihr langer Tag.« Gottseidank, dachte die Mutter. Monika hätte diesen Rummel noch viel weniger verstanden als ihr jüngerer Bruder. Allerdings wurde es Zeit, dass da draußen wieder Ruhe einkehrte, dachte sie. Bereit, sich eventuellen Anschuldigungen zu stellen, schickte sie Michael auf sein Zimmer. Das war natürlich nur dadurch zu erreichen, dass sie ihm das Fernsehen erlaubte.

»Ausnahmsweise«, sagte sie zu ihm und ging durch den Hausgang auf die große Haustüre zu. Von seinem Urgroßvater selbst gezimmert, hatte Hans ihr immer wieder erzählt, wenn sie sich über das alte abgewetzte Ding beschwert hatte. Aber was sollte man als Eingeheiratete auf einem mehr als hundertfünfzig Jahre alten Hof sagen. Sie hatte die Dinge eben so akzeptiert, wie sie waren. Auch die Haustüre, die sie nun mit erheblichem Kraftaufwand aufmachte. Das Aufmachen ging ja noch, dachte sie, aber wenn die Türe mit entsprechender Wucht zugeschlagen wurde, dann zitterte das halbe Haus. Sie trat in den Hof, sah die Fahrzeuge der Polizei, aber kein Ermittler war dort mehr zu sehen. Alle schienen sie ihren vermeintlichen Tatort in der Scheuer gefunden zu haben. Sie ging über den Hof auf die Scheuer zu. Bestimmt die Gabel, dachte sie, sie werden ihr bestimmt die Gabel als erstes Beweisstück vorhalten. Sie wollte eben die Scheunentüre aufmachen, da klingelte das Telefon. Sie hatten einen kleinen Lautsprecher im Hof, der den Klingelton ziemlich laut, wie Vera fand, verstärkte. Das klingelt penetrant, dachte sie und zögerte. Dann entschied sie sich umzukehren. Schnell ging sie die paar Schritte zurück. Sie hatte ein ungutes Gefühl.

Es war später Mittag und die Menschen hier achteten die Mittagszeit. Deshalb war dieses Klingeln etwas Besonderes. Diese Haustüre, dachte sie noch, als sie in den Hausgang stürzte. Dort hing der Apparat an der Wand. Hans, dachte sie wieder. So ein portables Ding käme ihm nicht ins Haus. Das verliere man und finde es unter Umständen nie mehr wieder und es würde womöglich ewig weiterklingeln. Der Hans hatte so seine Ansichten gehabt. Sie nahm den Hörer ab und hörte nur ein leises Schluchzen. Das war doch Marie, dachte Vera. Sie hätte nicht gedacht, dass diese Frau den Mut haben würde, hier anzurufen. Nicht genug, dass Hans im Hopfen gehangen hatte und sie selbst, auch wegen dieser Frau, womöglich zur Mörderin geworden war, nein, die rief auch noch hier an. Vielleicht wollte sie kondolieren. »Marie? Bis du das?«, fragte sie in den Hörer. Doch das Schluchzen setzte sich fort.

»Marie? So sag doch was!«, sprach sie nun etwas lauter.

»Der Herbert«, kam es schluchzend zurück.

»Was isch denn mit dem Herbert?«, fragte Vera. Wieso ging es nun plötzlich um den Herbert. Der Hans war doch tot.

»Der Herbert, em Schütza!«, sagte Marie mit leiser Stimme.

»Em Schütza? Hot er zviel trunka? Des isch doch sonscht it sei Art«, sagte Vera. Sie kannte doch ihren Bruder. Der konnte schon mal drei oder vier Biere trinken, aber das mit Freude und Gemütlichkeit. Und Schnaps, der kam bei Herbert höchstens bei besonderen Anlässen nach dem Essen auf den Tisch.

»Noi, er hot sich aufghengt, em Schütza!«, sagte Marie nun deutlicher.

»Aber Marie, da Hans hend se aufghengt, doch net da Herbert!«

»Doch, er isch doch auszoge geschtern und en dr Nacht hot er sich aufghengt, en seim Zemmer em Schütza. D' Polizei war do und hot mirs gsagt«, sagte Marie.

»Hot er es au rausgfunda, mit eich zwoi?!«, rief nun Vera laut in den Hörer, »Zeit isch es worda! I han…«, da stockte sie. Sollte sie der Schwägerin überhaupt erzählen, was da am vorigen Abend passiert war. Nicht das mit Hans, aber dass sie es herausgefunden hatte? Besser nicht und gut, dass sie noch einmal innegehalten hatte.

»Was?«, fragte Marie nach.

»I han es oifach it glauba kenna! Des kann ich dir sagen! De ganz Schtadt woiß Bescheid, bloß I und dr Herbert, mir hend koi Ahnung!« Sie stampfte mit dem Fuß auf. Denn letztendlich war doch dieses Frauenzimmer an der ganzen Misere hier schuld! Sie war es doch, die den Hans in diese ganze Kultursache hineingezogen hatte. Der wäre doch von selbst nie auf die Idee gekommen.

»I han doch au it gwisst, dass des so endet!«, versuchte nun Marie sich zu verteidigen.

»Ach was, her doch auf! Du hosch es doch von Afang a drauf aglegt ghet!«

»Noi, Vera so kannsch des it saga, des war au d'r Hans, der nemme, also, bei dir…«, stammelte Marie.

»Jetzt hersch aber auf! Schlimm gnuag, dass jetzt au no d'r

Herbert ganga isch!« Vera knallte den Hörer an die Wand.
Sie konnte nicht mehr. Ihr Bruder hatte sich das Leben ge-
nommen und sie war womöglich mit einer Mordanklage
konfrontiert. Und das alles wegen dieser Frau! Sie würde
jetzt in die Scheuer hinausgehen und sich der Sache stellen.
Wenn sie ihr draufkamen, dann sollten sie sie doch verhaf-
ten.
Soweit kam es allerdings nicht. Denn kaum hatte Vera
Schurr die Haustüre hinter sich geschlossen, fuhr der blaue
Audi auf den Hof und bremste vor dem Haupthaus. Kim
Lorenz stieg aus und wunderte sich, wo denn ihre Leute
von der Spurensicherung waren.

Eine »Lischte« abarbeiten, hatte der Mitterer gesagt. Das
sagte sich leicht, wenn man der Chef war. Georg Haberer
ärgerte sich. Immer mussten sie laufen, die kleinen Arbeiten
erledigen. Kommissar Mitterer hatte eine Liste der wichtigsten Personen zusammengestellt, diese dann sauber in
der Mitte mit einer Schere zerschnitten und jedem von ihnen eine Hälfte in die Hand gedrückt.
Jetzt war er also unterwegs, um seine Hälfte abzuarbeiten.
Zwei hatte er schon hinter sich, die hatten wohl ein wenig
mehr als zu viel getrunken am vergangenen Samstagabend.
Viel war aus denen nicht rauszubringen gewesen. Er hoffte
auf seinen dritten Kandidaten, den alten Wimmer. Den
kannte er gut, denn er war sozusagen nebenan aufgewachsen. Albert Wimmer war ein Tettnanger mit Leib und Seele.
Wenn ein Mann Tettnang war, dann war es für Haberer der
Albert. Hopfen- und Obstanbau, seit er ihn kannte. Ruhe
und Übersicht, seit er ihn kannte. Herzlichkeit und Ehr-
lichkeit, seit er ihn kannte. Und, vor allem, Albert Wimmer war einer, der schon mal ein Glas Bier oder Wein trank,
aber immer sehr in Maßen. Deshalb hatte Georg Haberer
bei dieser Adresse die größte Hoffnung, eine Aussage zu

bekommen, die auch was hermachte und vor allem vor Mitterer Bestand haben würde.

Albert Wimmer wohnte draußen auf dem Wimmerhof in Dieglishofen. Georg Haberer kam von seiner letzten Befragung in Siggenweiler. Nur noch ein paar Kurven auf der schmalen Straße und er hätte sein Ziel erreicht. Hätte. Hätte erreicht gehabt, dachte Georg Haberer. Denn just, als er zu einer der letzten Kurven ansetzte, setzte ein anderer zurück. Er kannte den Hopfenbauern, es war ein junger. Als es krachte, hatte er zwar schon ein wenig gebremst, aber es reichte dann doch nicht. Der Dienstwagen war ziemlich ramponiert. Vor ihm sprang der Hopfenbauer Jürgen Kocher von seinem Traktor und rannte auf das Polizeiauto zu.

»Haberer, bisch du's?«, rief er von draußen. Polizist Haberer sortierte sich noch. Anscheinend war ihm nichts passiert. Nur das Auto halt. Er ließ die Scheibe herunter.

»Koi Problem«, sagte er schnell, »I bin's, aber s' Auto isch halt kabutt!«

»Des sieht it so schlimm aus«, sagte Jürgen Kocher, »des mache mer so. I kenn do oin, der ka des!«

Georg Haberer war erleichtert. Der erste Schreck war überwunden und die Aussicht, den Schaden unter der Hand reparieren zu lassen, war gut. Dann würde er keinen Ärger mit Mitterer bekommen.

»Jürgen, du bisch's, hannes doch denkt«, sagte Haberer.

»Georg, bisch du Okay?«, fragte der.

»Es isch halt alles a bisle viel«, sagte Haberer.

»Wieso viel?«

»Halt elle denne Leit nochsprenga ond dann doch nix erfahra. Ond jetzt fahre grad zom Wimmer nom, no kommsch du mit deim Traktor!«

»Mei Schuld, isch doch koi Frog. Des isch aber au a saudumme Kurv!«, sagte Jürgen Kocher. Er half dem Poli-

110

zisten aus dem Fahrzeug. Haberer war noch ein wenig schwach auf den Beinen, der Schreck saß tief.

»Hock de erschtamol na«, sagte Jürgen Kocher.

»I denk, des isch s'Beschte«, meinte Haberer.

Sie setzten sich auf ein Bänkle, das die örtliche Sparkasse freundlicherweise am Rande des kleinen Waldstücks hatte aufstellen lassen. Sie schauten hinunter auf Tettnang und ein paar der umliegenden Ortschaften. Ein schönes Fleckchen Erde, dachte Haberer, das hatte er mal gelesen, und es stimmte. Hier war er zu Hause und hier würde er immer sein. Zwischen den Hügeln sah man die einzelnen Ortschaften und im Hintergrund die ersten Häuser der Stadt Tettnang. Bei klarer Sicht konnte man dahinter die Wasserfläche des Bodensees glitzern sehen.

»Goht's?«, fragte Jürgen Kocher.

»'S isch allweil no ganga!«, antwortete Haberer mit einem Lächeln auf den Lippen.

»Was machsch denn hier?«, fragte der Hopfenbauer.

»Ach, mir sollet alle froga, dia am Samschtagobend beim Fescht am Schtammtisch gsessa send«, antwortete der Ortspolizist.

»Do kannsch mich auch froga!«

»Wieso?«

»Weil ich da ganza Obend am Bierschtand war und wenn de erinnersch, der war glei nebam Schtammtisch, passenderweise.«

»Und? Hosch was gseha?«

»Viel.«

»Zum Beischpiel da Hans Schurr?«

»Klar.«

»Und, wann war der wo?« Haberer wurde nun langsam hellhörig. Vielleicht stand ihm hier ein Zeuge Frage und Antwort, der wirklich zuverlässig war. Da würde Mitterer staunen. Der dachte doch, er hätte seine beiden Hanseln für nichts und wieder nichts hinausgeschickt. Der erwartete doch nicht, dass sie eine brauchbare Information zurückbringen würden.

»Also, lass me überlega. So bis um zehne isch der am Schtammtisch gsessa mit de andere. Dann ischer mitem Lohr en d' Scheuer neiganga. Dann isch d'r Lohr wieder rauskomma, aber d'r Schurr it. Vielleicht a Viertelschtond schpäter isch d' Vera end Scheuer neiganga und zemlich bald wieder rauskomma.«

»Wie lang war se drin, Jürgen?«, unterbrach Haberer.

»Vielleicht vier oder fenf Minuta. Se hot sich anscheinend zemlich aufgregt ghet.«

»Warum?«

»Weil se en hochrota Kopf ghet hot.«

»Und dann?«

»Nix mehr!«

»Wia, d'r Schurr isch nemme rauskomma?«

»Net solang i Dienscht ghet han. Do war's no zwelfe.«

»Interessant«, sagte Polizist Haberer, »des wird mein Chef interessiera. Moinsch I ka mit dem Auto so fahra?« Die beiden betrachteten den lädierten Kotflügel des Autos. Jürgen Kocher versuchte, das Blech mit ein wenig Druck nach innen zu biegen, was ihm mehr recht als schlecht gelang.

»So wird's ganga. Gucksch halt, dass de d'Polizei it verwischt«, sagte Jürgen Kocher lachend. Haberer stand auf, prüfte seinen Zustand, nickte und gab Jürgen Kocher die Hand.

»Kennt sei, dass mir di no aufem Revier brauchet«, sagte der Polizist.

»Woisch ja, wo da me fendsch«, antwortete Jürgen Kocher und ging zu seinem Trecker. Haberer fuhr derweilen los. Freude stand in seinem Gesicht zu lesen. Freude auf das Gesicht seines Chefs, wenn er ihm diesen genauen Ablauf berichten konnte. Vielleicht hatte Hubert ähnlichen Erfolg gehabt, dann würden sie ihren Chef endlich davon überzeugen können, dass sie nicht nur Streifenpolizisten waren, die alten Frauen und kleinen Kindern über die Straße halfen, sondern Beamte, die man auch in kriminalistischen Fragen ruhig mal zu Rate ziehen konnte. Zwar hatten sie den Mord an Schurr noch nicht aufgeklärt, aber sie hatten zumindest ihren Teil der Mördersuche erfolgreich hinter sich gebracht.

Den sonnigen Nachmittag hatte Frieder Glauber zu einem Ausflug in die Stadt genutzt. Er war mit seinem Motorrad bis zum Bärenplatz gefahren, hatte es in der Bärengasse abgestellt und sich auf den Weg gemacht. Er wollte heute ein wenig Stadt erleben, auch wenn er damit rechnen musste, Menschen aus seiner Vergangenheit, der Vergangenheit seiner Familie zu treffen.

Deshalb ging er zuerst die Karlstraße hinunter. Er betrachtete die Auslagen in den Schaufenstern und überlegte sich dabei, was er sich davon überhaupt leisten konnte. Aber es machte ihm wie immer nichts aus. Sollten die Menschen doch kaufen und kaufen. Er kam mit dem zurecht, was er hatte. Hin und wieder einen Leberkäswecken, ein Eis oder ein Weizenbier. Dann war er glücklich. Am Ende der Karlstraße bog er rechts ab. Am kleinen Kino schaute er sich die Plakate an. Ein Film über die Wegwerf-Gesellschaft. Das könnte ihn interessieren. Aber den Eintritt konnte er sich nicht leisten. Er ging weiter, am Parkplatz beim Stadtpark und dem Neuen Schloss vorbei. Die Mittagssonne ließ den barocken Bau leuchten. Eindrucksvoll, dachte Frieder. Und doch war der letzte Graf arm wie eine Kirchenmaus im »Gasthof Sternen« gestorben. Der Herr gibt's, der Herr nimmt's, dachte Frieder. Das Alte Schloss, in dem heute das Rathaus untergebracht war, beachtete er kaum, er ging weiter die Montfortstraße entlang.

Jetzt wollte er sich was gönnen. Denn heute war Zahltag.

Im Laden würde er sein Geld für die Ampeln kassieren und anschließend noch ein paar Euro vom Konto abheben. Die Stütze müsste inzwischen überwiesen sein. Dann vielleicht noch ein Eis in einem der Straßencafés oder auch ein kühles Weizenbier in einem Biergarten. Beides würde hervorragend zu diesem Wetter passen. Er wollte nicht mehr an das denken, was am vergangenen Samstagabend geschehen war. Das war nun vorbei und er musste nach vorne schauen. Er ging hinüber zur Metzgerei Hitzler. Er hatte sich innerlich für ein Weizenbier entschieden und wollte nun eine deftige Grundlage schaffen. Er öffnete die Ladentür und ein vertrautes Klingeln folgte. Wie früher, dachte Frieder.

»Ja, der Frieder«, grüßte ihn die Chefin, kaum hatte er den Laden betreten.

»Dass man dich au mol wieder sieht! Wie geht's denn immer? Was machscht?«

Frieder wurde immer verlegen, wenn solche Fragen an ihn gestellt wurden. Er kannte Frau Hitzler seit seiner Kindheit. Damals war er oft mit der Mutter im Laden gewesen und hatte immer eine Scheibe Lyoner oder eine Saitenwurst gekriegt. Das waren schöne Tage gewesen. Später dann hatte er hin und wieder für sich und seinen Vater ein Vesper geholt. Seit er allein war, kam er nur selten in die Stadt und noch seltener in die Metzgerei. Er fühlte sich nicht gut in der Stadt. Dort waren die Menschen seiner Vergangenheit, dort waren die, die seinen Vater noch gekannt hatten. Deshalb kamen dann auch diese Fragen, wie es ihm denn gehe. Er wusste doch, worauf das zielte, denn der Hof zerfiel und er konnte nichts machen.

»Danke, es goht scho. I hett gern en Leberkäswecka«, antwortete er nur. Die Metzgersfrau spürte wohl, dass kein Gespräch angesagt war.

»Des machet mer doch. Ond mit einer dicken Scheibe, gell!« Sie holte einen Wecken aus dem Korb hinter ihr, schnitt ihn auf und legte ihn auf die Arbeitstheke. Dann ging sie hinüber zur Warmtheke und holte den angeschnittenen Laib Leberkäs heraus. Mit bloßen Händen. Der muss doch eigentlich ziemlich heiß sein, dachte Frieder noch, aber ihr schien das nichts auszumachen. Sie schnitt wie versprochen eine dicke Scheibe ab, spießte sie mit einer Gabel auf und legte sie auf die Unterseite des Weckens. »Senf?« »Noi.« Sie legte den Deckel des Weckens drauf. »Ischen glei?« »Jo«, sagte Frieder nur. Dann nahm sie den Leberkäswecken, schlug ihn in eine Serviette ein und reichte ihn über die Verkaufstheke.

»Was macht's?«, fragte Frieder gleich, als er den Wecken in der Hand hielt.

»Des goht aufs Haus, Frieder. Lass en dr schmecka!«

»Danke«, sagte Frieder, »Ade dann!« Die Metzgersfrau grüßte ebenfalls, aber da war Frieder schon an der Tür und biss zum ersten Mal in seinen Leberkäswecken. So, genau so war das, wenn er in die Stadt ging.

Etwas weiter unten in der Einkaufsstraße war der Laden, wo er sein Geld kassieren wollte. Er würde sich noch ein paar Minuten an das alte Mühlrad unten setzen und seinen Wecken aufessen. Das war ein schönes Plätzchen. Man sah hinüber zum alten Schloss und nach rechts auch ein bisschen vom Neuen Schloss. Er setzte sich auf die kleine Mauer und schaute hinunter auf das Rad. Es war ein altes Schöpfrad, das einen Moment stehen blieb, bis die Kellen mit Wasser gefüllt waren, dann lief es ein paar Runden, bis der Schwung verbraucht war. Wie oft hatte er schon hier gesessen und auf das Schöpfrad geschaut?

»Hallo Frieder, wie goht's?« Überrascht wandte sich Frieder um. Er kannte die Stimme. Eine gute Stimme, dachte er.

»Susanne, du, hallo, des isch jetzt aber …«, er kam ins Stammeln. Das konnte doch nicht wahr sein. Nun war er zum ersten Mal seit bestimmt vier Wochen einmal an einem

Nachmittag in der Stadt und dann das. Er kannte Susanne Maier noch aus dem Kindergarten. Der Hof ihrer Eltern war nicht weit von seinem. Sie waren zusammen zum Kindergarten gelaufen, hatten sich auf den Höfen besucht und waren dann auch in der Schule in derselben Klasse gewesen. Er hatte sie immer sehr gemocht und so ein bisschen war er immer noch in Susanne verliebt, wenn er ehrlich war. Aber, das war längst vorbei. Denn Susanne war mit Jürgen Kocher verlobt, obwohl, das wusste er nicht genau, vielleicht einfach nur schon länger liiert. Frieder war innerlich hin- und hergerissen, er mochte Jürgen und er war sich seiner Gefühle für Susanne auch sicher. Sie war eine sehr natürliche Frau, mit kurzen blonden Haaren, einer frechen Stupsnase. Nein, eine Schönheit war sie nicht, aber mit ihrer drallen Figur und ihren fröhlich lachenden Augen machte sie Eindruck bei ihren Mitmenschen. So empfand das Frieder, der ihr nun wortlos gegenüberstand. Ihm fiel wieder mal nichts ein. Was sollte er mit Susanne reden? Das, was er ihr erzählen könnte, das durfte er ihr nicht erzählen. Er konnte niemandem erzählen, was er getan hatte. Nur seiner Mutter am Abend, nach dem Gebet.

»Bischt mol wieder end Schtadt komma?«, fragte Susanne und schaute ihm in die Augen. Das ging immer so tief, als ob der Blick einem mitten in die Seele gehen würde.

»I han en Leberkäswecka gessa ond jetzt sitz e do. Nochher gange ens Lädle nom, mei Geld hola«, sagte Frieder. Susanne lachte.

»Hosch mol wieder was baschtelt fir dia?«, fragte sie.

»Brauch's halt«, sagte Frieder, »aber es macht Schpass!«

»Hosch scho ghert, dr Lohr hot sich em Schütza aufghängt!«

»D'r Lohr, der? Warum des denn?« Frieder kannte den Amtmann, der war doch auf dem Liegenschaftsamt gewesen. Der hatte doch wahrscheinlich damals dem Schurr die

Informationen geliefert, die der brauchte, um seinen Vater übers Ohr zu hauen. Der Lohr war doch auch noch auf seiner Liste gewesen. Da brachte der sich um.

»I woiß no nix Gnaus. Er sei drhoim auszoga ond en da Schütza ganga. Ond glei en dr erschta Nacht hot er sich naufghengt an d' Decke. Wo doch au der Schurr so omkomma isch! Denk d'r bloß!«

Susanne war ganz aufgebracht. Kein Wunder, diese Stadt hatte seit Jahrzehnten keinen gewaltsamen Tod erlebt. Und jetzt das, zwei Tote innerhalb von kaum zwei Tagen. Das brachte eine Stadt durcheinander, das machte die Menschen nachdenklich. Da kamen Gedanken an das Leben und sein Ende auf, da dachte man an sich und andere Menschen. Eine Endlichkeit gesellte sich zu einem Alltag, der aber wie ganz normal seinen Lauf nahm.

»Also, no mach's mol guat. Ond et dass du au no oin aufhengscht!«, sagte Susanne lachend und gab ihm einen Klaps auf die Backe. Kaum hatte sie es ausgesprochen, wurde ihr die Mehrdeutigkeit ihres Spaßes bewusst.

»Au, tut mer loid, des hanne it gmoint. I moin, wega deim Vatter und so«, sagte sie und war dann schnell weg.

»Tschüss«, sagte Frieder noch. Er stand auf, wischte sich den Schweiß von der Stirne und fragte sich, ob es immer so sein würde. Hätte Susanne gewusst, was die Erwähnung von Aufhängen bei ihm gerade auslöste, hätte sie seine Reaktion besser verstanden.

Er ging die Monfortstraße hinauf, vorbei am Schuhladen, grüßte Herrn Winderer, bei dem sie immer ihre Schuhe gekauft hatten. Dann die Schreibwarenhandlung, heute Papeterie. Dort hatte er seine erste Schulausrüstung bekommen. Dann kam das Lädle, das auch so hieß. Ein witziger Laden, wie Frieder fand. Vor dem Laden auf dem Gehsteig standen allerlei Sachen. Verrostete Klappstühle, ein Becken mit Wasserkerzen, bemalte Sperrholztiere, die man in den Garten stecken konnte. Als Frieder hineinging, stolperte er fast darüber. Oben an der Ladentüre hing eine Klingel, die anschlug, als er den Laden betrat.

»Grüß Gott Frieder, willsch dei Geld hola?«, kam ihm Luise Gschirrle, die Ladenbesitzerin, entgegen. »Dohanna hannes scho nagrichtet. Du kommsch ja immer penktlich!« Sie ging hinter die Ladentheke, zog eine Schublade heraus und gab ihm einen Umschlag. Frieder nahm ihn entgegen und wollte sich schon verabschieden.

»Der Kommissarin hend deine Windlichter au guat gfalla. Hot a Aigle, die Kommissarin. Mer woiß es halt dann it, isches die Frau oder die Kommissarin, gell«, sagte die Luise Gschirrle lächelnd. »Also en Blick hot se auf jeden Fall, sehet ja au nett aus, die Denger, gell Frieder!«

»Die Kommissarin?«, fragte Frieder verdutzt, »war hier?«

»Isch vorbeischpaziert. I woiß au it, wie die heit ermittlet. Em Fernseha isch des doch immer anders. Do suchet se da Täter, send underwegs, sicheret Spura, verhöret Verdächtige. Des kennsch doch!«

»I han koin Fernseher«, sagte Frieder. Die Kommissarin, seine Windlichter? War sie ihm schon auf der Spur? Das konnte doch nicht sein.

»Des freit me, dass se ihr gfalla hend«, sagte Frieder. »Wann brauchet Sie denn wieder oine?«

»Also, die drei verkaufe sicherlich en de nächschte zwoi Wocha. I däd saga, bringsch mer auf da erschte wieder drei vorbei. Aber, übers Wintergschäft miaßet mer schwätza. Do machsch mer auf jeden Fall wieder des so wie letzschtes Johr.«

»Gern, Frau Gschirrle. I gang dann, tschüss«, verabschiedete sich Frieder Glauber.

»Mach's gut, Frieder«, sagte Luise Gschirrle und machte sich in ihrem Laden zu schaffen.

Dann vielleicht doch ein kühles Weizenbier, dachte Frieder

Glauber, als er aus dem Laden kam. Immerhin war das eine sehr erfreuliche Bestellung. Seine ausgesägten Kerzenständer waren schon im letzten Jahr gut angekommen. Wie im vergangenen Jahr, das hieß von jeder Größe sechs Stück. Gute Einnahmen. Dann kam das Weihnachtsgeschäft. Er konnte sich freuen. Ein Weizenbier, drüben, in der Gartenwirtschaft. Gute Gedanken.

Im Rathaus war es mit guten Gedanken nicht weit her. Schon der Tod vom Hopfenbauern Schurr hatte die Belegschaft wenn auch nicht erschüttert, dann doch wenigstens beschäftigt. Schließlich ein Mitglied des Gemeinderats, hatte der Bürgermeister dazu gemeint und allgemeine Betroffenheit angeordnet. Er saß in seinem Amtszimmer und regelte, was zu regeln war. Die Verlegung der Durchgangsstraße hatte unweigerlich Änderungen der Verkehrsführung zur Folge gehabt. Das machte nun an anderen Straßen Probleme. Am Morgen war die Ampelschaltung an einer der Umleitungsstraßen ausgefallen. Laut Auskunft der Straßenmeisterei konnte die Ampel nur noch blinken, aber kein Signal mehr geben. Was tun? Da saß dann auch ein Bürgermeister da und fragte sich, ob er sich das so einmal vorgestellt hatte. Er war gerne Bürgermeister, aber dieser Kleinkram konnte einen in einem gut gefüllten Alltag dann schon mal fertigmachen. In solchen Fällen konnte er ja nicht den Verkehrsausschuss einberufen, um eine Entscheidung zu fällen. Das musste er selbst und er allein entscheiden. Er drückte den Knopf an seiner Telefonanlage.
»Frau Ondrwasser, mir schaltet ab«, sagte er nur und ließ den Knopf wieder los. Ihm war nicht nach Ampeln. Der Tod des Hopfenbauern war nun bekannt in Tettnang. So eine Nachricht ging in einer kleinen Stadt wie Tettnang schnell herum, das wusste er. Eigentlich erwartete er schon längst den Besuch der ermittelnden Behörden. Hoffent-

lich war der Journalist nicht mehr in der Stadt, sonst würde die Sache womöglich über die Ortszeitungsgrenzen hinaus bekannt werden. Wenn da einer graben würde, der würde auch etwas finden, da war sich Bürgermeister Heiner sicher. Der Schurr, das war einer gewesen. Immer etwas zu sagen und immer auf dem neuesten Stand. Ein schwieriger Charakter, formulierte der Bürgermeister für sich vorsichtig. Einer, der schon vor seiner vierjährigen Amtszeit hier so manchen Faden gezogen hatte. Wenn er ehrlich war, dann hatte er die Machenschaften dieses Hopfenbauern bis heute nicht durchschaut. Keiner mochte ihn und doch hatte es Schurr geschafft, letztendlich alle an der Nase herumzuführen. Sein Telefon klingelte.

»Heiner«, sagte er nur.

»Herr Bürgermeister, der Lohr Herbert hat sich aufgehängt«, sagte seine Sekretärin am anderen Ende der kurzen Leitung.

»Was? Der Lohr vom Liegenschaftsamt?«

»Ja, der Lohr. Im Schütza, heit Nacht.«

»Und? Weiß man etwas? Also, warum, meine ich?«

»Koi Ahnung, aber es hot do scho Gerüchte geba«, sagte Frau Ondrwasser.

»Was für Gerüchte?«

»Ha, dass sei Frau ond der Schurr halt meh als Kultur mitnander gmacht hend.«

»Seine Frau und der Schurr? Wollen Sie damit sagen, dass das mit dem Tod vom Schurr zu tun hat?«

»Des woiß doch I it. Jedenfalls wird's gschwätzt.«

Gerüchte, dachte der Bürgermeister, was wäre die Welt und das Leben ohne Gerüchte? Eine langweilige Angelegenheit wahrscheinlich. Einer erfuhr etwas so halblebig, wie man hier sagte, erzählte es weiter, tat ein bisschen dazu. So setzte sich das fort. Vielleicht ist dieses Leben doch nicht so weit, wie wir alle denken, dachte der Bürgermeister. Vielleicht spielen wir im Kindergarten stille Post und dann immer wieder, bis wir erwachsen werden. Wir schwätzen, tratschen und zerreißen uns über andere das Maul, um dann festzustellen, wir spielen immer noch stille Post. Was spielte sich da ab? Manchmal hatte er so Momente, da kam es über ihn. Da dachte er über die Welt und die Menschen nach. Er brauchte das, damit er wieder fest auf dem Boden stehen konnte, wusste, warum er sich hier mit so manchem Scheiß rumärgern musste. Was er tat, das machte man doch nicht für Geld. Das machte er, weil es ihm gut tat, weil es eine Erfüllung und sein Sinn des Lebens war.

Familie, klar, das war ihm das Wichtigste, aber doch für ihn selbst war auch das große Ganze wichtig, sein Sinn, sein Leben, seine Erfüllung. Er mochte diese Menschen da draußen, die ihr Leben lebten, ihre Kinder versorgten, einen Alltag bewältigten und dabei hoffentlich Freude hatten. Dafür war er da, dafür saß er hier auf diesem Stuhl und machte seine Arbeit. Dass Kindergärten gebaut, Schulen renoviert wurden und freundliche Altersheime entstanden. Das Leben der Menschen gestalten, ihnen die Möglichkeiten schaffen, ja, ein Diener zu sein. Seine Gedanken gingen mit ihm spazieren, so nannte er das. Aber man musste doch über den Tellerrand hinausschauen, musste doch mehr sehen, als im Augenblick gefordert war. Nur so konnte er sein Leben leben, seine Arbeit tun.

Er schaute hinaus aufs Neue Schloss. Stolz leuchtete es hell in der Sonne. Ein prächtiger Bau in einer noch prächtigeren Lage. Wie hatten sie damals hinausgeblickt auf das Hinterland des Bodensees, ihr Land. Was war das für eine Dynastie gewesen, die schließlich im Gasthof Sternen ihr trauriges Ende fand. Die Geschichte der Stadt hatten sie geprägt, die Grafen von Monfort, sie hatten die Schlösser gebaut und die Stadt geformt, wie sie heute war. Eigentlich nicht schlecht, dachte der Bürgermeister.

Die weiteren Entwicklungen hatten der Stadt Reichtum beschert, der Hopfenanbau, Obstanbau, die ländlichen Betriebe hatten die Stadt gut leben lassen. Die Ansiedlung mittelständischer Industrien hatte vollends zu einem Wohlstand geführt, für den er sich heute unter Bürgermeisterkollegen fast schon entschuldigen musste. Weil die Lage halt so gut war. Klagen konnten sie hier in Tettnang nur auf sehr hohem Niveau. Eigentlich gut für einen Bürgermeister, dachte er, es müsste einen besseren Ausgleich mit anderen Städten geben, die wirklich schlimm dran waren. Dann wieder das Telefon.

»Herr Heiner, was machet mer jetzt?«, fragte ihn Frau Ondrwasser.

»Wie? Machen?«, fragte er zurück.

»Wegem Lohr.«

»Was sollen wir denn machen? Ich habe im Augenblick wirklich keine Ahnung. Die Polizei wird sich schon melden. Dann sehen wir weiter. Mehr können wir jetzt nicht tun. Wir sollten halt auch mehr wissen als Gerüchte, Frau Ondrwasser, denke ich, gell«, sagte er schnippisch.

»I wollt ja bloß mol nochfroga«, meinte sie nur und legte auf. Der konnte manchmal auch speziell sein. Schließlich hatte sie nur das erzählt, was halt im Ort geredet wurde. Man kannte doch den Schurr, das war ein richtiger Arsch gewesen, einer, dem alle anderen egal waren. Sie hatte das ja nur indirekt mitgekriegt, aber der Schurr, der hatte alles mitgenommen, was ging. Und dann war er immer gekommen, die Nase hoch und gemeint, er sei es. Er war ihr zuwider gewesen, aber richtig. Sie trauerte in dem Sinne nicht. Sie hatte nichts zu trauern. Da war einer weg. Was soll's, dachte sie. Manchmal erwischte es halt den Richtigen. Ihre katholische Erziehung machte ihr allerdings bei solchen Gedanken schon ein wenig Probleme.

Sie war saumäßig auf diese Kommissarin gespannt. Sollte ja wohl eine flotte Person sein. Na dann, dachte sie, viel Spaß

Herr Bürgermeister! Dann wandte sie sich wieder ihrem Schreibtisch zu. Viel lag heute nicht an, aber Arbeit war immer. Vielleicht würde sie auch rüber in die Teeküche gehen, einen kleinen Espresso nehmen. Mal sehen, wer da war. Zu besprechen, rein dienstlich versteht sich, gab es schließlich immer was. Da wurde doch sicherlich geredet. Ein Herbert Lohr hängte sich im Schützen nicht an die Decke und Tettnang blieb still.

Vera Schurr verstand die Welt nicht mehr. Da suchten diese vermummten Herren auf dem ganzen Hof herum, konzentrierten sich auf die Scheune, stöberten auch da in allen Ecken, dann kam einer mit der Heugabel heraus, sie dachte, nun haben sie dich! Die Kommissarin stand dabei, nickte bloß und Vera wartete auf die erste Frage, wie und wann sie mit dieser Heugabel ihren Mann erstochen hatte. Doch nichts kam. Die Kommissarin nahm sie zur Seite, erklärte, dies seien reine Routineuntersuchungen, denn schließlich müsse man herausfinden, wo ihr Mann ermordet worden war. Schließlich führte sie die Kommissarin weg von der Scheune, hin zum Haupthaus. Sie wolle ihr ein paar Fragen stellen, sagte sie.

Verunsichert schaute Vera hinüber zur Scheune und den Männern mit der Heugabel. Sollte sie etwas sagen? Nein, das hier war die Polizei und Ermittlungsbeamte, die sollten ihre Arbeit machen. Wenn sie ihr auf die Spur kamen, dann würde das so sein. Sie ging mit der Kommissarin ins Haus, erklärte die Schwergängigkeit der Haustüre und erzählte brav die Geschichte dazu. Der Hans hätte seine Freude daran gehabt, dachte Vera.

»Möchten Sie eine Tasse Kaffee?«, fragte Vera, als sie das Wohnzimmer betraten. Kim Lorenz bejahte und Vera ging in die Küche, um Wasser aufzusetzen. Sie waren interessant, diese Wohnzimmer, dachte Kim Lorenz, als sie allein war. Sie hatte noch nicht so viele gesehen, aber es war immer wieder ein interessanter Gedanke, sich das Wohnzimmer vorher vorzustellen und dann zu sehen, wie es wirklich aussah. Hier hätte sie daneben gelegen. Denn ihre Vorstellung wäre eher bürgerlich gewesen, Sitzgruppe mit prallen Sesseln in einem normalen Braun, dazu eine Einbauwand, die allerlei Erinnerungsstücke zu tragen hatte. Dazu die passenden Zimmerpflanzen auf dem Fensterbrett an der Fensterfront, die auf eine Terrasse mit ausladenden Holzmöbeln hinausblicken ließ. Hier jedoch war alles anders.

Modern, dachte Kim Lorenz, modern traf es am besten. Eine schicke schwarze Ledergarnitur, wenige weiße Stilmöbel und keine Pflanzen am Fenster, sondern in zwei passenden Trögen am Boden. Der Blick hinaus auf die Terrasse ließ ebenfalls staunen. Dort stand ein richtiger Strandkorb, davor zwei dieser Rattansofas, die man jetzt hatte und darüber bot ein riesiger Sonnenschirm Schatten. Kim Lorenz war überrascht. Sie irrte sich selten mit ihren Vorstellungen. Diesmal hatte sie sich verschätzt. Aber das konnte nur gut für ihre Ermittlungen sein. Hier war etwas anders, und warum das anders war, das war schon der Anfang ihrer Fragen an sich und vielleicht auch an Frau Schurr, die eben mit dem Kaffee hereinkam.

»Setzen wir uns doch rüber an den Couchtisch«, sagte Frau Schurr. Sie setzen sich, und Frau Schurr schenkte Kaffee ein. Sie gönnten sich beide einen Moment Ruhe. Gaben Milch in den Kaffee und Kim Lorenz auch zwei Stück Zucker. Nur so konnte sie Kaffee wirklich genießen, süß musste er sein.

Vera Schurr betrachtete die Kommissarin dabei. Jung wirkte

sie, sehr jung. Das konnte auch an ihrer Figur, dem frechen Haarschnitt und ihrem frischen Gesicht liegen. Vielleicht war sie über dreißig, vielleicht auch nicht. Ob sie wohl Kinder hatte, Familie, wahrscheinlich nicht, dachte Vera Schurr. Die Kommissarin machte nicht den Eindruck. Die hatte eine Ruhe, die hatte man als Mutter fern von den Kindern nicht mehr. Das spürte sie.

»Frau Schurr, erzählen Sie mir doch mal, wie der Samstagabend verlaufen ist«, sagte Kim Lorenz.

»Tja, wo soll ich da anfangen. Es war das Hopfenfest. In jedem Jahr findet das auf einem anderen Hof statt. Diesmal auf unserem Hof. Die Vorbereitungen liefen schon die ganze Woche. Dann gibt es am frühen Abend die Prämierung der Hopfenkönigin, was eher eine lustige Angelegenheit ist, denn die wird dann mit Hopfen überschüttet. Damit ist dann das Fest eröffnet. Man sitzt zusammen, isst und trinkt. Trinkt nicht zu knapp, wenn Sie verstehen, was ich meine.«

»Und was haben Sie gemacht?«

»Ich war an einem der Stände eingeteilt. Wir haben Dinnete gebacken.«

»Dinnete?«

»Ja, eine Art schwäbische Pizza. Das nennt man überall anders.«

»Ach ja, das kenne ich, so mit Schinken, Quark und Tomaten.«

»Da kann alles Mögliche drauf, wir hatten hauptsächlich Gemüse, also Zwiebel, Broccoli, Artischocken, übrigens aus eigenem Anbau. Alles Mögliche halt. Das setzt sich übrigens immer mehr durch. Klar, es gibt immer noch die Rote-Wurst-Freunde und diejenigen, die nicht auf ihr Schweinehalsweckle verzichten wollen. Aber vor allem die Frauen und Kinder essen die Dinnete sehr gern.«

»Sie waren also den ganzen Abend an diesem Stand?«, fragte die Kommissarin.

»Genau«, antwortete Vera Schurr, »eigentlich den ganzen Abend.«

»Wer war noch dort und wo war dieser Stand?«

»Draußen vor dem Haus. Wir dachten, das ist praktisch, da kann man immer mal ins Haus und frische Sachen holen, Teig machen, abspülen und so. Mit am Stand waren noch zwei Frauen, die Anne Dengler und die Sofie Schwarz. Wir waren zu dritt. Das ging gut.«

»Sie hatten also einen guten Überblick, die Bänke und Tische vor sich und sahen auch hinüber zur Scheune?«

»Stimmt. Wir hatten alles im Blick. Gegenüber der Bierstand, daneben die anderen Getränke und der Wurst- und Fleischstand. Die Blaskapelle spielte dort vor dem Schuppen unter dem Vordach. Wir dachten, das wäre gut, falls es regnet.«

»Wo war denn Ihr Mann eingeteilt?«

»Der war eigentlich nicht eingeteilt. Er hat sich um das Aufstellen der Tische und Bänke gekümmert, half bei den Ständen und war eigentlich überall unterwegs. Am Abend war er bei der Kür der Hopfenkönigin dabei.«

»Und danach?«

»Danach habe ich ihn immer wieder mal gesehen.«

»Wann zuletzt?«

»Also, wir haben am Stand so um zehn Schluss gemacht. Dann saßen wir noch vielleicht bis zwölfe zusammen. Ich bin, glaube ich, so um halb eins ins Bett.«

»Und Ihr Mann?«

»Der saß drüben am großen Tisch mit den anderen zusammen. Ich hab' noch gut Nacht gesagt, dann bin ich rein.«

»Da war Ihr Mann noch am Leben?«

»Soweit ich mich erinnere, ja.«

»Sind Sie sicher?«

»Sicher? Ich habe halt hinübergegrüßt. Mein Mann, ob der da dabei war, kann ich eigentlich nicht sagen.«

Vera Schurr schaute der Kommissarin in die Augen. Glaubte die das? Nahm die ihr das ab? Es stimmte schon, sie hatte ihren Mann nicht mehr gesehen. Sie war auch am Tisch gewesen. Sie hatte auch gute Nacht gesagt. Aber ihr Mann war nicht mehr dabei gewesen. Der lag da schon in der Scheune, tot wahrscheinlich.

»Das macht nichts. Die Befragung der anderen am Tisch wird das sicherlich bestätigen. Ich meine, ob Ihr Mann da noch dabei war oder nicht.« Ganz normal, dachte Kim Lorenz. Langer Tag, abends Fest, viel Arbeit, dann macht man Schluss und geht ins Bett. Kein Wunder, dass die Frau da nicht mehr auf ihren Mann geachtet hatte.

»Sie wissen also nicht, wann Ihr Mann dann irgendwann weg war?«, fragte die Kommissarin.

»Da war ich dann schon im Bett«, sagte Vera Schurr, »unser Schlafzimmer geht nach hinten raus, also weg vom Hof. Ich habe auch nichts mehr gehört, falls Sie das noch fragen wollten.«

Sie war unsicher, das merkte ihr Kim Lorenz an. Wie immer bei solchen Befragungen taten die Zeugen irgendetwas, das ihre Unsicherheit zu Tage treten ließ. Bei Vera Schurr waren es eindeutige Zeichen. Sie strich sich, während sie antwortete, ständig eine Strähne aus dem Gesicht, drehte dann aber den Kopf wieder so, dass die Strähne zwangsläufig wieder in ihr Gesicht fallen musste. Bei den Fragen der Kommissarin schaute sie ihr selten ins Gesicht. Meist strich sie ein Staubkorn von der Sitzgruppe oder fand sonst eine Kleinigkeit zu tun.

»Gut. Genau das hätte ich jetzt noch gefragt. Wo waren denn Ihre Kinder im Laufe des Abends?«, fragte jetzt die Kommissarin.

»Da fragen Sie was«, sagte Vera Schurr und stützte ihr Kinn in eine Hand. »Lassen Sie mich überlegen. Monika war bei einer Freundin in Ravensburg, hat dort übernachtet und war dann am Sonntag bei einem Volleyballturnier in Weingarten. Sie kam erst am späten Sonntagnachmittag zurück.«

»Und Ihr Sohn Michael?«, fragte die Kommissarin weiter.

»Der trieb sich den ganzen Abend hier auf dem Hof herum, mit vielen anderen Kindern. Ich habe wirklich nicht mitbekommen, was die so angestellt haben! Wir hatten ja am Stand genug zu tun. Vielleicht wissen die anderen Kinder etwas, zum Beispiel sein Vetter Thomas. Waren Sie eigentlich schon bei der Marie, ich meine wegen ihres Mannes?« Jetzt schaute sie der Kommissarin direkt ins Gesicht. Sie war wieder auf sicherem Terrain.

»Nein, selbst war ich nicht. Aber der örtliche Kollege mit einem Seelsorger«, antwortete die Kommissarin.

»Sie haben doch nicht etwa diesen Trampel von Mitterer geschickt?«, fragte Vera Schurr sichtlich entsetzt.

»Warum denn nicht, schließlich kennt er doch die Leute«, sagte Kim Lorenz.

»Das vielleicht schon, aber eine solche Todesnachricht zu überbringen, da scheint er mir doch der falsche Mann! Und? Selbstmord?«

»Ja, das sieht im Moment zumindest so aus.« Kim Lorenz schaute auf die Uhr. »Gut, ich denke, die wichtigsten Fragen sind geklärt. Vielleicht fahre ich gleich anschließend bei der Familie Lohr vorbei, ich danke Ihnen erst einmal«, sagte die Kommissarin und stand auf. Vera Schurr ging ihr voraus auf den Gang.

»Ich finde schon allein hinaus«, sagte die Kommissarin.

»Es ist wegen dieser Haustüre, da stößt man sich leicht an, wenn man sie nicht kennt!«, sagte Vera Schurr und hielt, nachdem sie das Drum aufgewuchtet hatte, der Kommissarin die Tür auf.

»Adieu dann«, sagte die Hopfenbäuerin.

»Eher auf Wiedersehen, Frau Schurr, denke ich«, sagte die Kommissarin. Vera Schurr schaute dem blauen Audi lange hinterher. Sie fuhr einen flotten Reifen, diese Kommissarin, dachte sie, aber sie sollte sich vorsehen. Zwar luden die wenig befahrenen Straßen zu einem flotten Fahrstil ein, aber es konnte immer ein Trecker oder sonst ein landwirtschaftliches Fahrzeug aus den Hopfenfeldern auf die Straße fahren. Oft genug war so etwas schon passiert. Sie ging ins Haus zurück. Sollte sie Marie kurz anrufen, damit die Bescheid wusste, dass die Kommissarin kam? Ach was, dachte sie, die sollte genauso überrascht werden wie sie auch.

Auch Bürgermeister Heiner auf dem Rathaus war überrascht. Er hätte für einen seiner Ansicht nach verdienten Mitarbeiter doch ein wenig mehr Anteilnahme erwartet. Aber die Reaktionen aus den einzelnen Ämtern hielten sich in Grenzen. Freilich, Herbert Lohr war jetzt nicht gerade eine Stimmungskanone gewesen und hatte außerdem wenig soziale Kontakte gepflegt. Aber er war ein langjähriger Kollege gewesen, der freiwillig aus dem Leben geschieden war. Natürlich hatte man sowohl für den armen Hans Schurr als auch für Herbert Lohr auf dem Amt gesammelt. Der Bürgermeister hatte kurzfristig eine Gemeinderatssitzung einberufen, die sich speziell mit dem Tod ihres Kollegen Schurr beschäftigen sollte. Der Bürgermeister stand auf und schaute hinüber zum Neuen Schloss. Es war erstaunlich, dachte er, dass selbst heute, obwohl das Museum geschlossen war, einige Besucher um den eindrucksvollen Bau spazierten. Aber, nachdem das Wetter schön und klar war, konnte man von den westlichen Terrassen aus einen wunderbaren Blick über das Hinterland des Bodensees bis hin zum See selbst genießen. Es klopfte.
»Herr Bürgermeister, der Herr Eppeler wäre jetzt da«, sagte Frau Ondrwasser.

»Gut, dann lassen Sie ihn mal rein.«

Ein grauhaariger Mittfünfziger mit einer stattlichen Figur betrat das Büro des Bürgermeisters.

»Grüß Gott, Herr Bürgermeister«, sagte Eppeler.

»Herr Eppeler, seien Sie gegrüßt, bitte setzen Sie sich.« Der Angesprochene setzte sich dem Bürgermeister an dessen Schreibtisch gegenüber in einen sesselartigen Stuhl.

»Herr Eppeler, ich habe Ihnen am Telefon schon gesagt, um was es geht«, begann der Bürgermeister, »im Zusammenhang mit den beiden Todesfällen, die wir in Tettnang zu beklagen haben, ist mir einiges zu Ohren gekommen. Unter anderem, dass der Herr Lohr vom Liegenschaftsamt zusammen mit dem Herrn Schurr, wie soll ich sagen, vor Jahren etwas ›gedreht‹ hat, und zwar zugunsten des Hopfenbauern Schurr. Haben Sie in der Sache etwas herausgefunden? Ich selbst war zu der Zeit noch nicht im Amt, bin aber nichtsdestotrotz an einer Aufklärung natürlich interessiert.« Der Bürgermeister schaute den Beamten bei seinem letzten Satz erwartungsvoll an. Herr Eppeler rutschte ein wenig unwohl in seinem Sessel hin und her.

»Nun, Herr Bürgermeister, auf die Schnelle konnte ich nur so viel herausfinden. Vor etwa sechs Jahren wurden einige Felder an der Westseite bei Irmannsberg erschlossen und für den Hopfenanbau freigegeben. Einige dieser Felder befanden sich damals im Besitz des Hopfenbauern Hermann Glauber, der sie allerdings gleich nach der Freigabe an den Schurr überschrieben hat. Ein seltsamer Vorgang, wenn man bedenkt, wie groß in diesen guten Hopfenjahren die Nachfrage nach Anbaufläche gewesen ist.«

»Und warum hat dieser Glauber das gemacht? Er hat sich doch ein halbes Jahr später aufgehängt, soweit ich weiß?«

»Genau. Der Schurr wird ihm wohl einen guten Preis gezahlt haben oder es gab schon eine vorherige Absprache. Dann wird es interessant. Denn das könnte bedeuten, dass

der Schurr dem Glauber die Felder vorher abgeschwatzt hat, weil er wusste, dass sie erschlossen werden würden!«
Der Bürgermeister schüttelte nur den Kopf. »Dieser Schurr hatte seine Finger doch überall drin! Das würde ja bedeuten, dass er seine Funktion im Gemeinderat für seine eigenen Zwecke missbraucht hat!«
»Das wohl eher nicht, Herr Bürgermeister«, sagte Eppeler, »der Gemeinderat war damit nur soweit befasst, dass eine bestimmte Flächengröße freigegeben werden sollte. Welche Felder das sein würden, das bestimmte nach bestem Wissen und Gewissen das Liegenschaftsamt!«
»Also auch der Herbert Lohr?«
»Genau!«
»Dann war es also der Schurr zusammen mit seinem Schwager Lohr, die den Glauber über den Tisch gezogen haben?«
»So sehe ich das auch, Herr Bürgermeister«, antwortete der Beamte.
»Und beide sind jetzt tot. Das ist auch seltsam, Herr Eppeler.«
»Das finde ich auch, Herr Bürgermeister.«
»Seien Sie doch so gut und machen mir einen kurzen Bericht darüber, damit ich, wenn diese Kommissarin bei uns auftaucht, etwas in der Hand habe. Die wird sicherlich danach fragen.«
»Gerne, Herr Bürgermeister, mache ich gleich anschließend«, sagte Eppeler.
»Danke Ihnen, Herr Eppeler. Ich wünsche noch einen schönen Tag«, sagte der Bürgermeister und hielt Eppeler die Hand hin. Der stand auf, schüttelte die Hand des Bürgermeisters und ging zur Tür.
»Wir sammeln übrigens aufem Rathaus für die beiden Toten«, sagte Eppeler im Gehen, »einen Hopfenkranz für den Schurr und für den Lohr…«
»Ja?«, fragte der Bürgermeister interessiert.

»... do isch ons no nix eigfalla. A Modelleisabahn nutzt dem ja jetzt nix meh!"

»Da haben Sie recht, Herr Eppeler, ade dann.« Damit schloss der Bürgermeister die Tür hinter seinem Angestellten. Vielleicht sollte man dem Lohr doch eine Lok aufs Grab stellen, dachte Bürgermeister Heiner, das würde eigentlich passen. Eine aus Messingguss. Er würde darüber mal nachdenken müssen.

Die Spurensicherer auf dem Schurr-Hof hatten inzwischen ihre Arbeit beendet. Frau Schurr hatte ihnen noch ein Bier angeboten, aber angesichts des frühen Nachmittags hatten sie dann doch dankend abgelehnt. Als die Hopfenbäuerin wieder ins Haus zurückgegangen war, standen noch drei der Männer an der Heckklappe des zweiten Fahrzeugs. Nachdem ihr Chef in einer anscheinend wichtigen Sache unterwegs war, fehlte der eigentliche Leiter der Ermittlung und damit der Beamte, der die Untersuchungen vor Ort hier auf dem Schurr-Hof für beendet erklären würde.

Der Stellvertreter von Gernot Fallgruber, Bernd Stehle, hatte das noch nie gemacht und war sich entsprechend unsicher. Aber nachdem ihn die anderen zwei drängten, jetzt endlich Schluss zu machen, damit man einen frühen Feierabend machen und den Tag bei einem kühlen Bierchen ausklingen lassen konnte, fasste er sich ein Herz und begann, mit den Kollegen die Situation zu besprechen. Das wurde zwar alles minutiös mit Diktiergeräten und Kameras festgehalten, aber es könnte immerhin sein, dass ihnen ein Ort oder ein Beweisstück durch die Lappen gegangen war. Dazu dienten diese Besprechungen.

»Also, ihr wisst, ich habe das noch nie gemacht, aber heute scheint es nicht anders zu gehen. Ludwig, du hast die Liste, wir gehen sie gemeinsam nach Augenschein durch. Wir zählen die verschiedenen Örtlichkeiten auf und du hakst sie ab. Okay?«, Bernd Stehle sah den Spurensicherer Ludwig Bässler an, der nahm seine Liste zur Hand und sie schauten reihum und nannten die Gebäude und Örtlichkeiten. Für alle drei war das kein Problem, denn wie ein Hopfenhof aussah und welche Gebäude dazugehören konnten, wussten sie seit ihrer Kindheit.

»…dr Fuhrparkschuppa ond dann natirlich dui Scheuer«, damit schloss Bernd Stehle seine Liste. Er schaute drauf, kontrollierte noch mal und nickte dann zufrieden. »Mir hend elles durchsucht, was zom Durchsucha do isch. Ich denk, mir send hier fertig.« Sie setzten sich in den VW-Bus und fuhren vom Hof.

»Ob mir vielleicht irgendwo halta dädet?«, fragte Ludwig Bässler von der Rücksitzbank.

»Was schwebt dir denn do so vor?«, fragte Bernd Stehle, der am Steuer saß, zurück.

»A bisle außerhalb wär halt et schlecht. Vielleicht beim Theo, do kommet mir doch vorbei, oder?«

»No fahr ich über Thalkircha. Beim Theo isch guat, em Hirsch do kennet mer au draußa sitza!«, meinte der Fahrer.

»Ond mi frogt koiner, oder was?«, meldete sich der dritte Ermittler, Markus Mein, der jüngste Kollege in der Runde, den die beiden anderen in dieser Frage wohl nicht für voll nahmen.

»Ond, Markus, goscht mit?«, fragte Bernd Stehle lachend.

»Bleibt mer ja nix anders ibrig!«

»Theo isch echt guat, do hot mer en scheena Blick nom auf sei Kappelle, die hot er fei erscht letzscht Johr nei baut. Toll, wie se droba aufem Hügel schtoht. Komm', fahr zua, Bernd!«, sagte Ludwig Bässler.

Sie fuhren durch Holzhäusern weiter durch den kleinen Ort Tannau in Richtung Dietmannsweiler. Fast in jedem Ort winkte ihnen jemand zu. Kein Wunder, schließlich stammten sie alle aus dieser Gegend.

Als Kim Lorenz auf dem Weg zu den Lohrs war, machte sie sich darauf gefasst, was sie dort erwarten würde. Denn vielleicht hatte Frau Schurr nicht Unrecht gehabt und es war tatsächlich ein Fehler gewesen, den örtlichen Kommissar dorthin zu schicken. Aber was hätte sie machen sollen? Schließlich war das nicht ihr Fall und Kommissar Mitterer war der zuständige Kriminalbeamte. Dass dann auch noch der Pfarrer mitgegangen war, da konnte sie nun wirklich nichts dafür.

Inzwischen kannte sie sich in diesem Tettnang schon ganz gut aus. Es gab ein paar Kniffe, die man wissen musste, wenn man vom Bärenplatz aus das Haus der Lohrs zügig erreichen wollte. Aber Robert Mitterer hatte ihr das am Telefon ganz genau erklärt. In seiner pragmatischen Art war er zwar ein manchmal schwieriger Kollege, aber bei solchen Dingen wie einer Wegbeschreibung war das überaus hilfreich. Nach seinen Angaben fuhr sie an ihrem Gasthof, dem Schützen, vorbei, sah sogar im Vorbeifahren noch, wie Georg Tränkle das Schild mit der Abendkarte an die Straße stellte. Dann ging es den Berg hinunter in eine leichte Linkskurve, noch ein Stück geradeaus und dann musste sie aufpassen, dass sie die kleine Straße links nicht übersah. Dann würde es nicht mehr schwierig sein, hatte Mitterer gesagt. Nur noch die kleine Straße entlang und dann die zweite links nehmen. Sie bog in eine weitere kleine Straße ab und fuhr langsam an den Häusern vorbei. Das sah alles noch nicht so alt aus, vielleicht im Laufe der Neunzigerjahre gebaut. Sie fand prompt die Nummer 13/1, eine Doppelhaushälfte. Sie parkte den Wagen und ging auf das Haus zu. Viele blühende Pflanzen leuchteten in der Mittagssonne, am Treppenaufgang standen Tröge mit noch mehr Blütenpracht.

Ein geschnitztes Holzschild trug die Inschrift: »Hier wohnt Familie Lohr«. Es hatte auch einmal fröhliche Tage gegeben, dachte Kim Lorenz. Wann kippte so etwas um, wann bewegten sich Leben auseinander, sodass es schließlich zu so einem Ende kommen konnte? Sie hatte nicht umsonst Mitterer geschickt. Vielleicht war sie noch zu jung dazu, solche Fälle mit der entsprechenden Routine durchzuziehen. Für sie waren das wirkliche Schicksale und im Stillen fragte sie sich, ob diese Schicksale so verlaufen mussten.

Sie drückte auf die Türklingel und war etwas überrascht, dass die Tür fast sofort nach ihrem Klingeln geöffnet wurde. »Grüß Gott«, sagte brav ein Junge von vielleicht zehn Jahren. Sie erkannte Thomas wieder, der am vergangenen Abend im Schützen gewesen war.

»Guten Tag, Thomas, ich bin Kim Lorenz von der Kriminalpolizei. Könnte ich vielleicht deine Mutter sprechen?«

»Einen Moment bitte«, sagte der Junge und verschwand im Haus. Kim Lorenz blieb am Eingang stehen und wartete. Ein Schrei gellte durch das Haus: »Mama! Do isch jemand von d'r Polizei!« Kurz darauf hörte man Schritte im Obergeschoss, die bald die Treppen herunterkamen.

»Aber der Mitterer war doch scho do!«, rief eine weibliche Stimme im Treppenhaus. Dann stand Kim Lorenz der Frau Lohr gegenüber.

»Das stimmt schon. Mein Name ist Kim Lorenz, ich bin zwar auch von der Kriminalpolizei, arbeite aber an einem anderen Fall als Kommissar Mitterer, guten Tag Frau Lohr«, grüßte die Kommissarin. Sie war mittelgroß, etwa so wie sie selbst, hatte eine gute Figur für ihr Alter, die ein wenig ins Dralle tendierte. Sie trug ihr Haar kurz geschnitten, das helle Blond passte gut zu ihren dunklen Augen. Eine Frau, die, gut angezogen und geschminkt, fraglos für einen Mann interessant sein konnte, dachte Kim Lorenz. Kein Wunder, dass der Hopfenbauer Gefallen an ihr gefunden hatte, wie man hörte.

»Marie Lohr, freut mich. Um welchen anderen Fall geht es

denn?«, fragte Marie Lohr, die mit einer kurzen Handbewegung ins Wohnzimmer vorausging.

»Können Sie sich das nicht denken?«, fragte die Kommissarin, »natürlich um den Tod Ihres Schwagers, Hans Schurr, in der Nacht von Samstag auf Sonntag.«

»Ach so, das meinen Sie!«, sagte Marie Lohr laut, als ob sie vor lauter Unsicherheit die Stimme heben würde. Kim Lorenz versuchte, ihr in die Augen zu schauen. Aber Marie Lohr wandte schnell den Blick ab und schaute hinaus in den Garten.

»Ja, das meine ich. Wie ich gehört habe, waren Sie und Herr Schurr näher zusammen als zwischen Schwager und Schwägerin üblich, stimmt das denn?« Erneut suchte sie den Blick der Frau. Aber diese wandte sich ab und schaute wieder zum Fenster hinaus.

»Wollen Sie sich nicht setzen, eine Tasse Kaffee vielleicht?«, fragte Marie Lohr.

»Danke, nein, keinen Kaffee«, antwortete die Kommissarin, setzte sich aber in einen der Sessel. Dieses Wohnzimmer glich so gar nicht dem, aus dem sie gerade kam. Hier war alles eitel Bürgerlichkeit. Die Vorstellung, die sie vom Schurrschen Wohnzimmer gehabt hatte, bestätigte sich hier. Eine Sitzgruppe in dunklem Braun, Schrankwand aus falscher Eiche mit Familienbildern und Nippes. Zu viel Nippes, wie sie fand. Frau Lohr rutschte unsicher in ihrem Sessel hin und her.

»Also, Frau Lohr, wie standen Sie zu Hans Schurr?«, fragte die Kommissarin noch mal.

»Sie finden es ja doch heraus, wir hatten ein Verhältnis«, antwortete Marie Lohr.

»Seit wann?«

»Etwa seit einem Jahr. Wir waren zusammen auf einer Busfahrt ins Ulmer Theater, Shakespeare, Romeo und Julia.«

»Wie passend«, das hatte sich die Hauptkommissarin jetzt

doch nicht verkneifen können, »und Ihr Mann?«, stocherte sie weiter.

»Mein Mann war nie dabei, den konnte man für Kunst in keiner Form begeistern. Den konnte man eh' für wenig begeistern. Der ging immer in seinen Keller«, sagte Frau Lohr.

»In seinen Keller?«

»Zu seiner Modelleisenbahn. Sein Ein und Alles könnte man sagen. Manchmal dachte ich, er nimmt uns eigentlich gar nicht mehr wahr. In seinem Keller war er glücklich. Das hätten Sie mal erleben sollen. Da strahlte dieser Mann, hatte eine solche Freude. Ich habe manchmal dran gedacht, ihn zu einem guten Therapeuten zu schicken. Das war eigentlich nicht normal.« Marie Lohr sprach das in Richtung Fenster, als ob sie den Worten nachschauen wollte und sie für sich in der Erinnerung sortierte. Es war sicherlich nicht leicht für die Frau, dachte die Kommissarin. Gut, eine Affäre, aber da war noch einiges andere, das im Argen lag, das nun hochkam und schwer zu verarbeiten sein würde. Vor allem mit diesem Selbstmord.

»Wann hat Ihr Mann von Ihrer Affäre mit Schurr erfahren?«, fragte nun die Kommissarin.

»Ich denke, es muss beim Fest gewesen sein. Es wurde sicherlich schon viel getratscht darüber, aber irgendwie bekam das der Herbert nicht mit. Wie auch, er saß ja in seinem Keller. Wäre er nur einmal wieder zum Stammtisch gegangen, wir wären bestimmt sofort aufgeflogen! Aber er ging ja nicht mehr raus. Ins Amt, nach Hause und ab in seinen Keller. Das war sein Alltag. Es war nicht leicht, das gegenüber den Kindern irgendwie als normal hinzustellen. Die fragten schon, was bei uns los war.«

»Ich weiß«, sagte Kim Lorenz, »ich war gestern zufällig im Schützen, als Thomas seinen Vater suchte und fand«, sagte Kim Lorenz und war gespannt, wie die Ehefrau und Mutter das nun erzählen würde.

»Sie wissen davon?«, fragte die Kommissarin.

»Ich habe ihn selbst hingeschickt. Er wollte mir nicht glauben, da habe ich gesagt, er solle seinen Vater selber fragen, der wäre im Schützen. Dann ist er gestern Abend hingegangen. Mehr weiß ich nicht. Er hat danach nicht mehr mit mir geredet, ist gleich in sein Zimmer«, antwortete Marie Lohr. Die Kommissarin hatte so etwas geahnt. So, wie sie den Jungen einschätzte und so, wie er am gestrigen Abend aufgetreten war, konnte er einen Schritt, wie ihn sein Vater getan hatte, sich nicht von seiner Mutter einfach so erklären lassen. Es zeigte andererseits auch, wie gut Marie und Herbert Lohr ihre verfahrene Situation vor den eigenen Kindern und der Welt da draußen versteckt und verheimlicht hatten.

»Waren Sie am Samstagabend auch auf dem Hopfenfest?«, fragte die Kommissarin weiter.

»Natürlich«, kam es zurück.

»Und? Waren Sie mit Ihrem Mann?«

»Schon, aber ich habe am Wurststand ausgeholfen und Herbert saß drüben bei der Scheuer am Stammtisch. Viel habe ich an diesem Abend von ihm nicht gesehen. Als ich gegen elf ging, bin ich kurz rüber, sagte Ade und ging nach Hause. Das war alles.« Marie Lohr schaute wieder zum Fenster hinaus. Ein schöner Garten, dachte sie, ein Garten, den sie gestaltet hatte. Herbert hatte keinen Gedanken daran verschwendet. Für ihn war der Garten kein Ort, wo er sich wohlfühlte. Hin und wieder aßen sie draußen auf der Terrasse, manchmal saß er früher abends auf ein Bier auf der alten Holzbank, aber das kam in den letzten Jahren immer seltener vor. Sie hatte ihn schon verloren, bevor das mit Hans überhaupt so richtig anfing. Sie suchte nach ihrem Fehler, nach dem Punkt, an dem er sie nicht mehr interessiert hatte. Sie hatte die tägliche Routine erledigt, das Essen gemacht, die Wäsche gewaschen und sich um die Kinder gekümmert. Da hatte er sich schon immer mehr zurückgezogen. Sie hätte das merken müssen, wie er immer mehr nur in sich ging oder in den Keller. Schuld, fragte sie sich, Schuld, konnte man eine oder einen Schuldigen finden, wenn sich über Jahre so etwas entwickelte?

»Entschuldigung, Frau Lohr, ich hätte noch ein oder zwei Fragen«, unterbrach die Kommissarin ihre Gedanken.

»Ach so, ja, bitte«, antwortete Marie. Hatte sie sich zu wenige Gedanken um Herbert gemacht? Nur nach sich geschaut, ihre Pflichten erledigt und dann nach Glück und Erfüllung gesucht? Anfangs sicherlich, da war sie noch allein zu den Veranstaltungen gegangen, hatte alles mitgenommen, was ihr interessant vorkam. Dann war Hans aufgetaucht. Sie hatte nie hinterfragt, warum er plötzlich immer wieder in ihrer Nähe war. Auch darüber hatte sie nie nachgedacht. Das kam, passierte und daraus wurde eine intensive Affäre, die nun ihr Ende gefunden hatte, schmerzhaft. Alle sagten, kein Wunder, dass den mal einer aufgeknüpft hat, den mochte doch keiner, der wollte doch immer nur seinen Schnitt machen und die Leute vor den Kopf stoßen. Aber so war Hans nicht immer. Wenn sie auf Konzerten oder bei Vernissagen waren, dann lebte dieser Mann auf. Sie wusste, er war dann ein anderer. Aber er war dann auch ihrer sozusagen und gemeinsam erlebten sie viele schöne Stunden. So was kam vor, darüber hatte sie schon gelesen.

»Frau Lohr, entschuldigen Sie, aber wir sollten die paar Fragen noch klären, dann bin ich auch schon weg«, unterbrach die Kommissarin wieder.

»Ja, ja, fragen Sie«, sagte Marie Lohr, aus ihren Gedanken gerissen. Diese Fragen ließen Vergangenheit hochkommen, Bilder, die ihr längst vergessen schienen. Der erste Urlaub mit den Kindern damals, im Bayerischen Wald. Sie hatten eine kleine Ferienwohnung und es ging ziemlich eng zu. Aber die Kinder hatten ihren Spaß, denn es gab ein Naturwasser-Schwimmbad. Sie hatten schönes Wetter gehabt. Wie hieß der Ort noch? Zwiesel, genau. Herbert hatte noch diesen Witz erzählt, den er von einem Einheimischen hatte. Was der Unterschied zwischen Zwiesel und Regen, dem Nachbarort, sei. Alle hatten sie die Köpfe geschüttelt. In Zwiesel könne es regnen, aber in Regen nicht zwieseln, hatte Herbert lachend gesagt. Die Kinder hatten gegrölt, obwohl sie wahrscheinlich den Witz gar nicht verstanden hatten.

Das waren schöne Jahre gewesen. Sie hatten das Haus gebaut und sie hatte den Garten angelegt. Wo hatten sie sich verloren? War es zu viel Alltag, zu viel Routine gewesen? Sie zu Hause, er auf dem Amt, dann noch die Kinder. Die Tage waren geordnet, ordneten sich, vor allem nach den Bedürfnissen der Kinder. Sie hatte auf ihn vielleicht nicht mehr so geachtet. Er war ins Amt gegangen und heimgekommen. Sie hatte die Kinder versorgt. Da blieb nicht mehr viel für sie beide. Dann war er immer öfter in den Keller gegangen. Sie hatte viel gelesen und war ins Theater gefahren. Da waren die Kinder dann schon größer. So hatte alles angefangen.

Waren sie ihm schon auf der Spur, war ihm die Kommissarin schon auf der Spur, fragte er sich. Vielleicht sollte er die alten Seile verschwinden lassen. Sein Großvater hatte ihm mal erklärt, wie er die früher geknüpft hatte. Die Hopfenbauern hatten ihm ihre mehr oder weniger zerschnittenen Dreschschnüre gebracht. Viele hatten noch eine Landwirtschaft für den Eigenbedarf zu dieser Zeit. Aus diesen zwei bis drei Meter langen Stücken hatte der Großvater dann diese festen Seile gedreht. Verkauft hatte er wohl nicht viele davon, denn Frieder hatte noch eine ganze Menge im Schuppen gefunden. Aber sein Großvater war immer stolz auf diesen Seilschatz gewesen, weil das Material umsonst war und die Hopfenbauern lediglich jeweils ein oder zwei Seile als Ausgleich bekommen hatten.

Im Schuppen lagen noch mehrere Seilschlingenpacken, die Frieder nun durchzählte. Das würde noch eine ganze Weile für viele weitere Windlichter reichen, dachte er. Er versuchte sich abzulenken. Die Kommissarin hatte ihm die Freude über das Geld und das Weizenbier richtig verdorben. Von Genießen in der späten Septembersonne war keine Rede mehr gewesen. Er hatte ziemlich schnell sein Bier ausgetrunken und war nach Hause gefahren. Er stapelte die Schlingen gerade und ging dann aus dem Seilschuppen hinüber zum Nebenhaus. Das Haupthaus hatten sie längst verkaufen müssen. Er wohnte nun im kleinen Häuschen des Großvaters. Für ihn reichte das.

Aber wenn sie ihm auf die Schliche kamen? Ins Gefängnis, sicherlich. Zwar hatte der Hopfenbauer schon einen reichlich toten Eindruck gemacht, aber immerhin hatte er ihn aufgeknüpft. Ob er ihn wirklich getötet hatte, konnte er nicht sagen. Was war das dann? Halbtotschlag oder Schändung einer Leiche. Er hatte im Fernsehen einen Film gesehen, wo es eben darum gegangen war. Da hatte jemand unwissentlich einen Toten getötet. Das war dann Schändung einer Leiche gewesen. Auch dafür wurde man bestraft. Konnte er vielleicht mit mildernden Umständen rechnen? Waren das niedere Beweggründe, wenn man jemanden aus Hass aufhängte, auch wenn er schon tot war? Er wusste das nicht.

Er ging ins Haus, zog seine Schuhe an der Schwelle aus, wie er es gelernt hatte, und machte sich einen Kaffee. Der würde ihm gut tun nach der Aufregung und dem Bier. Als er dann mit der heißen Tasse vor sich am Küchentisch saß, ging ihm die ganze Geschichte noch mal durch den Kopf. Der Schurr hatte für ihn seinen Vater auf dem Gewissen. Der Zeitpunkt war von selbst gekommen. Er hatte immer wieder darüber nachgedacht, das zu tun. Aber er war sich nicht sicher gewesen, hatte nur eine Ahnung gehabt, dass Schurr und Lohr hinter der Sache steckten. Lohr hatte sich selbst gerichtet, wie er in der Stadt erfahren hatte. Das erledigte die Sache mit dem zweiten Schuldigen. Da mussten bei Lohr wohl einige Sachen zusammengekommen sein. Er hatte ihn in den letzten Jahren kaum mehr getroffen. Vielleicht auch, weil er selbst so wenig unter Leute kam. Aber da war wohl was gelaufen mit Schurr und der Frau von Lohr. Schwager und Schwägerin, kam auch selten vor, dachte Frieder Glauber. Er hätte nicht gedacht, dass es so was in Tettnang geben konnte.

Er würde die Seile verstecken, dachte er dann. Das war die einzige Möglichkeit, diese Spur zu einer blinden zu machen. Dann würde ihm die Kommissarin sicherlich nicht auf die Schliche kommen. Er ging hinaus und hinein in den Seilschuppen. Die Idee war gut, aber wo sollte er die Seile verstecken. Sie würden den Hof oder vielmehr seinen Rest des Hofes durchsuchen. Also musste das Versteck außerhalb liegen, wenn es denn überhaupt ein Versteck sein sollte. Er besaß noch ein Feld mit einem kleinen Schuppen drauf. Das wäre vielleicht eine Möglichkeit. Er müsste allerdings die ganzen Seilschlingen auf seinen Traktor laden und hinausfahren. Das würde er tun, so leicht wollte er es der Polizei nicht machen.

Alle hatten es einigermaßen rechtzeitig ins Büro von Kommissar Mitterer geschafft. Gernot Fallgruber war aus Stockach erfolgreich zurück. Doktor Martin sortierte noch seine Gedanken, wie er die Ergebnisse aus Konstanz der Kommissarin vortragen sollte. Kommissar Mitterer hatte sogar ein paar frische Brezeln auf den Tisch gezaubert. Er betrachtete zufrieden den Tisch. Jetzt noch den Kaffee, dann sah alles wie eine richtige Besprechung aus. Eigentlich fehlte nur noch Kim Lorenz, um das Team komplett zu machen, die Chefin sozusagen.

»Weiß jemand was?«, fragte Gernot Fallgruber in die Runde.

»Woher soll ich wissen, was die Kommissarin vorhat?« Der Doktor zog die Schultern hoch.

»Alles was ich weiß ist, dass sie in der Stadt unterwegs war«, meinte Mitterer, »keine Ahnung, was sie da wollte. Aber das macht sie anscheinend immer so, habe ich gehört. Ich mach' uns mal einen Kaffee!«

Er stand auf, ging hinüber zu einer alten Kaffeemaschine und füllte Wasser und Kaffee ein. Nach wenigen Minuten begann in der Maschine das Wasser zu brodeln. Währenddessen unterhielten sich die drei Männer. Fallgruber erzählte von seinem Ausflug nach Stockach, von der Fahrt am Bodensee entlang über Friedrichshafen, Meersburg und Überlingen. Er erzählte auch vom humorvollen Seiler und der so besonders eingerichteten Seilerei.

»Eigentlich isches ganz gut glaufa, aber do war ja die Besprechung no früher agsetzt, ond no hannes etamol gschafft, em ›Hindelwanger Adler‹ eizomkehra«, berichtete Fallgruber. Die anderen lachten, er war zum einen für seinen ständigen Wechsel zwischen dem Dialekt und einem immer noch leicht schwäbelnden Hochdeutsch bekannt, zum andern galt er als einer der besten Restaurant- und Gasthofkenner in der Truppe. Wenn man im Umkreis eine gute Einkehrmöglichkeit bei einem Ausflug oder einer Wanderung suchte, dann wandte man sich an Gernot Fallgruber. Der konnte einem dann je nach Anspruch einen Gasthof oder eine Wirtschaft in der Gegend nennen, wo man voll auf seine Kosten kam. Man hörte nur Gutes über seine »Wirtschaftskenntnisse«.

»Das war dir natürlich wieder amol das Wichtigschte, gell!«, sagte Doktor Martin.

»Wahrscheinlich isch er nur wegam Adler do nagfahra. Drbei hend mir doch hier eine ausgezeichnete Gastronomie«, sagte Robert Mitterer. Er holte die Kaffeetassen, stellte sie zusammen mit Zucker und Milch auf den Tisch und schenkte den Kaffee ein. Jeder richtete sich darauf ein zu warten.

»Da komm' ich ja gerade richtig«, rief es von der Tür her. Herein stürmte Kommissarin Kim Lorenz, ganz in der Hektik von Menschen, wenn sie zu spät kommen.

»Entschuldigen Sie, ich wurde aufgehalten. Vernehmungen«, sagte sie entschuldigend. Aber wie sie das sagte, wurde ihr klar, dass sie hier eigentlich die Chefin war und sich nicht zu entschuldigen brauchte.

Kim Lorenz setzte sich dazu und Mitterer holte schnell eine weitere Tasse. Als alle saßen, schaute die Kommissarin in die Runde.

»Wer fängt an?«, fragte sie, »am besten vielleicht die Gerichtsmedizin.«

Dr. Martin hatte das erwartet. Es war vielleicht auch am besten so. Seine Ergebnisse würden die Kommissarin zwar nicht gerade zum Jubeln bringen, aber dann hatte er die Sache hinter sich. So war es ihm am liebsten. Dann konnte er anschließend gemütlich zusehen, wie die Kollegen sich an dem Fall die Zähne ausbissen.

»Gerne, Frau Lorenz. Ich bin erst seit Kurzem von Konstanz zurück. Ich musste persönlich noch mal hin, um den Fall mit zwei Kollegen, ausgewiesenen Fachleuten, durchzusprechen. Es gestaltet sich schwierig, eine endgültige Bewertung vorzunehmen.«

Er berichtete von den verschiedenen Verletzungen des Opfers, von den gemachten Untersuchungen und schließlich von der Bewertung durch die Kollegen.

»Sie sehen, wir haben getan, was wir konnten, aber mehr kann Ihnen die gerichtsmedizinische Untersuchung nicht liefern. Der Schlag auf den Kopf hat ein deutliches Hämatom verursacht, das allerdings allein kaum zum Tode geführt haben kann. Außerdem fand vermutlich eine Verletzung des Herzens durch den Stich, beziehungsweise, die Stiche, statt. Ob diese letztendlich zum Tode geführt haben, kann nicht mit Sicherheit gesagt werden. Das Aufhängen hat zweifellos ein paar kleinere Verletzungen nach sich gezogen, war allein aber keinesfalls die Todesursache. Nach Ansicht der Gerichtsmedizin ist es möglich, dass die Stichverletzungen zwar nicht tödlich waren, aber durch das Hochziehen der Leiche können sich innere Blutungen gebildet haben, die dann schließlich zum Tod führten. Das würde auch den späten Todeszeitpunkt am Sonntagmorgen erklären. Damit gibt es zumindest zwei mögliche Täter, wenn man den Schlag auf den Kopf mal außen vor lässt«, schloss Dr. Martin seine Ausführungen.

»Ich danke Ihnen«, sagte Kim Lorenz und fuhr fort: »Meine Herren, ich denke, wir gehen erst einmal reihum. Dann können wir die weiteren Schritte diskutieren. Was meinen Sie?«

Mitterer und Fallgruber nickten zustimmend. Sie schauten sich an und Fallgruber nickte noch einmal.

»Also gut, dann mach' ich weiter. Wir haben unsere Suche auf den Schurr-Hof konzentriert. Alle Gebäude wurden gründlich durchsucht. Spuren fanden sich aber lediglich in der Scheune des Anwesens. Wir haben eine Heugabel mit Blutspuren des Opfers, der Nachweis ist eindeutig. Ansonsten an der Gabel keine brauchbaren Spuren, keine Fingerabdrücke und keine Fasern, die wir hätten auswerten können. Wir haben außerdem einen kleinen Hautfetzen vom Opfer an einem der Stützbalken gefunden. An der gleichen Stelle waren am Boden geringe Blutspuren, ebenfalls vom Opfer. Dann konnten wir, trotz der vielen Menschen, die sich im Hof aufgehalten haben, zumindest eine klare Schleifspur in der Scheuer und ein paar mögliche Restspuren auf dem Hof sicherstellen. Das lässt zumindest vermuten, dass das Opfer wohl erst nach dem Fest rausgeschleppt wurde. Der zeitliche Ablauf ist natürlich noch unklar. Soviel lässt sich aber sagen: Das Opfer war bewusstlos, als es über den Hof geschleppt wurde. Die Schleifspuren verlaufen ziemlich ruhig parallel, also keine Bewegungen, keine Aktivitäten des Opfers. Soviel zum Schurr-Hof.

Außerdem habe ich bei der Seilerei Muffler in Stockach nachgefragt. Ich war persönlich mit dem Seil dort, das zum Aufhängen benutzt wurde. Es handelt sich zweifelsfrei um ein älteres Seil, das in dieser Art längst nicht mehr hergestellt wird. Herr Muffler schätzt 70er- oder 80er-Jahre. In Stockach und Umgebung wurden die Sisalschnüre, die zum Zusammenbinden der Strohballen verwendet wurden, nach dem Aufschneiden wieder verarbeitet. Aus den Stücken wurden dann solche Seile gemacht, die man zu allem Möglichen verwenden kann. Womöglich haben wir es hier mit einem ähnlichen Seil zu tun. Wo es allerdings in Tettnang eine Seilerei gegeben hat und ob vielleicht noch solche Seile hier in der Stadt zu finden sind, das muss ich noch ermitteln. Vielleicht eine Spur«, sagte Gernot Fallgruber und blickte hinüber zu Mitterer, der weitermachen sollte.

»Danke, Gernot. Das ist doch was«, sagte Kim Lorenz und schaute nun ebenfalls auf Mitterer.

»Gut«, sagte der so Angeschaute, »dann mache ich weiter. Also: Wir haben, so gut es ging, alle Leut vom Stammtisch befragt. Es hot sich erscht wenig herausgeschtellt. Also, so richtig. Den Schurr hot an dem Obend kaum jemand gseah. Der war irgendwie emmer wieder weg. D'r Lohr war wenig weg, hot aber viel gschwätzt an dem Obend. Es isch a bisle verwirrend. Em Grond gnomma waret dia alle mehr oder weniger betrunken. Aber, mir hend einen zemlich zuverlässigen Zeugen gfonda, der am Bierstand Dienscht ghet hot. Der hot ganz klar ausgsagt, dass d'r Schurr so etwa om zehne en d' Scheuer nei isch, dann sein Schwager ond dann sei Frau. Aber der Zeuge hot den Schurr nicht mehr die Scheuer verlassa seha. Also war der Schurr wahrscheinlich auch am späta Obend en d'r Scheuer. Ob tot oder lebendig, des woiß mer net.«

Erst als Robert Mitterer zum Ende kam, schaute er der Kommissarin in die Augen. Er war sich nicht so recht sicher, ob das, was seine Mitarbeiter ermittelt hatten, den Vorstellungen der Kommissarin entsprach. Er könnte sich ärgern, immer, wenn er ein wenig aufgeregt war, dann rutschte er in den Dialekt rein. Er konnte da nichts machen. Er war aber wirklich selbst überrascht gewesen, dass Haberer diesen Jürgen Kocher aufgetrieben hatte, der, nüchtern, wie er am Bierstand seinen Dienst tat, zuverlässig berichten konnte, was an diesem Abend tatsächlich abgelaufen war. Zumindest was der junge Hopfenbauer mit eigenen Augen gesehen hatte. Wenn er ehrlich war, dann hatte Kommissar Mitterer eigentlich befürchtet, dass bei den Befragungen sehr wenig oder viel Undeutliches herauskommen würde. Er kannte doch seine Mitbürger, wenn sie beim Fest beisammensaßen. Da konnte man nicht erwarten, dass einer hinterher wirklich noch zu sagen wusste, wer wann noch am Stammtisch gesessen hatte.

»Danke, Herr Mitterer«, sagte die Kommissarin, »ich fasse also zusammen: Wir haben einen vagen Ablauf des Abends, dazu zwei oder drei mögliche Täter und dann noch Spuren, die uns bisher wenig weiterhelfen. Ich kann allerdings zum Thema Seil etwas beisteuern, eine Spur, der ich heute noch nachgehen will. Im Ort gibt es einen kleinen Laden mit allerlei Krimskrams, unter anderem mit Windlichtern zum Aufhängen. Mir sind die Seile aufgefallen, die dazu verwendet wurden. Was Gernot herausgefunden hat, könnte damit zusammengehen. Frieder Glauber heißt der Mann, der diese Windlichter herstellt.«

»Glauber, Frieder?«, fragte Mitterer, »den kenn ich, da gibt es einige Gerüchte, wie sein Vater den Hof heruntergewirtschaftet oder durch irgendwelche Machenschaften verloren haben soll. Aber nur Gerüchte, nichts Genaues.«

»Aha«, sagte die Kommissarin, »da könnte sich doch so etwas wie ein Motiv vermuten lassen. Herr Mitterer, Sie kümmern sich um die Hintergründe. Fragen Sie rum, woher dieses Gerücht kommt, was dahintersteckt. Ich werde mir diesen Frieder Glauber mal vornehmen. Mal sehen, was er zu erzählen hat. Ich denke, die Spurensicherung hat ihre Arbeit getan und auch die Gerichtsmedizin kann uns nicht weiterhelfen. Ich danke für Ihre Arbeit.«

Kim Lorenz schaute in die Runde, erntete ein Nicken bei allen. Jens Martin war froh, dass sich eine Spur ergeben hatte, die vielleicht Licht in das Dunkel bringen konnte. Gernot Fallgruber wusste, dass seine Leute ihre Arbeit gut gemacht hatten. Mehr konnte man beim besten Willen an einem Tatort, wenn es denn einer war, nicht herausfinden. Und Mitterer war gespannt, was hinter den Gerüchten steckte. Aber wo sollte er ansetzen? Das hatte irgendwie mit Grundstücken, Hopfenfeldern oder so etwas zu tun gehabt. Normalerweise wäre er damit zum Liegenschaftsamt gegangen, aber nachdem Lohr sich aufgehängt hatte, wollte er ungern dort vorbeischauen.

»Meine Herren, wir bleiben in Kontakt. Gernot, es könnte sein, dass auf dem Glauber-Hof die Spurensicherung noch mal gebraucht wird. Herr Martin, für Sie dürfte der Fall erledigt sein, es sei denn, es gibt noch einen Toten, was ich nicht hoffen will.«

Die Männer standen auf. Jens Martin schüttelte den anderen die Hand und ging hinaus. Gernot Fallgruber hielt sich im

Hintergrund. Er wollte mit Kim Lorenz noch ein paar Sachen abklären. Mitterer besprach mit Kommissarin Lorenz kurz die nächsten Schritte und ging dann auch hinaus.

»Kim«, sagte Fallgruber.

»Ja, Gernot«, sagte die Kommissarin.

»Kein einfacher Fall«, meinte der Spurensicherer.

»Kann man so sagen«, antwortete die Kommissarin, »einer meiner schwierigsten bisher, würde ich sagen. Aber, man lernt dazu. Das Blöde ist, ich habe noch gar kein Bild, weiß nicht, wo ich anfangen soll. Das Seil, gut, das könnte was werden. Aber nur ein Seil?«

»Immerhin. Der Seiler Muffler hat zumindest gesagt, das so etwas schon damals wenige gemacht haben. Also dürfte die Suche hier in der Gegend eigentlich kein Problem sein. Ob dieser Frieder Glauber wohl eine Rolle gespielt hat?« Gernot Fallgruber sah die Kommissarin mit fragendem Blick an.

»Womöglich. Nur, wie weit sind wir dann? Wir haben dann ein Vielleicht. Wir haben keine Aussage, die bestätigen würde, dass dieser Glauber in der Nähe der Scheuer war. Also wie?«

Kim Lorenz stützte ihren Kopf mit den Händen. Das würde nicht einfach werden. Sie hatten mindestens zwei Täter, was bei diesem Glauber rauskommen würde, war offen. Wer als zweiter Täter oder als zweite Täterin in Frage kam, lag nahe. Die Ehefrau. Grund genug, also ein Motiv, hatte sie. An diesem Abend hatte sie wohl herausgefunden, dass ihr Mann fremdging. Mit der Schwägerin, das kam bestimmt erschwerend hinzu. War diese Frau zu einer solchen Tat fähig? Hatte sie im Zorn, in ihrem Schmerz, hintergangen worden zu sein, geschlagen oder gestochen? Sie konnte das nicht einschätzen. Nicht bei einer Hopfenbäuerin, vielleicht auch bei sonst keinem Menschen. Wann tötete man oder wann war man soweit, töten zu wollen? Das waren doch sowieso kranke Fragen. Einen irren Job nannte ihr Freund Peter das dann, wenn sie wieder so weit war, darüber nachzudenken und darüber zu reden. Aber bei aller Betroffenheit reizte es sie, die Wahrheit ans Licht zu bringen. Den Täter oder die Täterin zu finden, sie zu verhaften und ihrer gerechten Strafe zuzuführen. Hehre Worte, das wusste sie wohl. Gerechtigkeit, das war so eine Sache.

»Vielleicht doch eine alte Geschichte, die hier ihr dramatisches Ende gefunden hat?«, fragte Gernot Fallgruber. Er wollte die Kommissarin in dieser Sache nicht allein lassen. Seine Ergebnisse waren ihr wenig Hilfe, das wusste er wohl. Schon am Anfang hatte er so ein Gefühl im Bauch gehabt, dass das ein schwieriger Fall werden würde. Komisch, dachte er, aber es war so, man schaute auf den Toten oder die Tote und wusste gleich, das wird schwierig.

»Ich schau mir noch mol die Spuren von der Scheuer an. Es muss doch irgendwo einen Anhaltspunkt geben!«, unterbrach er seine Gedanken und wollte damit der Hauptkommissarin etwas Positives sagen. Was da auch immer in der Scheuer passiert war, noch fehlten ihm die Beweise, die einen möglichen Tathergang auch nur erahnen ließen. Er war sich sicher, dass seine Leute alle Möglichkeiten ausgeschöpft hatten. Darauf konnte er sich verlassen. Andererseits schien es ihm seltsam, dass so wenige Spuren wirklich zuzuordnen waren. Das war halt einer dieser Fälle. Wenig Spuren vor Ort und dann noch Probleme in der Gerichtsmedizin. Für die Ermittelnden war das immer der schlimmste Fall. Alles unklar, eigentlich.

In diesem Fall war es klassisch so gewesen. Als dann auch noch schnell klar wurde, dass der Fundort nicht der Tatort war, hatte er gewusst, was für eine Suche das werden würde. Vor allem in einem Städtchen wie Tettnang, wo man nicht wie vielleicht in der Großstadt oder im Film, die einschlägig Verdächtigen einsammeln konnte. Hier war etwas passiert, in Tettnang passiert, dachte Gernot Fallgruber. Aber wo war so viel Hass, einen Mord zu begehen?

»Gut«, sagte die Kommissarin. Sie musste ihre Gedanken ordnen. Zu viele Vielleichts waren bei den Berichten dabei gewesen. So kam sie nicht weiter, das war ihr klar. Aber so lief das in ihrem Job. Da hing ein Hopfenbauer im Hopfen und es stellt sich heraus, dass alles nicht so einfach war, wie es auf den ersten Blick aussah, dachte sie. Wie oft würde ihr das in ihrem Beruf wohl noch passieren? Wie oft ist es einfach nicht so einfach, wie es vielleicht auf den ersten Blick aussieht? Damit würde sie lernen müssen zurechtzukommen.

Peter Lange hatte sich Ähnliches vorgenommen. Er wollte sich weiterhin bemühen, neben der Lehrerschiene seiner journalistischen Leidenschaft nachzugehen. Was bot sich in Tettnang besser an als der Hopfenanbau, der die Geschicke dieses Landstrichs seit mehr als hundertfünfzig Jahren bestimmte? Er hatte sich kundig gemacht und vom örtlichen Stadtarchivar einen dicken Band über Tettnang und den Hopfenanbau ausgeliehen, der Titel war bezeichnend: »Grünes Gold«. Darin war mit beachtlichem Aufwand die Geschichte des Hopfenanbaus in der Region dokumentiert. Er wollte sich die wichtigsten Punkte rausschreiben und in seinen Artikel aufnehmen. Entscheidend würde allerdings sein Treffen mit einem der Hopfenbauern sein. Die Dame im Touristenbüro war so freundlich gewesen, ihm hinsichtlich eines tauglichen Gesprächspartners einen Tipp zu geben. Außerdem hatte sie den Hopfenbauern gleich angerufen und einen Termin mit ihm gemacht. Manchmal liefen die Dinge wie von selbst, dachte Peter Lange.

Er hatte noch genügend Zeit, also ging er hinüber ins Monfortmuseum, das Stadtmuseum, das gleich neben der Tourist-Information untergebracht war. Ein bisschen Hintergrund konnte für den Artikel nicht schaden. Oft fanden sich interessante Aufhänger in solchen Museen, die er dann in den Text einbauen konnte. Anschließend wollte er es sich in einem der Straßencafés gemütlich machen, das Buch studieren und sich so auf sein Treffen mit dem Hopfenbauern gegen fünf vorbereiten. Das könnte vielleicht knapp werden mit dem Essen mit Kim, dachte der Journalist, vielleicht rufe ich sie besser kurz an und verschiebe das Essen auf halb neun oder neun Uhr. Er holte sein Handy heraus und wählte. Mal sehen, ob Kim rangehen würde.

»Hallo du«, meldete sie sich. Er war überrascht. Es war selten, dass er sie gleich an die Strippe bekam.

»Hallo Schatz, wo bist du?«, fragte er.

»Auf dem Weg zu einem Zeugen oder einem Verdächtigen, das weiß ich noch nicht so recht«, antwortete sie.

»Du, bei mir kann es heute Abend später werden. Geht es bei dir auch noch gegen neun?«

»Kein Problem. Aber wir essen was zusammen, oder?«

»Klar, ich werde einen Bärenhunger haben!«

»Dann um neun bei ›Sorbas‹«, sagte sie.

»Mach's gut«, sagte er, »und sei vorsichtig!«

»Ach, du mit deiner Vorsicht. Nur wegen der Sache damals. Das war ein Fehler, den mache ich nie wieder!«

»Hoffentlich. Du weißt, wie lieb ich dich hab', also bitte«, sagte er. Die Sache damals war noch gut ausgegangen. In ihrem ersten Jahr als Kommissarin hatte sie auf der Suche nach einem Serienvergewaltiger eine Spur allein verfolgt und war beinahe in die Gewalt des Täters geraten. Nur durch einen Zufall, sie hatte falsch geparkt, war sie aufgehalten worden. Dann waren die Kollegen eingetroffen und sie hatten den Mann gemeinsam dingfest gemacht. Das war knapp gewesen damals, dachte Peter Lange.

»Bis heute Abend dann, Gruß und Kuss, deine Kim«, sagte sie mit einem Lächeln in der Stimme. So war sie, immer positiv, immer gut drauf und mit Mut rangehen. Das liebte er so an ihr und er wünschte ihr, dass es in ihrem Beruf noch lange mit dieser positiven Einstellung gehen würde.

»Dann um neun, ich freue mich, tschüss!« Er legte auf. Ein bisschen Sorgen machte er sich schon, das musste er sich eingestehen. Da konnte nur Ablenkung helfen. Also machte er sich an das Tettnanger Hopfenbuch. Eine reichlich schwere Lektüre, wie sich zeigte. Mehr als 400 Seiten Geschichte von 150 Jahren Tettnanger Hopfenanbau. Das konnte er in den gut zwei Stunden, die ihm noch blieben, lediglich querlesen. Aber das kannte er aus seiner journalistischen Arbeit. Ein paar wichtige Fakten memorieren und vielleicht ein oder zwei Punkte finden, die interessant wären für das Gespräch mit dem Hopfenbauern. Am Ende konnte man zwar sagen, man hätte einen Artikel über den Hopfen oder vielmehr Tettnang geschrieben, aber im Grunde genommen war es nur ein Teilwissen, das dann auch recht schnell die grauen Gehirnzellen wieder verließ. So war das eben, dachte er und nippte an seinem Espresso.

Kim Lorenz hatte den Glauberhof endlich gefunden. Wenigstens das, was von ihm noch übrig war. Sie hatte am, wie sie meinte, Haupthaus den Namen Glauber gesucht, diesen aber nicht gefunden. Sie war einmal um das Haus gegangen, das sich in einem ziemlich verwahrlosten Zustand befand. Dann war sie wieder vor der Haustüre gestanden und hatte einfach mal die unterste Klingel gedrückt. Keine Reaktion. Dann die zweite Klingel. Einen Türöffner gab es wohl nicht, aber ein Fenster im ersten Stock ging auf. Eine Frau mit Lockenwicklern im Haar streckte ihren Kopf heraus.

»Was Sie wollen?«, rief sie nach unten. Kim Lorenz war nicht überrascht, eher erstaunt. Hier wohnte kein Glauber mehr, aber wo dann.

»Wohnt hier nicht Glauber?«, rief sie nach oben. Die Frau schüttelte fast sofort den Kopf, kaum hatte sie den Namen gehört.

»Glauber drüben, kleine Haus, keine Klingel«, rief die Frau nach unten. Anscheinend war sie diesen Ablauf gewohnt.

»Danke«, rief die Kommissarin nach oben und ging in die Richtung des Zeigefingers der Frau. Bei ihrem Rundgang war ihr nichts aufgefallen, das wie ein richtiges Haus aussah. Nur der große, längliche Schuppen, der in vielleicht zwanzig Meter Entfernung vom Haupthaus zu sehen war. Kleines Haus, dachte sie, dieser Glauber wohnte wohl in einem Teil des Hofes, der eigentlich gar nicht fürs Wohnen errichtet worden war. Sie ging hinüber, musste vorsichtig über allerlei Gerümpel steigen, um eine Tür zu erreichen. Kein Namensschild und keine Klingel. Sie klopfte. Zuerst hatte sie den Eindruck, dass nichts passierte. Dann sah sie ein Gesicht in einem kleinen Fenster neben der Tür. Ein junges Gesicht mit ängstlichen Augen. Warum wohl ängstlich, dachte sie, zu viele Gläubiger, die hier schon gestanden hatten? Aber dann öffnete ein junger Mann die Tür, vielleicht ein paar Jahre jünger als sie, so Mitte Zwanzig. Eigentlich ein hübscher Kerl, etwas grob angezogen, aber mit wachen Augen und gepflegtem Äußeren. Blonde, relativ lange Haare, die vielleicht auch mal wieder einen Frisör sehen könnten, aber sonst ein sympathischer Typ.

»Was wollen Sie?«, fragte der junge Mann.

»Sind Sie Frieder Glauber? Ich bin von der Mordkommission Konstanz und hier in Tettnang mit der Aufklärung des Mordfalles Schurr betraut. Ich hätte ein paar Fragen an Sie«, sagte die Kommissarin mit ruhiger Stimme. Sie schaute Frieder Glauber in die Augen, denn sie wollte seine Reaktion genau studieren.

»Kommen Sie doch rein«, sagte Glauber und Kim Lorenz konnte nicht erkennen, dass der junge Mann sich irgendwie auffällig benahm. Seine Augen waren ruhig geblieben, als ob ihn die ganze Sache nichts anginge.

Er ging ihr voraus und führte sie in eine Art Wohnzimmer. Hier schien alles ein wenig improvisiert. Zwischen Wohnzimmer, das eigentlich nur ein Esszimmer war, und der Küche war eine provisorische Wand eingezogen worden. Ein Durchgang ohne Tür verband die zwei Räume und Kim Lorenz konnte an der Hinterwand der Küche eine Tür zum wahrscheinlichen Schlafzimmer sehen. Er bot ihr einen Stuhl am Esstisch an. Sie setzte sich.

»Herr Glauber, Sie wissen, was passiert ist?«

»Ja«, antwortete Frieder Glauber.

»Sie werden verstehen, dass wir nun in alle Richtungen ermitteln müssen, das Umfeld und so, den Samstagabend im Besonderen. Sie waren auch beim Fest, oder?«

»Schon, aber nicht lange«, kam es wie aus der Pistole geschossen. Seltsam, dachte die Kommissarin.

»Wie lange denn etwa?«, fragte sie sofort nach.

»So bis um elfe«, kam es zurück.

»Und wo saßen Sie«, fragte Kim Lorenz.

»Eigentlich de ganz Zeit am Stammtisch, am ondera Ende halt, beim Lohr«, antwortete Frieder Glauber.

»Was heißt denn ›am unteren Ende‹?«, wollte die Kommissarin gleich wissen.

»Bei de kloine, bei dene die koine Baura meh send odr nie waret«, sagte Glauber.

»Und, haben Sie den Hans Schurr gesehen?«

»Der isch natirlich oba gsessa, beim Hengschtler ond beim Fritz ond beim Hermann Adorno, bei dene halt, die ebbes zom saga hend«, antwortete Frieder Glauber mit etwas mehr Emotion in der Stimme. Aha, dachte Kim Lorenz, das war ein Punkt, den würde sie verfolgen. Aber langsam und vorsichtig.

»Aber et, dass Sie no schreibet, ich hett so oder so gsagt«, betonte Jürgen Kocher, »mir send alles Hopfabaura, do gibt's scho amol des oine oder andere, aber mir haltet zsamma!« Er schaute dem Journalisten ernst in die Augen. Peter Lange spürte das. Hier galt Wahrheit noch etwas, hier wurde ernst geredet und auch geglaubt. Wenn es dann nicht so war wie versprochen, dann war man hier unten durch, raus aus der Sache. Mit einem Blick hatte er das verstanden. Er wollte ja auch keine Leichen ausgraben, keine dunklen Punkte entdecken, er wollte nur etwas mehr über den Hopfenanbau und den Hopfenhandel erfahren.

»Aber nein, Herr Kocher, so habe ich das sicherlich nicht gemeint. Ich will hier nicht Ihrem Berufsstand an den Karren fahren, das ist überhaupt nicht meine Absicht. Sie haben mir schon viel erzählt vom Hopfenanbau. Ich bin schon einiges schlauer geworden und es ist ja auch interessant.« Bei diesen Sätzen beruhigte sich Jürgen Kocher schließlich wieder ein wenig.

»Verschtandet Se me richtig. Ich red' do gern drüber, aber sensationelle Entdeckunga werdet Se hier net fenda«, sagte er.

»Will ich auch gar nicht, Herr Kocher«, antwortete Lange, »mir geht es um den Hintergrund. Zum Beispiel dieser Mord an dem Hopfenbauern Schurr, was wissen Sie darüber?«

Jürgen Kocher schien die Frage erwartet zu haben. Er lehnte sich in seinem Stuhl zurück und überlegte einen Augenblick, was er sagen sollte.

»Die Glauber-Sache?«, fragte er zurück, »das isch a alte Gschicht. Koiner woiß so richtig, wie des wirklich ganga isch. D'r Glauberhof isch eigentlich guat glaufa. D'r Großvatter no hot a Soilerei ghet. Aber des gibt's heit nemme. Dann send schpäter a bar schlechte Hopfajohr komma ond d'r Hermann Glauber, also d'r Vatter, hott halt koi Obscht et macha wella. Er hot emmer no an sei Soilerei glaubt. So hott des, glaub I, agfanga domols. Weil d'r Dieter, sei Sohn, der hot des nemme auffanga kenna. Wie denn au? Koi rechte Ernte ond mit d'r Soilerei ischs da Bach nonder ganga. No hott er domols, des kennt jetzt zehn Johr her sei, dem Schurr dia Felder verkauft. Weil, Hopfafläche waret do no net ausgwiesa. Des isch no schpäter komma, dass mer wieder erweitera derf. No war d'r Schurr natirlich fein raus ond d'r Glauber d'r Arsch. Des hot dem da Rescht geba. Des Geld hot it glangt ond er isch au no ibr da Tisch zoga worda. No ischem d' Frau gschtorba, d'r Hof war fascht weg. No hot er sich naufghengt en da Hopfa.«

Peter Lange hatte dem jungen Hopfenbauern ruhig zugehört. Aber als dann dieser Schurr und der Lohr ins Spiel gekommen waren, gingen bei ihm die Alarmglocken an. Schurr und Lohr, beide verstrickt in eine Geschichte mit Landbesitz zuungunsten der Familie Glauber. Das konnte doch nur bedeuten, dass der Tod von Hans Schurr womöglich mit dieser Glauber-Geschichte zu tun hatte. Dieser Zusammenhang war doch ermittlungstechnisch wichtig. Den musste er Kim mitteilen. Die hatte doch keinen Ansatzpunkt und fischte noch im Trüben.

»Und der Frieder Glauber«, setzte Peter Lange an, »was macht der heute?«

»D'r Frieder, oh je, der hot den Scherbahaufa dann ghet. Em eigena Betrieb gschafft, nix glernt, sozusaga, ond no isch auf oimol alles vorbei. A armer Kerle, I kenn ihn guat. Mir send zsamma aufgwachsa. Er schlägt sich so durch, wie mer sait. Aber so richtig verwunda hott er des it. Er hot en Toil vom Hof verkauft, wohnt jetzt em Abau. Mer sieht ihn oft aufem Friedhof, beim Grab von seim Vatter.«

Peter Lange versuchte, sich das vorzustellen. In der vorletzten Generation gab es noch einen florierenden Hof. Man hatte sein Auskommen. In der nächsten Generation fällt ein

Erwerbszweig weg und man ist vom Hopfenanbau abhängig. Dann kommen ein paar schlechte Jahre, es geht nach unten. Der Vater von diesem Frieder Glauber versucht, durch Grundverkauf aus der Situation rauszukommen. Das scheitert, weil das Geld nicht reicht. Aber warum reicht das Geld nicht, weil Schurr und Lohr die Situation ausgenutzt haben. Der eine hatte das Geld und die Nase, der andere hat die notwendigen Informationen geliefert.

Wie kam der Enkel, dieser Frieder Glauber, in seiner Situation mit nichts als einem halben Hof und nur dem Nötigsten an Einkommen, in die Situation, ausgerechnet jetzt, gestern sozusagen, dazu, einen dieser Schuldigen zu hängen? Fragen im Kopf, dachte er gleich. Vielleicht sollte Kim die Fälle erleben und er nur darüber schreiben. Wäre besser, seiner Meinung nach. Er hatte es nun eilig. Nachdem er sich bei Jürgen Kocher bedankt hatte, zahlte er und verließ das Café. Natürlich musste Kim das erfahren, aber wo sollte er sie in Tettnang suchen? Warum ging sie nicht an ihr Handy?

Was machte diese Kommissarin eigentlich, fragte sich Vera Schurr. Sie hatte die Spurensicherungsleute kommen und gehen sehen, dann die Kommissarin erlebt mit ihren Fragen. Da hatte sie sich ziemlich gut aus der Affäre gezogen, dachte sie, kein Wort über die Scheuer und so. Und auch keine Frage in diese Richtung. Wie wollte diese junge Frau diesen Fall lösen, fragte sie sich noch mal. Wenn selbst sie nicht wusste, was eigentlich am Samstagabend passiert war. Wie war der Hans aus der Scheuer ins Hopfenfeld gekommen? Wer hatte irgendwann in der Nacht die Frechheit besessen, ihren Mann aus der Scheuer zu schleppen, irgendwie aufzuladen und aufs Feld hinauszufahren? Dann die Gabel. Sie hatte zugestochen, ziemlich. Er war zu Boden gesunken. Hatte er noch gelebt, als sie gegangen war? Zu vieles war ihr in dem Moment durch den Kopf gegangen. So viele Bilder gemeinsamer Tage und Stunden, die sie im Bruchteil einer Sekunde gelöscht hatte. Als ob ihr ein Schleier von den Augen gezogen worden war, sah sie die Momente des Verdachts, die kleinen Anzeichen von Untreue und vor allem die Veränderung in ihrem Mann. Die hatte sie wohl einfach nicht wahrhaben wollen. War sie denn schon so drin in diesem allem hier? War das ihr Leben? War das ein Leben, das sie ihren Kindern wünschen wollte? Vielleicht war sie für einen Bauernhof doch nicht die Richtige. Vielleicht war sie nicht geschaffen für diesen Alltag, für den Blick an den Himmel, die Sorgen um die Ernte. Hatte sie sich das jemals so richtig selbst gefragt? Viele Fragen, dachte sie. Der Alltag hat sie verhindert, die Arbeit und die Sorge um die Kinder. Wer konnte da noch Fragen stellen?

Wenn die Kommissarin dann kommen würde, wäre das alles vorbei. Keine Fragen mehr. Wenn sie die Täterin war, dann müsste sie ins Gefängnis. Für lange. Für sehr lange. Und die Kinder? Nicht zu Marie, auf keinen Fall zu Marie, dann schon eher ins Heim. Ihre Kinder ins Heim? Konnte sie einen solchen Gedanken überhaupt denken, fragte sie sich. Aber das war doch Realität, konnte Realität werden. Sie hatte zugestochen und der Hans war zu Boden gesunken. Wenn er da schon tot gewesen war, dann war sie dran. Aber die Kinder ins Heim. Das ging nicht. Sie würde kämpfen. Sie würde alle Hebel in Bewegung setzen, dass sie bleiben konnte.

Oder mit den Kindern gehen konnte. Endlich. Weg von diesem Hof, dieser Geschichte und diesem Hans. Gehen? Wäre auch eine Möglichkeit. Flucht? Das war nicht möglich. Wie hätte sie denn mit den Kindern zusammen fliehen sollen? Wohin? Sie kannte niemanden, der weit weg genug gewesen wäre. Da fing das Problem doch schon mal an. Aber vielleicht, wenn die Sache gut ausging, dann würde sie gehen können. Mit den Kindern. Auch dann stellte sich die Frage wohin, aber das würde sich dann schon ergeben. Sie hatte da ein paar Ideen. Sie hatte Ideen? Vera Schurr schaute sich verblüfft im Spiegel an. Sie hatte Ideen, Vorstellungen, Träume. Sie? Da musste ihr Mann im Hopfen hängen, damit sie zu sich selbst fand. Hatte das alles vielleicht doch noch etwas Gutes?

»Ganget mer des nochmol durch, Gernot«, sagte Robert Mitterer beinahe flehentlich. Seit gut einer Stunde hatten sie alle Fakten und Spuren nochmals überprüft und versucht, irgendwo einen Zusammenhang, eine Verbindung zu einer Person in Tettnang herzustellen. Sie kamen sich vor wie zwei Buben, die vor einem Knäuel ihrer Drachenschnur saßen und überhaupt nicht wussten, wo sie anfangen sollten zu entwirren.

»Den Zipfel, den suchet mir«, sagte Fallgruber.

»Aber wo isch er?«, fragte Mitterer, ohne eine Reaktion von Fallgruber zu erwarten.

»Koi Ahnung«, sagte Fallgruber und nahm einen Schluck vom schlechten Kaffee. Das kam noch zu allem hinzu, dachte er, nicht nur, dass sie hier saßen und verzweifelt nach einem Ansatz suchten, nein, er musste sich auch noch den Mittererschen Kaffee zumuten. Das war viel, das war beinahe zu viel.

»Robert, oins muss ich dir jetzt mol saga«, setzte er an, überlegte, und ließ es dann doch, »dei Kaffee, also erschte Klasse!«

»Danke, des hör' ich selta«, antwortete Mitterer und Fallgruber wusste, er hatte revierhistorisch einen eklatanten

Fehler begangen. Nun würden über die nächsten Jahre Kollegen und Kollegen diesen Kaffee trinken müssen. Sie würden sich nicht trauen, die Wahrheit zu sagen, und er, der Feigling, einer, der es vielleicht dem Mitterer hätte mal sagen können, war schuld.

»Obwohls dr billigschte isch. Woisch, do hanne a Konnekschten. Des isch eigentlich koi Kaffee, des isch Muckefuck, wia mer friaher gsagt hot. Getreidekaffee, aber I fend, der schmeckt!«, sagte Mitterer im Brustton der Überzeugung.

Das haute dann doch der Kaffeemaschine das Wasser aus dem Tank, dachte Fallgruber. Das konnte er so nicht stehen lassen. Zu viele Kollegen mit entsetztem Gesichtsausdruck standen auf dem Spiel.

»Aber, des wird doch zahlt?«, fragte er vorsichtig.

»Scho, aber des goht guat«, sagte Mitterer mit einem Schmunzeln auf den Lippen.

»Guat?«, schaute ihn Fallgruber fragend an, »guat?«

»Den trink' ich drhoim au«, log Mitterer seinem Kollegen mitten ins Gesicht.

»Ach so, ja ja, dann…«, stammelte Fallgruber.

»Woisch, a jeder zwickt doch irgendwo was ab. Ond I han mein Kaffee!«, sagte Mitterer stolz.

»Dann hosch du gar nix«, sagte Fallgruber gereizt, »weil des ein Soich isch, aber ein richtiger. I han heflich sei wella, aber, Kollege, so nicht! Do ändert sich sofort was, oder du bisch dran, hemmer ons verstanda?«

Mitterer schaute zuerst überrascht, erkannte dann aber, dass er offensichtlich entdeckt war. Es war ein kleines Zubrot gewesen, billiger Getreidekaffee und Quittungen von allerlei Leuten aus dem Supermarkt oder dem Kaffeeladen. Vorbei anscheinend, dachte er. Als gestandener Mann konnte er das verkraften. Gut, jetzt war er halt aufgeflogen. Eigentlich hatte er sich selbst gewundert, warum die alle dieses furchtbare Gesöff tranken. Zu Hause hätte er sich das niemals zugemutet.

»Guat, Gernot, vorbei, okay?«, sagte er bloß.

»Vorbei isch vorbei, klar!«

»Verschprocha«, sagte Mitterer.

»Also dann. Wo simmer?«, fragte Fallgruber.

»Drei Persona kommet en Betracht, die an diesem Obend au en dr Scheier waret, d'r Lohr, d'r Schurr ond noch oiner, wahrscheinlich.« Mitterer versuchte, schnell wieder auf normal zu machen. Er bereute, er bereute wirklich, den Kollegen seit Jahren den billigen Kaffee aufgetischt zu haben, und innerlich gelobte er Besserung.

»Die Spuren hommer gecheckt, do goht erschtamol nix«, sagte Fallgruber zur Beweislage.

»Ich war doch in Stockach, bei einem Seiler«, meinte er aufmunternd.

»Aha«, sagte der Kommissar.

»Du sagscht bloß aha, aber des kennt scho so ein Zipfel sein«, sagte Fallgruber.

»Wieso?«, kam es zurück.

»Weil ich des Soil dem Seiler zoigt han. Des isch alt, wahrscheinlich Siebzigerjohr, des hot mer aus alte Schnür zsammadreht.«

»Ond«, sagte Mitterer.

»Des hoißt, mir miaßt hier äbber finda, der au Soil gmacht hot, domols, vor vierzg Johr, verschtoscht?« Fallgruber sah den Kollegen erwartungsvoll an.

»Soil, en Tettnang?«, überlegte der Kommissar laut.

»Genau«, sagte Fallgruber.

»Do fällt mir eigentlich bloß oiner ei«, kam es zurück.

»Wer?«, fragte Fallgruber schnell.

»D'r alte Glauber, der hot doch a Soilerei ghet. Der hot dia ganze Packschnür gmacht«, sagte Mitterer stolz. Endlich hatte er auch mal was gewusst.

162

»Worom hosch denn des vorher it gsait, du Bachel! No nex wie naus zom Glauber!«, sagte Fallgruber euphorisch.

»Do isch scho d' Kommissarin aufem Weg«, sagte Mitterer, »des hot d'r Wirt vom Schütza gwisst.«

»D' Kim fährt scho do naus?«, fragte Fallgruber. Robert Mitterer schaute auf seine Uhr und nickte nur.

»Se wird scho draußa sei«, meinte er nur.

»Aber kapiersch denn it? Robert, wenn au bloß a Wahrscheinlichkeit do isch, dass des Soil vom Glauberhof stammt, dann kommt doch d'r Frieder Glauber als Verdächtiger en Frog. Du woisch doch dia ganza Gschicht!«, rief Fallgruber und schnappte seinen Kittel.

Die Rente würde sie bestimmt kriegen. Dann vielleicht das Haus verkaufen. Vorher aber noch die Anlage, den ganzen Kram. Das würde schon ein paar Tausend Euro bringen. Das Haus wollte sie sich noch überlegen. Das musste nicht sein. In Tettnang bleiben, sie war sich unsicher, was hielt sie hier? Marie Lohr rechnete ab. Der Liebhaber hatte im Hopfen gehangen, ihr Mann im Schützen an der Decke, also war Nachdenken durchaus angesagt. Sie war allein, vielleicht so allein wie noch nie in ihrem Leben. Wohin sollte das alles gehen, fragte sie sich. Sicher, die Rente. Aber das Haus konnte sie damit nicht halten. Das hieße, sie müsste arbeiten gehen. Ungern. Als gelernte Floristin fand sie vielleicht was, aber die Bezahlung würde bescheiden sein. Sie hatte ihren Lebensstil und die Kinder brauchten sie auch. Dann vielleicht eher das Haus verkaufen und sich mit dem Geld was Neues aufbauen. Schien ihr die bessere Lösung.

Es würde ihr schon schwerfallen, die Gegend und Tettnang zu verlassen. Sie mochte die Landschaft und eigentlich die Menschen. Auch wenn es ihr als kunstinteressiertem Menschen hier hin und wieder etwas zu eng wurde. Aber es tat sich einiges im Ort.

Das war die eine Seite einer Zukunft hier. Die andere Seite war die Frage, ob sie sich im Städle überhaupt noch sehen lassen konnte. Natürlich hatten viele was geahnt und sich vielleicht ihre Gedanken gemacht. Jetzt war es aber heraus und sie stand als Ehebrecherin da, deren Mann sich dann auch noch aufgehängt hatte. Sie würde die Blicke ertragen und sich daran gewöhnen müssen, die eine oder andere spitzige Bemerkung zu hören. Für die Kinder würde es auch nicht einfach werden. Der Onkel in den Hopfen gehängt und der Vater erhängt im Hotelzimmer. Auch sie würden was zu hören bekommen. Marie kam immer mehr zu der Überzeugung, dass es keinen Sinn machte, über eine Zukunft in Tettnang nachzudenken. Das würde alles nicht in zwei oder drei Wochen vorbei sein. Nicht einmal in Monaten. Das wollte sie ihren Kindern und sich nicht zumuten. Sie musste einen Entschluss fassen.

Er war auf der Polizeiwache gewesen, hatte Kim auf dem Schurr-Hof gesucht und nur eine überraschte Vera Schurr angetroffen. Die hatte ihm nicht weiterhelfen können. Peter Lange war zurück nach Tettnang gefahren, denn er begriff langsam die Sinnlosigkeit seiner Aktion. Es musste doch herauszufinden sein, wo sich die Kommissarin aufhielt. Schließlich versuchte er es im Schützen. Der Wirt hatte zwar Kim Lorenz nur kurz gesehen. Sie sei nur »geschwend« auf ihr Zimmer und habe ihn dann gefragt, wo denn der Glauberhof liege. Das habe er ihr beschrieben und schon sei sie auch wieder weg gewesen. Etwa eine Stunde später sei der Mitterer vorbeigekommen und hätte nach der Kommissarin gefragt. Er sei ihr wohl dann hinterhergefahren. Schnell hatte Peter Lange sich erkundigt, wo denn dieser Glauberhof sei. Der Wirt hatte es ihm erklärt und schon war er in seinem Wagen und unterwegs.

Das sah seiner Freundin gleich, dachte der Journalist. Immer diese Alleingänge. Dabei hatte sie in der Vergangenheit doch nun wirklich ihre Erfahrungen gemacht.

»Sie haben also Hans Schurr dann nicht mehr gesehen?« fragte die Kommissarin und sah Frieder Glauber dabei genau in die Augen. Bisher war er bemerkenswert ruhig geblieben. Sie wusste, da war noch was, das er verschwieg. So ganz konnte sie das noch nicht ausloten, war das nur etwas Peinliches, was seine Geschichte anging, oder war das die Tat, seine Tat? Sie war unsicher. Konnte sie ihn weiter in die Enge treiben, fragen, bis er nicht mehr wusste, was er sagen sollte? Er machte eigentlich einen ganz netten Eindruck. Ein wenig vom Leben gezeichnet, aber doch ein junger Mann, der, wenn er auch keinen Weg hatte, doch versuchte, in die richtige Richtung zu gehen.

»Möchten Sie eine Tasse Kaffee?«, unterbrach er ihre Gedanken.

»Doch, doch, gerne«, sagte die Kommissarin nach kurzem Zögern.

»Dann gehe ich mal in die Küche und setz' Wasser auf«, sagte Frieder Glauber, stand auf und ging in die Küche. In der Tür zögerte er.

»Äh«, begann er.

»Ja?«, reagierte Kim Lorenz.

»Dürfte ich vielleicht ihr Handy benutzen? Ich habe kein Telefon und müsste mal dringend in der Stadt anrufen«, sagte Glauber.

»Aber sicher«, antwortete die Kommissarin und gab dem jungen Mann ihr Handy. Frieder Glauber dankte ihr mit einem Nicken und ging damit in die Küche.

Kim Lorenz schaute sich im Wohnzimmer um. Nur wenige Bilder hingen an den Wänden. In einer Ecke sah sie ein paar kleine Schwarzweiß-Fotografien. Sie ging hinüber und schaute sie sich an. Ein Bild zeigte einen Mann vielleicht

Mitte dreißig und einen deutlich älteren in einem Hopfengarten. Das Bild war das vergilbteste von allen, die hier an der Wand hingen. Wahrscheinlich der Vater und der Großvater von Frieder Glauber, dachte Kim. Daneben ein Bild von der Familie. Vater und Mutter, eine kleine unscheinbare Frau in einer Tracht, dazwischen der kleine Frieder, vielleicht fünf Jahre alt. Im Hintergrund ein großer Hof, gut in Schuss, wie sie es sah, mit leuchtenden roten Schindeln und frisch geweißten Wänden. Das war noch eine heile Welt, da war alles noch in Ordnung gewesen, dachte die Kommissarin. Sie war in Gedanken, als draußen am Schuppen eine Tür laut zuschlug.

Frieder Glauber hatte sich das alles überlegt. Er war in Hektik. Lange konnte er seine Ruhe nicht mehr spielen. Deshalb der Vorschlag mit dem Kaffee und das mit dem Handy. Er brauchte Vorsprung. Er war in die Küche gegangen, hatte das Wasser noch aufgesetzt und hatte sich dann in den Schuppen geschlichen. Die Kommissarin hatte ihn doch durchschaut. Die wusste doch, was er in der Tatnacht getan hatte. Er hatte nicht mehr die Zeit gehabt, noch etwas zu packen. Er musste jetzt weg, wohin, das war jetzt nicht die Frage. Die Kommissarin hatte ihn an dem Punkt, den er immer hatte kommen sehen. Dort, wo er keine Antwort mehr wüsste.
Vielleicht hatte er doch Fingerabdrücke am Traktor von Schurr hinterlassen. So genau wusste er das nicht mehr. Aber, wie sie so schnell auf ihn hatte kommen können, war ihm wirklich ein Rätsel. Die ging einmal durch die Stadt und schon hatte sie ihn am Wickel mit seinen Windlichtern. Zuerst hatte er überlegt, auch die Kommissarin in den Hopfen zu hängen, schlug sich dann aber gegen die Stirn, um nicht verrückt zu werden. Du bist doch kein Mörder, hatte er sich gesagt. Du bist ein Rächer, einer, der etwas zu-

rechtrückt, der abrechnet mit einer Vergangenheit, die sich so schwer auf sein Leben gelegt hatte. Also hatte er sich zu seinem Motorrad geschlichen und war losgefahren.

Auf geht's, fahr zua!«, rief Fallgruber aufgeregt Mitterer zu. Der brauste, so gut es ging, durch die schmalen Straßen. Der Glauberhof lag außerhalb von Tettnang und auf den Straßen rund um die Stadt war Vorsicht angesagt, denn oft waren es nicht mehr als schmale Sträßchen, die durch die hügelige Landschaft der Hopfengärten führten.

»Isch ja guat«, sagte Mitterer, »meh' goht it!«

Die beiden Männer waren nervös. Da hatten sie länger als eine Stunde zusammengesessen und auch nicht den kleinsten Ansatz gefunden, wie dieser Fall zu lösen wäre. Aber die eigentlich klarste Linie hatten sie übersehen. Mitterers Fuß drückte das Gaspedal durch. Warum hatte dieser Fallgruber nicht schon früher mit ihm über das Seil geredet. Er hätte die Verbindung doch vielleicht gleich geahnt. Natürlich wusste Gernot nichts von der alten Seilerei, konnte er nicht wissen, war vor seiner Zeit, dachte Mitterer. Er musste sich konzentrieren. Die engen Straßen waren zwar wenig befahren, aber gerade das machte sie gefährlich, denn, ob Traktor, Fahrradfahrer oder Wanderer, alle dachten, dass diese Straßen kaum befahren waren.

Währenddessen versuchte Gernot Fallgruber die Kommissarin zu erreichen. »Die geht it ran, verdammt«, fluchte er. Er drückte auf Wahlwiederholung.

»Immer noch nicht! Scheiße, Mann, wenn da was passiert!«

»Jetzt reg' de no it auf, noch isch nix passiert. Die wird scho wissa, was se macht«, sagte Mitterer, aber, wenn er ehrlich war, eher zu sich selbst, um einigermaßen ruhig zu bleiben. Jetzt keine Panik, sagte er sich.

»Jetzt beruhig' de doch, Gernot. Dui Lorenz isch zom Glauberhof gfahra, und?«, sagte er zu Fallgruber.

»Und?«, fragte Fallgruber entsetzt zurück, »Und? Des isch womöglich d'r Täter, ond alles was dir eifällt isch: Und?« Fallgruber hielt es nicht mehr aus. Dieser Mitterer machte ihn wahnsinnig. Der saß ruhig hinter seinem Steuer und fuhr, als ob ein Leichenwagen folgte. So konnten sie es nicht schaffen.

Peter Lange gab Gas. Irgendwie spürte er, dass er jetzt schnell sein musste. Mit unzulässigen siebzig Stundenkilometern fuhr er über den Bärenplatz und durch die S-Kurve Richtung stadtauswärts. Er bog rechts ab, kam zu dem Kreisverkehr, den der Wirt ihm genannt hatte und fuhr bergauf. Da war dann endlich das Ortsschild, er konnte beschleunigen. Die Obstgärten und Hopfenfelder flogen an ihm vorbei. Wenn er oben auf dem Hügel angekommen war, dann musste er aufpassen. Eine kleine Einfahrt, hatte der Wirt gesagt, leicht zu übersehen. Er hatte den rechten Straßenrand im Auge, bremste immer wieder, weil er sich nicht sicher war. Aber nach wenigen Minuten war er über dem Hügel und hatte keine kleine Einfahrt gesehen. Er folgte der Straße und fuhr den Hügel hinunter. Im ersten kleinen Dorf, Luipoldtsweiler, wurde ihm klar, dass er auf jeden Fall falsch war. Er fuhr an der prächtigen Kirche vorbei und suchte eine Stelle, wo er wenden konnte. In dieser hügeligen Landschaft würde er sich wohl nie zurechtfinden. Man kurvte auf schmalen Straßen den Hügel hinauf, sah nicht, wo man hinfuhr. War man dann oben auf dem Hügel, dann reichte der Blick weit, unter Umständen bis hinunter zum Bodensee. Das war eine Landschaft mit Enge und Weite auf kleinem Raum, eine besondere Landschaft, wie er fand. Im Hinterland Wälder und Felder, ob Hopfen oder Obst, und davor in guter Reichweite der Bodensee, das Schwäbische Meer. Er probierte es noch einmal auf Kims Handy. Nichts.

Kim Lorenz dachte an den Tee oder Kaffee, sie wusste nicht mehr, was sie gesagt hatte. Wäre auch gut, mal einen Blick in die Küche zu werfen, dachte die Kommissarin. Sie ging auf die Tür zu, es war nichts zu hören. Da wurde kein Kaffee gemacht, dachte sie noch, als sie die Schiebetür aufzog. Sie hatte recht gehabt. Hier kochte keiner irgendetwas. Sie schaute sich um, dann hörte sie das lauter werdende Dröhnen eines Motorrades. Dann konnte sie durchs Fenster wie im Fernsehen sehen, wie Glauber mit seinem Motorrad flüchten wollte. Schnell entschlossen rannte sie zur Haustüre, dann zu ihrem Wagen und ließ den Motor aufheulen. Das wollen wir doch mal sehen, dachte sie und machte sich an die Verfolgung. Als sie aus dem Hof raste, konnte sie den Glauber sehen. Er war mit seinem Motorrad in die Hopfenfelder gefahren, eher auch gerast, dachte sie, denn schon in der ersten Kurve, beim Einbiegen in die Reihen, hatte er zu eng eingeschlagen und war mit seinem Hinterrad irgendwo hängen geblieben. Jetzt versuchte er verzweifelt, sein Motorrad loszubekommen.
Sie drückte aufs Gas, denn vielleicht konnte sie es schaffen, ihn aufzuhalten. Wenn sie schnell genug auf die Straße kam, konnte sie von oben in den Hopfengarten in die Reihe fahren und ihm den Weg verstellen. Für wenige Minuten kümmerte sie sich nicht um Frieder Glauber, der mit Motorrad und dem Spannseil der Hopfenstange kämpfte. Sie gab Stoff, wie sie noch nie Stoff gegeben hatte. Die Reifen quietschten und sie fühlte sich mitten in einem Rennen. So ähnlich hatte sie sich den Job immer vorgestellt, dachte sie schnell, dem Täter hinterher wie die vielen Kollegen in der Glotze.

Aber dann musste sie genau aufpassen, in welche Reihe war er eingebogen? Die vierte, die dritte, fragte sie sich. Sie konnte noch denken, was für ein verflixt herrliches Organ ein Hirn war, wenn es so funktionierte. Die dritte Reihe war es gewesen, da war sie sich sicher. Sie bog ein, nahm den Fuß vom Gaspedal und fuhr langsam mit dem Wagen in die Hopfengasse hinein. Das Rennen war für sie gelaufen. Sie versperrte ihm den Weg.

Er müsste doch bald auftauchen, dachte sie, dann sah sie ihn auch schon mit dem Motorrad heranbrausen. Noch lief es laut auf höchsten Touren. Unglaublich, wie schnell so eine Maschine auf der kurzen Strecke werden konnte. Er würde bald bremsen müssen, dachte sie. Sicherlich würde er bald bremsen, denn er kam ja hier nicht durch. Wenn er jetzt nicht bald bremst, dann knallt's, dachte sie noch, dann gab Frieder Glauber noch mehr Gas und zog das Vorderrad seines Motorrads hoch. Er will über mich drüber fahren, dachte die Kommissarin noch, dann spürte sie auch schon den Aufprall des Motorrades auf ihrem Auto. Das geht doch nicht, dachte sie noch, dann knallte das Motorrad mit voller Wucht gegen ihre Windschutzscheibe und zerschmetterte sie. Das ging tatsächlich nicht, war ihr letzter klarer Gedanke.

Frieder Glauber hatte keinen Ausweg mehr gesehen. Erst das Missgeschick mit der Hopfenstange, vielmehr dem Spannseil, das ihm in die Quere gekommen war. Dann hatte er Stoff gegeben und wollte schnell aus dem Hopfenfeld heraus. Als er jedoch in der Gasse Gas gab, stand das Auto der Kommissarin mitten im Weg. Hier konnte ihm nur ein Kunststück raushelfen. Er hatte es oft probiert in seinem Hof. Mit ein paar kleinen Heuballen hatte er ein Hindernis aufgebaut und war mit seiner Maschine daran hochgefahren. Mit der Geländemaschine war das kein Problem gewesen. Einfach das Vorderrad langsam hochziehen und dann hinterher. Das hatte er oft geschafft. Aber da war er nicht so schnell und da war auch kein Auto gewesen, das auf ihn zukam. Konnte er da drüber springen? Er setzte an, brachte das Vorderrad auf die Motorhaube, rutschte dann aber ab, das Motorrad knallte auf die Windschutzscheibe und er flog. Er flog hoch. Unglaublich, dachte Frieder Glauber, wie hoch man fliegen konnte. Im letzten Moment sah er hinüber zum Kirchhof, sah einen Wagen, der heranraste, sah das Grab seines Vaters und lächelte. Da zog kein Leben vorbei, dachte er noch, da war nur Wirklichkeit, die er nun ertragen konnte. Dann fiel er zurück, sein Körper drehte sich noch zwei Mal um das Hopfenseil, schlug gegen die Hopfenstange und pendelte aus. Dann blieb er hängen.

Kim Lorenz schlug kurz die Augen auf, schaute nach oben, wollte es nicht glauben. Da hing wieder einer im Hopfen, waren ihre letzten wachen Gedanken, dann kam die Bewusstlosigkeit.
Dann erreichten auch Mitterer und Fallgruber die Stelle. Der Mann von der Spurensicherung hatte die Szene, so gut er konnte, aus dem Auto heraus verfolgt. Wie in einem Film waren die Bilder, unterbrochen von Hopfenstangen, Gebäuden und Bäumen, vor ihm abgelaufen. Da war Kim, die über die Straße ins Hopfenfeld raste. Da war das Motorrad, das er erst hörte, dann sah. Dann war Kim Lorenz, die in die Hopfengasse raste, dann aber langsamer wurde. Das Motorrad fuhr mit hoher Geschwindigkeit auf sie zu. Dann meinte er, den ungläubigen Gesichtsausdruck von Kim Lorenz durch die Windschutzscheibe gesehen zu haben, als das Motorrad auf den Audi auffuhr. Aber er hatte auch den jungen Mann auf dem Motorrad gesehen, dessen Körper sich straffte, bevor er zur Fahrt über den Audi ansetzte. Dann sah er den Frieder Glauber fliegen, was ihm

keiner je glauben würde. Die ganze Geschwindigkeit des Aufpralls schleuderte den Körper nach oben. Das Motorrad knallte in die Windschutzscheibe und der Körper löste sich wie aus einem Schleudersitz. Er sah ihn nach oben fliegen, dann fallen und sich drehen.

Als Mitterer den Wagen anhielt, sah er ihn dann hängen. Fast genau die gleiche Stelle. Geschichte wiederholt sich doch, dachte der Spurensicherer. Diesmal würden sie wenig Arbeit haben. Sie stiegen aus. Gernot Fallgruber rannte zum Audi, um nach Kim Lorenz zu schauen. Robert Mitterer rief mit seinem Handy den Notarzt.

Als Gernot Fallgruber den Audi erreichte, riss er die Fahrertür auf und zog Kim Lorenz vom Lenkrad zurück. Warum hatte die sich denn nicht angeschnallt, fragte er sich. Die Platzwunde an der Stirn sah nicht besonders schlimm aus. Gott sei Dank war die Scheibe nur in sich gesplittert. Nur wenige Glassplitter waren in den Innenraum geflogen. »Kim!«, rief Fallgruber die Kollegin an, »Kim!« Zuerst rührte sich die junge Frau nicht. Vielleicht war der Aufprall aufs Lenkrad doch heftiger gewesen, als er gedacht hatte. Er fühlte am Hals ihren Puls. Der war normal, zumindest deutlich vorhanden. Fallgruber schaute sich um. Er musste nun auf den Notarzt warten, mehr konnte er nicht tun.

»Robert!«, rief er zu Mitterer hinüber, »wann kommt denn d' Rettung?«

»Miaßt glei do sei«, sagte der Kommissar, der auf den Audi zuging.

»Und, wie sieht's aus?«, fragte er besorgt.

»I woiß it«, antwortete Fallgruber.

Er versuchte es noch mal auf dem Handy, aber sie ging nicht ran. Er war auf dem richtigen Weg, da war er sich jetzt sicher. Die Hügel mit den Hopfenfeldern flogen vorbei. Er musste sich konzentrieren, um auf den schmalen Straßen die Spur zu halten. Er fuhr zu schnell, das wusste er. Aber er musste Kim das erzählen mit Glauber, dem jungen Glauber. Denn wenn sie jetzt da draußen bei ihm auf dem Hof war, dann konnte es sein, dass sie dem Mörder gegenübersaß. Peter Lange gab Gas und achtete auf die Abzweigungen. Hinter dem nächsten Hügel musste dieser ehemalige Hopfenhof liegen. Er schoss den Berg hinauf, erreichte die Höhe und sah unter sich einen alten Hof und daneben ein Hopfenfeld, das blau zu blinken schien. Er traute seinen Augen nicht, denn die Zahl der Polizei- und Rettungsfahrzeuge war unglaublich. Das Herz fuhr ihm in die Hose. Da war etwas passiert, womöglich etwas mit Kim. Der Mörder, dachte er. Hatte der Mörder wieder zugeschlagen? Er raste die Straße hinunter auf den Hof zu und bremste scharf. Zu scharf, denn der Wagen kam ins Schlingern und knallte gegen eine Hopfenstange. Er sah noch den Rettungswagen und eine Bahre, die eben hineingeschoben wurde. Das war doch seine Kim!

»Es war etwas viel für eine kleine Stadt«, sagte Kim Lorenz und fasste sich an ihren Verband. Es wummerte dort droben immer noch ein wenig, obwohl ihr der Arzt versichert hatte, dass es sich nur um eine kleine Platzwunde handelte.

»Tut es noch sehr weh?«, fragte der Bürgermeister besorgt, »ich meine, wir können das doch auch später besprechen. Wenn es Ihnen noch nicht so gut geht, dann hat das doch Zeit.«

Nein, dachte Kim Lorenz, sie hatte sich das jetzt vorgenommen. Sie hatte lange genug in ihrem Krankenhausbett gelegen und fühlte sich eigentlich gut. Mal von den Kopfschmerzen abgesehen. Einen ganzen Tag hatte sie im Bett gelegen und ständig zu behaupten versucht, dass es ihr doch gut gehe.

»Frau Hauptkommissarin«, unterbrach Bürgermeister Heiner ihre Gedanken, »sagt man denn eigentlich so?«

»Schon«, antwortete Kim Lorenz, »es ist doch immer besser ein ›-in‹ im Bedarfsfall anzuhängen. Aber, Herr Bürgermeister, sind Sie denn weitergekommen?«

»Wir haben den Fall unsererseits so einigermaßen geklärt. Sie werden verstehen, dass ohne die Mithilfe der eigentlichen Täter natürlich so manches nicht genau zu belegen ist. Aber: Die Herren Schurr und Lohr haben einen Vorgang ausgenutzt, den wir verwaltungsmäßig ändern müssen. Durch ihre Absprachen haben sie sich einen Vorteil verschafft, den der Schurr dann gnadenlos ausgenutzt hat. So viel kann ich sagen. Die Unterlagen hat Ihnen meine Sekretärin, Frau Ondrwasser, draußen vorbereitet.«

Der Bürgermeister sah die Kommissarin unsicher an. Würde das genügen, um den Vorgang abzuschließen? Er war sich nicht sicher.

»Das heißt, Frieder Glauber hatte allen Grund, sich an dem Bauern Schurr zu rächen. Das Motiv Glauber ist damit klar und wir können inzwischen seinen Teil der Tat auch mit einigen Spuren, die er dann doch hinterlassen hat, nachweisen. Allerdings ist dieser Täter, wie Sie wissen, im Hopfen verunglückt.«

»Tragisch fast«, sagte der Bürgermeister, »stirbt im Hopfen hängend wie sein Opfer.«

»Richtig. Das hat schon was. Wir sind allerdings mit den Ermittlungen noch nicht ganz am Ende. Wir werden noch einige Gespräche führen müssen.«

Der Bürgermeister stutzte ein wenig. Er hatte eigentlich gehofft, nun sei die Geschichte für Tettnang gegessen. Aber bitte, wenn die Ermittlungen sein mussten. Was sollte er tun, was konnte er von Tettnang abwenden? Musste er etwas von Tettnang abwenden? Fragen, die er sich als Bürgermeister zu stellen hatte, denn privat war die Angelegenheit für ihn per Information und Zeitung erledigt. Ein Mord mit vielleicht drei Tätern, schlecht für den Toten, interessant, wie die Polizei ermittelte. Das war es dann aber auch schon.

»Frau Hauptkommissarin, was soll ich sagen. Sie haben meine Unterstützung, sollte die an irgendeiner Stelle notwendig sein. Mehr geht nicht«, sagte der Bürgermeister mit fester Stimme. Er wollte die Kuh amtlich vom Eis haben. Schließlich gab es einen Tourismus und einen Ruf von Tettnang, den er zu beachten hatte.

»Ich verstehe gut, wenn Sie hier jetzt bald dann wieder ihre Ruhe haben wollen. Aber verstehen Sie bitte auch mich, die einen Fall zu Ende zu bringen hat«, sagte die Kommissarin. Es klopfte.

»Ja bitte«, sagte der Bürgermeister und war nicht unfroh über die Unterbrechung.

Frau Ondrwasser stand in der Tür. Sie war sich unsicher gewesen, ob sie den Bürgermeister in einer so wichtigen Besprechung stören könnte.

»Tut mer leid, Herr Bürgermeister, aber die Herren vom Bauausschuss wartet scho seit einer Viertelschtond.«

»Ach ja, der Bauausschuss, den hab' ich vergessen. Frau Hauptkommissarin, ich glaube, wir sind auch fertig, oder?« Der Bürgermeister sah die Polizistin eindringlich an. Ein Blick, der zu verstehen war, dachte die Kommissarin. Gut, sie konnte für ihren Fall hier nicht mehr tun.

»Natürlich, Herr Bürgermeister, das war von meiner Seite alles«, sagte sie brav und stand auf.

»Dann weiterhin gute Ermittlungen, Frau Lorenz, und auf Wiedersehen«, sagte der Bürgermeister und führte die junge Frau zur Tür. Frau Ondrwasser ließ die Kommissarin passieren und meinte dann nur trocken: »Sitzungssaal zwei dann, Herr Bürgermeister!«

Jetzt war wieder alles normal in Tettnang, die Täter, wenn es denn zwei gewesen waren, waren tot und der Fall, so die zahlreichen Stimmen in der Stadt, war ihrer Ansicht nach gelöst. Also sollte doch alles wieder normal sein. Aber natürlich gab es auch diejenigen, die mehr vermuteten, mehr wissen wollten und sich überhaupt nicht sicher waren, dass der Fall geklärt war. Schließlich hatte ein Toter im Hopfen gehangen und so ganz genau war es nicht geklärt, wer denn nun eigentlich den Toten so richtig tot gemacht hatte. So auch die Stimmung am abendlichen Stammtisch im Schützen.

»Des war d'r Herbert, i sag's eich grad«, sagte Georg Tränkle am Stammtisch stehend.

»Dem han i des agseah, des war Schuld! No hot er sich naufghengt!«

»Ach was! Der Herbert, nia!«, kam es zurück und so einige am Stammtisch nickten zustimmend.

»Der Herbert hett des doch gar net kenna!«

»Wenn es doch gseah han«, versuchte es der Wirt noch einmal.

»Was willsch denn du au gseah han? A schuldigs Gsicht? Jetzt brengsch ons no drei Bier, damit a Gschäft hosch!«

So bedient, schlich der Wirt zum Tresen. So hatte er sich seine Rolle insgesamt bei diesem Mordfall nicht vorgestellt. Da war er das erste Haus am Platze gewesen, wo die Nachricht vom Tod des Hopfenbauers verkündet wurde. Dann stieg noch die ermittelnde Kommissarin bei ihm ab und gleich darauf hängte sich einer der Verdächtigen in einem seiner Zimmer auf. Und nun sollte er nicht wissen, was passiert war? Wie sollte das denn zu mehr Umsatz in seiner Wirtschaft führen, fragte er sich. Ein wenig mehr Popularität hätte er sich dann doch erhofft. Zwar wohnte die Kommissarin immer noch im Haus, nachdem sie einen Tag im Krankenhaus gewesen war. Aber was die nun weiter vorhatte, das entzog sich seiner Kenntnis. Viel Hoffnung setzte darauf jedenfalls nicht.

Peter Lange war früh zu Bett gegangen. Ein ziemlich nutzloser Tag lag hinter ihm. Seine Freundin Kim hatte er erst nicht besuchen dürfen, dann mal kurz auf einen Kuss gesehen und schon war sie wieder weg. Die Frau trieb doch irgendwas um, dachte er, als er in seinem Hopfenzimmer auf die durchaus stimmungsvollen Wandmalereien schaute. Gut, er hatte die Ruhe auch gebraucht. In seinem Kopf war auch noch nicht alles so, wie es vorher gewesen war. Aber so, wie sich Kim verhalten hatte, musste er ja nachdenklich werden. Er kannte ihre Art, sich in ihre Aufgaben reinzuknien, das Ende, die Lösung finden zu wollen. Das verstand er auch ein bisschen. Dann aber, als sie sich nach dem Glauber-Unfall zum ersten Mal wieder gesehen hatten. Ein Kuss und Schluss. Als ob nichts Großes passiert wäre. Aber es war etwas ziemlich Großes passiert. Sie waren beide zwar mit einem blauen Auge davon gekommen, aber das hätte auch anders ausgehen können. Allein, als er den blauen Audi seiner Freundin gesehen hatte. Wenn das Motorrad in einem anderen Winkel auf das Auto geknallt wäre. Er mochte gar nicht darüber nachdenken.
Er schaute auf die Hopfenranken an der Zimmerwand. Das Hopfenzimmer. Der Hopfen hatte in diesem Fall schon eine wichtige Rolle gespielt. Er erinnerte sich an seine Gedanken, die Fälle seiner Freundin aufzuschreiben. Vielleicht eine Idee, dachte er. Immerhin war er diesmal ziemlich nah dran gewesen. Da könnte sich was draus machen lassen. Wie würde er die Rolle seiner Freundin beschreiben? Was war jetzt zum Beispiel los? Er dachte ungern über Kim nach. Das Nachdenken in dieser Richtung machte für ihn vieles komplizierter. Er dachte gern nach, aber bei Kim hatte er sich Grenzen auferlegt oder Punkte gesetzt, wo er

nicht mehr nachdachte. Sonst wäre für ihn diese Beziehung nicht zu leben gewesen, dachte er. Denken. Dachte er auch. Das waren Synapsen und Stromstöße. Sein Herz und sein Gefühl sagten halt oft was anderes.

Was war los mit ihr? Er wusste es wohl. Sie war unzufrieden. Gehabt hatte sie drei Täter und zwei starben sozusagen vor ihren Augen. Gab es einen dritten Täter, würde sie den verfolgen, aber, musste sie den überhaupt verfolgen? Peter Lange nahm die Frage der Schuld längst nicht so ernst wie seine Freundin. Die musste sich an Recht und Gesetz halten und den Schuldigen verfolgen, bis der Fall komplett gelöst war. Er konnte es sich leichter machen und sagen, gut, zwei Täter gefasst, zwei Täter tot, Fall gelöst und Akte zu. Seine Freundin Kim würde, so wie er sie kannte, keine Ruhe geben, bis sie auch den dritten Täter gefasst hatte.

»Aber es isch doch eigentlich alles klar ond unter Dach ond Fach!«, meinte Gernot Fallgruber.

»Was sie umtreibt, des sind dia Gabelstiche, sag ich dir. Des ka se it so oifach vergessa«, sagte Jens Martin.

»Fir mi isch der Fall erledigt. Wer kommt raus?«

Für Robert Mitterer war das Problem kein Problem. Der Aufregung war genug gewesen, nun konnte wieder routinemäßiger Alltag in Tettnang für ihn einziehen. Er hatte für seine Begriffe aufregende Tage hinter sich.

»Was schpielsch denn?«

»Grang.«

»Des wird wieder so was sei«, sagte Fallgruber, »d'r Jens isch vorne.«

»Do geb' i a Kontra!«, tönte es aus der gerichtsmedizinischen Ecke.

»Re«, kam es örtlich ermittlungstechnisch zurück.

»Des ka ja was werda, Buba«, frohlockte Fallgruber.

»Pik«, sagte Martin.

»Aua«, sagte Mitterer.

»Hot er de verwischt?«, freute sich Fallgruber.

Auf dem Schurr-Hof war ein wenig Ruhe eingekehrt. Die Kinder waren wie jeden Tag unter der Woche in die Schule gegangen. Vera Schurr schaute hinaus auf den Hof und hinüber zur Scheuer. War der Fall Hans Schurr vorbei? War das, was in dieser Scheuer passiert war, nun erledigt? Vergessen war es noch nicht. Sie dachte oft an Hans und die Zeit mit ihm. Wie seltsam so ein Tod Schatten und Licht zurückwarf auf ein Leben miteinander. Sie versuchte, sich klar zu werden, versuchte zu verarbeiten, zu erkennen, wo sie denn gewesen war und wo sie jetzt war. Trauer, das war ein Wort, Schmerz, den hatte sie gehabt, als sie zum ersten Mal merkte, dass etwas aus der Spur lief mit Hans. Als er zu oft und zu leicht gegangen war. Jetzt empfand sie eine Leere, eine Unfähigkeit, in die Zukunft zu denken. Sie konnte jetzt entscheiden, sie konnte jetzt für sich sagen, wo es hingehen sollte. Sie fühlte sich allerdings nicht gut dabei. Vielleicht war sie es nicht gewohnt, dachte sie bei sich. Vielleicht musste sie lernen, mit ihrer neuen Freiheit umzugehen.

Obwohl, sollte sie denn den Umgang mit einer neuen Freiheit lernen, wenn ihr unter Umständen das Gefängnis drohte? Sie wurde dieses ungute Gefühl im Bauch nicht los, dass diese Kommissarin weiterbohren würde. Vera hatte in der Zeitung gelesen, dass für den Schlag auf den Kopf ihres Mannes wohl ihr Bruder Herbert verantwortlich war. Das Aufhängen im Hopfen hatte der junge Glauber dann erle-

digt. Wer ihrem Mann allerdings die Stichverletzungen zugefügt hatte, das war noch nicht herausgefunden worden.
Noch immer wurde im Ort viel darüber geredet, das wusste
sie wohl. Die beiden Themen wechselten sich ab, der Tod
ihres Mannes und der Selbstmord ihres Bruders. Über den
Unfall des jungen Glaubers redete man nicht mehr viel.
Neugierige fragten sich, wer denn jetzt wohl den Rest des
Glauberhofes übernehmen würde, denn Erben waren nicht
in Sicht.

Sie hörte die Haustüre und einen kleinen, eigentlich verbo-
tenen Fluch ihrer Tochter Monika wegen der alten Türe, die
laut ins Schloss fiel. Die Kinder kamen aus der Schule. Sie
musste sich wieder mit ihrem Alltag beschäftigen.

»Hallo Mama!«, rief Monika vom Gang her.

»Hallo Kind, na wie war's denn?«, antwortete Vera mit lauter Stimme und ging der Tochter entgegen. Monika pfef-
ferte ihren Schulrucksack in die Ecke. Ihre Mutter spürte,
dass die junge Dame nicht gut drauf war.

»Was isch denn los?«

»Du kannst fragen! Alle reden sie nur über das eine Thema,
der Mord und der Selbstmord in Tettnang. Und das in Ravensburg!«

»Und, wundert dich des?«, fragte Vera.

»Es wundert mich nicht, aber es nervt. Es nervt, dann dau-
ernd gefragt zu werden, ob ich denn die sei, die…« Dem
Mädchen standen die Tränen in den Augen.

»Jetzt nimm des mol it so schwer«, versuchte ihre Mutter
zu trösten, »des isch jetzt halt bassiert.« Kaum hatte sie das
gesagt, wusste Vera, dass sie das Falsche gesagt hatte.

»Passiert? Mein Vater wird im Hopfen aufgehängt und
kaum einen Tag später knüpft sich mein Onkel im Schützen auf! Wie kannst du da sagen, das ist halt passiert?«

Vera wollte antworten, weil ihr nichts Besseres eingefallen war. Sie konnte ihrer Tochter die Situation schließlich

nicht so erklären, wie sie tatsächlich entstanden war. Denn sie selbst war ja auch beteiligt gewesen. Sie konnte ihr doch nicht sagen: Ich war das oder ich war das auch. Sie musste durchhalten, musste ihren Weg gehen, auch wenn das in solchen Momenten schlimm und traurig war. Sie musste ihre eigenen Tränen unterdrücken. Was sollte sie Monika sagen? Nimm es nicht so schwer, konnte sie das sagen, als Frau und Mutter?

»Jetzt beruhig de mol, Monika. Mir schaffet des scho. Des isch alles schlemm, aber es goht weiter, glaub' mir's«, sagte sie zu ihrer Tochter mit ruhiger Stimme.

»Mutter, i verschtand it, wie du so ruhig bleiba kannsch! Dein Ma hend se aufghengt ond dei Bruder hot sich selber d's Leba genomma! Worom macht dir des nix?«

Erstaunt schaute Vera ihrer Tochter in die Augen. Dieses Kind hatte noch nie einen ganzen Satz in Schwäbisch gesprochen. Sie hatten es beide nicht verstanden, warum Monika immer nur Hochdeutsch redete. Bei Michael war es anders gelaufen. Aber bei Monika hatten sie sich richtig Sorgen gemacht. Und jetzt auf einmal redete sie Dialekt.

»Und?«, fragte der Polizist Haberer.

»Nix«, antwortete sein Kollege Treu.

»Er hot nix gsagt?«

»Noi, koi Wort. Es sei erledigt. Aber eba koi Wort zom Fall.«

»Uglaublich«, sagte Haberer.

Sie saßen im Revier zusammen. Der normale Alltagsdienst. Nachher würden sie wieder ihre Runde machen, einen Falschparker erwischen, vielleicht, mit ein bisschen Glück, einen Raser.

»Des war it des«, sagte Georg Haberer so vor sich hin.

»Noi, gwiß it«, kam es vom Kollegen zurück.

»Und i han denkt, des wird nomol was, zum Schluss. Von wega!«

»Schad.«

»Ewig schad. Des däd i au saga. Heilandsack, ein Mord ond ein Selbschtmord ond mir kommet itamol mit Bild en d'r Zeitung, so äbbes!«

Der Polizist Haberer verstand die Welt nicht mehr. Was musste denn in Tettnang noch passieren, dass auch sie mal im Mittelpunkt standen. Wieso tat dieser Kommissar Mitterer jetzt so komisch? Der Fall war doch ziemlich klar. Musste man jetzt unbedingt noch diesen Stichwunden nachspüren, brauchte es das? Warum hatten sie alle Zeugen noch einmal befragen müssen? Der Ablauf am Abend, das Fest, der Stammtisch und die Scheuer. Wer, wann, wohin? Es war nichts Neues dabei herausgekommen. Eher weniger, musste Haberer zugeben. Denn auch Jürgen Kocher war sich seiner Sache bei der zweiten Befragung nicht mehr so sicher gewesen. Diese zweiten Befragungen! Damit verunsicherte man die Leute doch nur. Genau so war es beim Kocher. Der wollte plötzlich nicht mehr die Vera Schurr erkannt haben. Eine Frau, hatte er gesagt. Eine Frau war in die Scheuer gegangen und nach einiger Zeit wieder herausgekommen. Eine Frau! Sie konnten wieder von vorne anfangen, hatte Mitterer gewettert. Aber er selbst hatte ja die zweite Befragung angeordnet. Dann bitte, hatte Haberer gedacht, soll er doch seine Ergebnisse haben. Die Hauptkommissarin war ziemlich geladen gewesen, als sie das Revier verließ. Er und Treu hatten natürlich an der Tür gelauscht. Mitterer hatte ihr erklärt, dass es wohl nicht zu beweisen war, dass Vera Schurr tatsächlich in der Scheune gewesen war. Dann war es laut geworden, da drinnen im Büro.

»Und worum isch jetzt d'r Bappa dot?« Ihr Sohn schrie ihr die Frage ins Gesicht. Was sollte sie sagen, wo war ein Weg, diesem Kind zu erklären, dass es Menschen gab, die einen solchen Ausweg wählten. Sollte sie ihm erzählen, was gewesen war? Sollte sie ihm sagen, dass sein Vater zu schwach gewesen war, eine Lebenssituation für sich zu lösen? Das ging alles nicht. Marie Lohr saß ihrem Sohn im Wohnzimmer gegenüber und konnte sich auf diese vielen Fragen keine Antwort geben. Für Thomas war eine Welt zusammengebrochen.

Sie hatte es nie verstanden, denn Herbert hatte sich wirklich nur in den ersten Jahren um den Jungen gekümmert. Als er sich dann immer einsamer machte, ließ auch das Interesse an seinem Sohn nach. Sie verstand nicht, warum der Junge eine so tiefe Beziehung zu seinem Vater gehabt hatte. Es war, als ob das Kind etwas lebte, das ihnen beiden in ihrer Beziehung lang schon abhanden gekommen war. Liebe. Das gab ihr einen Stich ins Herz. Eine Liebe, die sie sich längst schon vergeben hatten, brachte der Junge wieder ans Licht. Auf seine Art, sicherlich, als Vertrauen, Nähe und Gefühl. Aber halt als etwas Echtes, das zählt, worauf man aufbaut im Leben. Das tat ihr weh. Das tat sehr weh. Sie fühlte sich zerrissen. Auf der einen Seite das kleine Leben mit Herbert, auf der anderen Seite das neue Leben mit Hans. Ein anderes Leben, mit Liebe? War es das gewesen, fragte sie sich. War es eine neue Liebe mit all den Tiefen und Höhen? Diese Wochenendausflüge mit viel Kultur und viel Bett. Was sollte sie dem Jungen sagen?

»Er hot nimme weiter gwisst«, sagte sie leise.

»Wie, weiter?«

»Manchmol passiert des, das Menscha nimme weiter wisset«, antwortete sie.

»Warum?«

»Weil, weil ihne d' Kraft fehlt, weil se nimme leba wellet.«

»No hot d'r Bappa nimme leba wella?"

»Genau.«

»Warum?«

»Frau Schurr, ich frage Sie jetzt noch einmal, waren Sie am Samstagabend in der Scheuer bei ihrem Mann?« Kim Lorenz war genervt. Sie hatte doch nichts in der Hand. Wenn diese Frau Schurr nun endgültig sagte, dass sie nicht in der Scheuer gewesen war, dann konnte sie einpacken. Dann war es vorbei mit der Lösung dieses Falles. Dann stand Aussage gegen Aussage. Und was für eine Aussage! Sie hätte diesen Mitterer in der Luft zerreißen können! Da hatten sie einen brauchbaren Zeugen, der bei seiner ersten Aussage ganz klar die Vera Schurr in die Scheuer gehen sehen hatte. Was machte der Mitterer, der schickte seine Leute noch einmal los.

Bei der zweiten Befragung war sich der Kocher nicht mehr so sicher, wollte sich nicht festlegen, vor Gericht schon gar nicht. Wie das dann aussehen würde, konnte sie sich lebhaft vorstellen. Da stand Vera Schurr als Witwe gegen einen jungen Mann, der angeblich nüchtern am Bierstand Bier ausgeschenkt und eine Frau an der Scheuer gesehen hatte. Was und wem glauben? So, wie die Sache stand, konnte sie mit ihren Ergebnissen nicht zum Staatsanwalt gehen. Der würde sie auslachen. Drei Täter, zwei tot und eine Täterin nicht überführbar. Das wurmte die Kommissarin. Sie wollte gut sein und ihre Fälle vollständig aufklären.

»Also, Frau Schurr, waren Sie in der Scheuer?«

»Nein. Ich war an meinem Stand und habe zum Schluss am Stammtisch gute Nacht gesagt. Dann bin ich ins Bett.«

Vera wusste, dass sie jetzt stark sein musste. Anscheinend hatten sie nicht viel in der Hand gegen sie. Sie konnte nur leugnen, mehr war nicht drin. Sie würde auf keinen Fall zugeben, in der Scheuer gewesen zu sein, das war jedenfalls mal sicher. Dann sollten die ihr mal was beweisen. Sie musste aus der Sache rauskommen, schon wegen der Kinder. Es sollte doch weitergehen mit ihnen. Die Schuld war da, der Stich mit der Heugabel war da. Sie sah auch noch immer das Blut an seiner Brust. Schuld. Was sollte sie machen, sich stellen und sagen, ja, ich war es? War sie es denn überhaupt gewesen? Wer hatte sie denn provoziert, wer war denn ironisch und verletzend geworden? Wer hatte ihr denn einen großen Teil ihres bisherigen Lebens vor die Füße geworfen? Sie doch nicht. Das war doch er gewesen. Er, der bis zum Stich gedacht hatte, er sei der Größte. Jetzt nicht mehr, dachte sie, jetzt bist du die Leiche eines Hopfenbauern, der im Hopfen hing, mehr nicht.

»Frau Schurr«, unterbrach die Kommissarin ihre Gedanken.
»Ja.«

»Wenn Sie nicht mehr auszusagen haben, dann würde ich mich verabschieden«, sagte Kim Lorenz.

»Nein, ich habe nichts mehr zu sagen. Ich bringe Sie zur Tür. Sie wissen schon, die alte Tür«, sagte Vera Schurr lächelnd. Sie hatte ihre Ruhe wieder gefunden.

Kim Lorenz wurde aus der Frau nicht schlau. Da war was, da war bestimmt etwas, aber sie kam nicht ran. Sie hatte nichts in der Hand, um diese Frau in die Enge zu treiben. Die Enge, die sie als Ermittlerin brauchte, um aus dieser Frau mehr herauszuholen. So kam sie nicht weiter.

»Also dann, machen Sie es gut«, sagte die Kommissarin an der Tür.

»Danke. Auch für Sie alles Gute.«

»Werden Sie hierbleiben und den Hof weiterführen?«

»Ich weiß noch nicht. Habe ich noch nicht entschieden. Wahrscheinlich nicht. Ich will eigentlich gehen, weg von hier. Vielleicht verstehen Sie das«, antwortete Vera Schurr.

»Vielleicht kann ich das sogar verstehen, Frau Schurr. Ade.«

Kim Lorenz ging zu ihrem Wagen und spürte förmlich die Blicke der Hopfenbäuerin in ihrem Rücken. Diese Frau hat Angst, dachte Kim Lorenz, aber sie muss keine Angst mehr haben. Sie legte den Gang ein und fuhr an der Scheuer vorbei zum Hof hinaus.

»Am Montagnachmittag habe ihn no troffa. Er isch aufra Bank am alten Wasserrad bei der St.-Georgs-Kapelle gsessa«, sagte Susanne Maier. Jürgen Kocher nahm sie in den Arm.

»War er irgendwie anders?«, fragte er.

»Er war, glaub i, ganz normal, eigentlich ganz guat drauf. Er hot no verzählt, dass er glei sei Geld em Lädle kassiera goht. Also, i han ihm nix agmerkt.«

»Komisch. I hannen scho a ganzes Weile nemme gseah. Erscht wieder beim Hopfafescht. Do war er. I han me no gwundert, er isch doch en de letzschte Johr nimme naganga, seit sei Vatter dot war«, sagte Jürgen.

Sie saßen in der Küche des Kocherhofs auf der alten Eckbank. Eigentlich war es ein freudiger Anlass, der Susanne auf den Hof geführt hatte. Sie hatten ihre Hochzeit zusammen mit den Eltern von Jürgen besprechen wollen. Allerdings hatten die Ereignisse der letzten Tage wenig Grund zur Freude gegeben. Susanne war trotzdem gekommen, über die Hochzeit hatten sie bisher aber nicht gesprochen. Jürgens Eltern waren nach dem Kaffee wieder raus auf den Hof, um mit ihrer Arbeit weiterzumachen. Nun saßen die beiden engumschlungen nebeneinander und trauerten um einen Freund. Einen seltsamen und guten Freund, den sie beide seit ihrer Kindheit kannten. Dessen Schicksal sie miterleben mussten und erfuhren, wie wenig man Menschen manchmal wirklich helfen konnte. Frieder Glauber war so ein Mensch gewesen, der seinen eigenen Kopf, seine eigenen Gedanken hatte, an die er so leicht niemanden ran ließ.

»I kanns emmer non et glauba, dass der Frieder des gmacht han soll mit dem Schurr«, sagte Jürgen.

»Des hot der elles en sich neigfressa, glaubs mir. Des mit seim Vatter hot den domols furchtbar troffa. Jetzt hottr abgrechnet.«

»Dass er aufem Fescht war, des war doch wirklich komisch«, sagte Jürgen.

»Vielleicht hot er do was ghert, am Stammtisch vielleicht.«
»Es isch do driber emmer wieder gschwätzt worda. D'r
Schurr ond d'r Lohr hend des irgendwie dreht domols.
Aber mr hot halt nix Genaues gwisst.«
»Dia send jetzt dot. Der Lohr hot sich net bloß wega dera
Sach mit seiner Frau aufghengt, glaub i«, sagte Susanne.
»Vielleicht hot er glaubt, er sei d'r nächschte«, sagte Jürgen.
»Vielleicht wär er's au gwesa.«

Peter Lange hatte seine leichte Gehirnerschütterung bei gu-
tem Essen und ein paar Glas Bier kuriert. Er hatte den Sternen hinter sich gelassen und wollte nun mit Kim reden. Einiges war in den letzten Tagen zusammengekommen. Als er
auf das Hopfenfeld hinaus fuhr, war er allein. Er stellte den
Wagen am Feldweg ab. Kim hatte ihm die Stelle beschrieben, er ging durch den Hopfengang und schaute sich um.
Dann fand er am Boden ein paar kleine Reste des Absperr-
bands. Hier also. Er schaute hinauf zu den Hopfenseilen,
an denen nur noch die abgerissenen Drahtenden hingen.
Das wusste er, dank Jürgen Kocher, jetzt auch. Die Ernte-
maschinen rissen die Rankdrähte ab und die Enden blieben
hängen. Die Witterung sorgte dann dafür, dass diese Reste
im Laufe der Zeit durchrosteten, nach unten fielen und sich
im Boden auflösten.
Man hatte einen herrlichen Blick von hier oben über ein
paar hügelige Hopfengärten hinweg bis hinüber nach Tettnang. Irgendwo da hinten kam dann der Bodensee und die
Höri mit dem Internat in Gaienhofen. Sollte er sich das
ernsthaft überlegen? Er würde mit Kim darüber reden,
denn schließlich war die Sache mit Stuttgart noch nicht
sicher. Es könnte auch gut sein, dass ihre Vorgesetzten sie
noch eine Weile Dienst am Bodensee machen ließen. Dann
wäre Gaienhofen natürlich der optimale Ort. Ganz in Gedanken hatte er den Audi seiner Freundin gar nicht be-

merkt, der eben von der Landstraße in den Feldweg einbog. Sie hielt am Rand des Hopfenfeldes an, stieg aus und
kam ihm entgegen.

»Tut mir leid, aber ich musste noch auf dem Revier vorbei«,
rief sie von weitem. Die frühe Abendsonne schien ihr in ihr
helles Haar und ließ es beinahe aufleuchten. Peter war fast
geblendet. Er schloss sie in die Arme und hielt sie ganz fest.

»Aua«, beklagte sie sich, »du erdrückst mich ja!«

»Jetzt lass' ich dich nie wieder los!«

»Das werden wir ja sehen«, meinte sie schnippisch und
setzte zum Wurf an. Peter konnte erst wieder klar denken,
als er rücklings im Gras lag.

»Na, na, na, darf man das denn, als Judoka, harmlose Lehrer auf den Boden werfen?«

»Ich mit dir schon!«

Peter stand auf und sortierte seine Knochen. Da hatte er
sich eine gefährliche Kampfmaschine geangelt, musste
er feststellen. Bisher hatte er von der Kampfkunst seiner
Freundin lediglich bei einem Wettkampf was gesehen. Wie
es sich anfühlte, das war für ihn heute eine neue Erfahrung.
Kim gab ihm einen Kuss auf die Wange.

»Können wir nach Hause in den Wohnwagen fahren?«,
fragte Peter.

»Wir können.«

»Wir sollten über Gaienhofen reden«, sagte er.

»Ich hab auch drüber nachgedacht.«

»Und?«

»Ich denke, wenn es dich reizt, solltest du es machen. Vielleicht nehmen sie dich ja. Das mit Stuttgart ist unsicher
und es könnte gut sein, dass ich noch ein Jährchen hier am
Bodensee ermittle.«

»Bitte?«

»Hast du mich nicht verstanden?«

»Schon, aber das hatte ich mir auch überlegt. Das war mein

Text. Ich hätte erwartet, dass du fest mit Stuttgart rechnest.« Peter schaute seine Freundin erstaunt an.

»Ich kann mit Stuttgart nicht rechnen. Nach diesem Fall hier schon gar nicht. Kein guter Verlauf, eine kritische Presse und mäßige Ergebnisse«, meinte Kim.

»Aber du hast den Fall doch ziemlich gelöst.«

»Ziemlich, ja, so könnte man sagen. Zwei von drei vermeintlichen Tätern tot und eine Täterin, der man nichts nachweisen kann. Wer weiß, vielleicht ist es auch gut so. Wenn die Frau damit leben kann. Immerhin hat sie ihn nicht direkt umgebracht.«

»Indirekt?«, fragte Peter.

»Genau. Indirekt. Lassen wir es dabei«, sagte Kim.

»Aber du bist doch sonst so konsequent. Wenn ich denke, wie du dich schon in Fälle verbissen hast. Das kenne ich von dir gar nicht.«

»Ich konnte nichts machen. Da hilft kein Überlegen und kein Kombinieren. Wo keine Beweise sind, da ist auch nichts nachzuweisen.«

»Und die Schuld?« Peter kam aus dem Staunen nicht raus. Seine Freundin schien plötzlich in der Lage, fünf auch mal grade sein zu lassen.

»Die Schuld, Peter, die Schuld«, sagte die Kommissarin sinnierend und schaute hinauf zu den Hopfendrähten, »die Schuld hängt manchmal hoch droben im Hopfengarten.«

Ich habe Dank zu sagen…

… meinen Testlesern *Jochen Bäuerle* und *Peter Rütsche* für deren hilfreichen Anmerkungen und Anregungen.

… *Marie Locher* für ihre sorgfältige Durchsicht mit ihrem Tettnanger »Auge« und vor allem ihrem Tettnanger »Ohr«.

… *Ludwig Locher* für den Einblick in den Hopfenanbau in Tettnang (mit einer Entschuldigung, dass – wie ich es schon angekündigt habe! – nicht so viel Fachliches über den Hopfenanbau einfließen konnte. Wer sich für Hopfenanbau interessiert, dem sei unbedingt ein Besuch im *Tettnanger Hopfenmuseum* ans Herz gelegt!).

… dem Seilermeister *Bernhard Muffler*, Stockach, für seine fachliche Beratung.

… dem *Oertel + Spörer Verlag* für die Möglichkeit zur Veröffentlichung dieses Kriminalromans.

… den *Tettnangern* schließlich, dass sie mir für dieses Buch ihr Städtchen zur Verfügung gestellt haben. Ich entschuldige mich für so manche Abweichung von der Wirklichkeit; ein wenig Verfremdung bei Orten und Örtlichkeiten sei mir bitte erlaubt.

Bernd Weiler